Penny Maroux und das Geheimnis der 11

1. Auflage 2019

ISBN 978-3-7641-5153-9

Lektorat: Emily Huggins
Umschlagillustration und Innenvignette: Constanze Guhr
Druck und Bindung: CPI books GmbH
Gedruckt auf Papier aus geprüfter nachhaltiger Forstwirtschaft.
www.ueberreuter.de

OLIVER SCHLICK

ueberreuter

1

Mein Name ist Penny Maroux, ich lebe in Winderbusch und mag Waldmeisterbrause, Erdbeereis und Pizza Funghi. Außerdem bin ich mir ziemlich sicher, dass das Rauschen des Windes eine Sprache ist, deren Worte wir nicht verstehen. Manchmal frage ich mich, ob Küchenkräuter sich immer gleich fühlen. Oder ob Basilikum montags möglicherweise genervt, mittwochs schwer gelangweilt und freitags auch mal übermütig sein kann. Vor allem aber frage ich mich, warum sich nicht jeder diese Fragen stellt.

Heute ist mein elfter Geburtstag. Donnerstag, der elfte Juli.

Normalerweise reißt mich das Klingeln des Weckers um sieben Uhr aus dem Tiefschlaf, worauf ich mich widerwillig aus dem Bett erhebe, unter die Dusche schleppe, warmes und kaltes Wasser auf mich einprasseln lasse und dabei versuche, ganz allmählich in die Gänge zu kommen. Aber heute Morgen schlage ich die Augen auf, bevor sich der Wecker meldet – und bin schlagartig so hellwach, als hätte ich eine Tüte Kaffeepulver inhaliert.

Elf Minuten vor sieben, stelle ich beim Blick auf das Ziffernblatt fest. Was für ein witziger Zufall: mein elfter Geburtstag, der elfte Juli und ich werde um elf vor sieben wach.

Dabei habe ich keine Ahnung, dass in genau elf Minuten eine noch viel merkwürdigere Sache passieren wird.

Aber schön der Reihe nach: Als ich mit nassen Haaren aus der Dusche steige und in meine Klamotten schlüpfe, höre ich es unten in der Küche poltern. Tante Kirsten kramt das gute Frühstücksgeschirr aus dem Schrank. Kein Geburtstagsfrühstück ohne gutes Geschirr, Tiefkühltorte und *Happy Birthday.* Mit den halb aufgetauten Torten habe ich mittlerweile zu leben gelernt, aber wenn mir jemand ein Geburtstagsständchen singt, rollen sich mir vor lauter Peinlichkeit die Zehennägel auf. Letztes Jahr, an meinem zehnten Geburtstag, war ich so todesmutig, bei Tante Kirsten anzufragen, ob wir in Zukunft nicht auf das Ständchen verzichten könnten. Schwerer Fehler! Sie hat augenblicklich ihr Beleidigte-Leberwurst-Gesicht aufgelegt und gezischt: »Wenn jemand Geburtstag hat, dann wird ihm zu Ehren ein Ständchen gesungen. Das gehört sich so!«

Wenn jemand weiß, was sich gehört, dann Tante Kirsten. Sie hat zu allem eine Meinung. Und sie hat gerne recht. Weswegen man ihr möglichst nicht widersprechen sollte. Sie hat nicht nur *gerne* recht, sie hat *immer* recht. Und kommandiert dabei Leute rum. Kirsten ist Leiterin der Kindertagesstätte in Winderbusch. Was bedeutet, dass sie nicht nur die armen kleinen Kindergartenkinder, sondern auch sämtliche Erzieherinnen rumkommandieren darf.

Ich schnüre meine Chucks, ziehe die Jeansjacke über, schiebe mir meine grüne Samtkappe auf den Kopf und werfe einen kurzen Blick in den Spiegel. Und wie beinah jedes Mal frage ich mich, ob das Mädchen, das mir entgegenschaut, wirklich nur mein Spiegelbild ist. Könnte es nicht auch ein völlig fremdes Mädchen sein, das in einer geheimnisvollen Welt hinter dem Spiegel lebt, mir zufällig aufs Haar gleicht und mich verhohnepipelt, indem es immer genau das tut, was ich gerade tue? Zugegeben, das Mädchen sieht mir zum Verwechseln ähnlich: braune Locken, braune Augen, Sommersprossen um die Nase, T-Shirt, Jeansjacke. Sie trägt sogar die gleiche Kappe wie ich. Die grüne Samtkappe mit schmalem Schirm, die meiner Mutter gehört hat. Die Kappe ist mir ein bisschen zu groß, was aber nicht weiter auffällt, wenn man sie nur weit genug aus der Stirn schiebt. Dem Mädchen im Spiegel passt sie auch nicht.

Zeit für eine Runde Spiegel-Duell, denke ich. *Zeig mal, was du draufhast, Spiegel-Mädchen!*

Ich blicke meinem Spiegelbild tief in die Augen, dann wende ich mich langsam ab, schaue interessiert in eine Ecke, so als gäbe es dort was unglaublich Spannendes zu sehen, und dann – werfe ich blitzschnell den Kopf herum und beobachte, was das Mädchen im Spiegel macht. Das Mädchen ist clever. Bisher habe ich es noch nie bei einem Fehler erwischt. Es tut immer genau das, was ich tue. Auch diesmal. *Aber fühl dich besser nicht zu sicher*, denke ich. *Früher oder später kriege ich dich, Spiegel-Mädchen!*

»Penny? Kommst du?«, höre ich Papa von unten rufen. Gefolgt von Tante Kirstens vorwurfsvoller Stimme:

»Wie lange will uns das Geburtstagskind denn noch warten lassen?«

»Komme gleich«, rufe ich.

Aber vorher muss ich noch den Tag begrüßen. Wie man das macht, hat Mama mir gezeigt, als ich ganz klein war.

Sie ist seit fünf Jahren tot. Kurz nach meinem sechsten Geburtstag ist sie plötzlich schwer krank geworden und wenige Monate darauf gestorben. Man sagt, die Erinnerung an einen Menschen verblasst immer mehr, je länger er fort ist. Aber meine Erinnerungen an Mama sind bunt und voll knalliger Farben. Immerzu hat sie sich verrückte Geschichten für mich ausgedacht. Oder Lieder mit Nonsens-Texten, die wir dann gemeinsam gesungen haben: *Wenn der Kammerjäger Urlaub hat, freuen sich die Kakerlaken. Und hängen ihre Sorgen fürs Erste an den Haken …* Und die Erinnerung daran, wie Mama mir beigebracht hat, den Tag zu begrüßen, steht mir so deutlich vor Augen, als hätte sie es erst gestern getan. *»Wenn du möchtest, dass der Tag dein Freund wird, solltest du so höflich sein, ihm Guten Morgen zu sagen«*, hat sie mir erklärt.

Das Begrüßungsritual geht folgendermaßen: Ich gehe vor dem Fenster in Position, dann ziehe ich den Vorhang mit einem entschlossenen Ruck zur Seite, reiße das Fenster weit auf, nehme einen tiefen Atemzug und blicke dem jungen Tag ins Gesicht. Und nachdem ich mir einen ersten Eindruck davon verschafft habe, wie er so drauf ist, begrüße ich ihn. Zum Beispiel mit: »Hallo, sechster Mai. Freut mich, dich kennenzulernen. Und mach dir keine Gedanken wegen des kleinen Regenschauers. Ich mag Frühlingsschauer. Und du riechst total umwerfend. Nach Maiglöckchen!« Oder: »Guten Morgen, zweiter August. Wow, du bist echt heiß!« Manche Tage muss man ein bisschen trösten. Besonders in der kalten Jahreszeit: »Es darf auch graue Nebeltage geben. Du bist völlig in Ordnung, dritter November. Du bist eben ein Tag zum Lesen und In-eine-Decke-Kuscheln. Ist doch auch was.«

Der heutige Tag braucht keinen Trost. »Es ist mir ein Vergnügen, elfter Juli«, begrüße ich ihn. »Du bist eine echte Schönheit!« Und das meine ich genau so, wie ich es sage: Hinter unserem verwilderten Garten bahnt sich der leise murmelnde Brixbach seinen Weg durch die Landschaft. Der große Kirschbaum, der vor meinem Fenster aufragt, wirft einen langen Schatten auf die Obstwiese hinter dem Haus, die noch von Tau bedeckt ist. Jenseits des Baches erheben sich dicht bewaldete Hügel mit gewaltigen Laubbäumen. Die Morgensonne kitzelt meine Nase, ein paar Schnecken haben sich zum Frühstück im Salatbeet versammelt, der Himmel ist blau, nur vereinzelt segelt ein gut gelauntes weißes Wattewölkchen durch den Morgen. Viel besser kann ein Sommertag nicht starten. Und ein Geburtstag auch nicht.

»Penny, wenn du nicht bald kommst, sind die Kerzen runtergebrannt!«, reißt mich Kirstens beleidigte Stimme aus meinen Betrachtungen. Wenn ihr Tonfall von vorwurfsvoll zu beleidigt wechselt, wird es gefährlich.

»Komme!«, brülle ich und will das Fenster gerade schließen – als ich mitten in der Bewegung innehalte und mit offenem Mund in den Kirschbaum starre. Einen kurzen Moment lang glaube ich, ich hätte eine Halluzination. Aufgespießt auf einen kleinen Zweig steckt ein grüner Briefumschlag!

Er hat das gleiche Grün wie die Blätter um ihn herum, deswegen habe ich ihn nicht sofort wahrgenommen. Aber jetzt erkenne ich, dass jemand mit einem Filzstift eine *11* auf das Kuvert gekrakelt hat. Und darunter prangt – ebenso krakelig – mein Name: *Penny Maroux.*

Wie festgewachsen stehe ich da und stiere auf den grünen Umschlag. Ist das etwa eine Geburtstagskarte? Für mich? Aber wer deponiert eine Geburtstagskarte in einem Kirschbaum? Papa bestimmt nicht. Und Tante Kirsten erst recht nicht. Wer kommt auf so eine Idee?

Ich schließe kurz die Augen und kneife mich in den Unterarm, um sicherzugehen, dass ich mir den grünen Umschlag nicht einbilde. Aber als ich die Augen öffne, ist er noch immer da.

Also, wenn das so ist …

Ich atme einmal tief durch, dann schwinge ich mich kurz entschlossen aufs Fensterbrett, halte mich am Fensterkreuz fest und angele mit der anderen Hand nach dem mysteriösen Kuvert. Aber wie weit ich meinen Arm auch ausstrecke – zwischen Fingerspitzen und Umschlag fehlt ein guter Zentimeter. Da hilft nur noch eine halsbrecherische Akrobatik-Einlage: Ich klammere mich mit der Linken weiter fest, lasse mich so weit aus dem Fenster hängen, wie es geht, und schwinge mit dem Oberkörper vor und zurück, während meine rechte Hand versucht, die Karte zu erhaschen. Wahrscheinlich sehe ich dabei aus wie ein Schimpanse mit Sonnenstich. Und wüsste Tante Kirsten, was ich gerade tue, würde sie schon mit Feuerwehr und Notarzt telefonieren. Zweimal streifen meine Finger die Karte – beim dritten Versuch bekomme ich sie endlich zu fassen.

Ich ziehe die Stirn kraus und schnuppere vorsichtig an dem Umschlag. Begegnet einem etwas Merkwürdiges, ist es immer ratsam, erst mal daran zu schnuppern. Das Kuvert riecht nach Kirschen. Was nicht besonders verwunderlich ist. Schließlich hat es im Kirschbaum gesteckt.

Mit angehaltenem Atem öffne ich den Umschlag. Im Inneren findet sich, wie erwartet, eine Karte. Als ich sie zögerlich herausnehme, rieseln bunte Konfettiteilchen aus dem Kuvert und verteilen sich auf die Dielen.

Die Karte entpuppt sich als eine der Jux-Geburtstagskarten, wie man sie in jedem Schreibwarenladen bekommt. Auf der Vorderseite stehen die Worte *Herzlicher Glückwunsch,* darunter ist ein grünes Männchen (ein Alien? ein Kobold? ein Elferich?) zu sehen, das ein Partyhütchen auf dem Kopf trägt und so dermaßen heftig schielt, als ob es schon etliche Gläser Geburtstagsbowle intus hätte. Neugierig klappe ich die Karte auf und zucke zusammen, als eine quäkende Fanfare ertönt: Bäbbädäbäbb däbäbb däbäbb däbäbbdä bäää!

Na super! Eine singende Karte. Fast genauso peinlich wie ein Ständchen, denke ich. Dann fällt mein Blick auf einen handgeschriebenen Glückwunsch. Jeden Satz in einer anderen Schrift. So als hätte eine ganze Reihe von Leuten abwechselnd daran geschrieben. Noch viel merkwürdiger aber ist, *was* dort steht!

Liebe Penny,

ALLES GUTE ZUM ELFTEN GEBURTSTAG!

Willkommen in der Elfer-Welt!

Leider haben wir kein Geschenk für dich. Dafür aber ein paar Ratschläge. Und genau genommen sind gute Ratschläge auch so was wie Geschenke. Ganz genau genommen sind sie sogar die besten Geschenke.

Eigentlich sind aller guten Ratschläge elf, aber wir wollen es für den Anfang nicht übertreiben und fangen erst mal mit zwei an.

Also, hier kommt Ratschlag Nummer eins: Halte in den nächsten Tagen Augen und Ohren auf. Achte darauf, wo und wann dir die 11 begegnet. Du wirst überrascht sein, wie häufig du sie triffst.

Wahrscheinlich denkst du jetzt gerade so was Ähnliches wie: Häh? Was soll das? Gut, es ist mein elfter Geburtstag, aber was in aller Welt soll dieses Elfer-Gerede? Und dass du das denkst, ist schon mal ein prima Anfang. Fragen zu stellen, ist immer gut.

Was uns zu Ratschlag Nummer zwei führt: Denk über die 11 nach! Stell Fragen! Hast du dich schon mal gefragt, warum die 11 als Zahl der Narren gilt? *Oder warum es zehn und nicht elf Gebote gibt?* Oder warum von wirklich allem in der Welt eine Top-Ten, aber niemals eine Top-Eleven existiert?

Einen spannenden elften Geburtstag wünschen dir

DIE ELFER-KINDER

Fassungslos glotze ich auf die Unterschrift und mache wahrscheinlich ein ziemlich unintelligentes Gesicht. Wer sind die Elfer-Kinder? Was ist das für eine seltsame Botschaft? Wer hat sie in den Baum gesteckt? Ist das irgendein schräger Witz? Was sollen diese penetranten Hinweise auf die 11?

Achte darauf, wo und wann sie dir begegnet …

Blitzartig schießt mir durch den Kopf, wann ich heute Morgen aufgewacht bin: um elf vor sieben. Am elften Juli. Meinem elften Geburtstag. Und … unsere Adresse lautet: Am Brixbach 11.

»Penny! Wie lange willst du uns denn noch warten lassen?«, ruft Tante Kirsten nach oben und hört sich dabei so gereizt an, als stünde sie kurz davor, in die Geburtstagskerzen zu beißen.

»Ich … bin sofort da.« Ich werfe einen letzten verwirrten Blick auf die Karte, klappe sie hastig zusammen, verstaue sie in meiner Schultasche, schließe das Fenster und stürme aus dem Zimmer.

Die Treppenstufen knarren mitleiderregend, als ich nach unten steige. Unser Haus ist ein Holzhaus. Und nicht nur die Außenwände, das Dach und die Veranda bestehen aus Holz, auch innen gibt es jede Menge davon: Treppen, Böden, Täfelungen, Geländer … Holz, wohin man sieht.

Ich wohne jetzt seit fünf Jahren hier. Am Anfang fand ich es ein bisschen unheimlich (besonders nachts), weil es ständig irgendwo knarzt, knarrt, knackt oder klopft. Aber mittlerweile habe ich mich an die Geräusche gewöhnt und finde es hier urgemütlich.

Das Haus am Brixbach ist Papas Elternhaus. Er und Tante Kirsten haben es von meinen Großeltern geerbt. Papa ist in Winderbusch geboren und zur Schule gegangen. Aber dann hat es ihn in die Ferne verschlagen: Er hat studiert, bei einer Zeitung zu arbeiten begonnen, Mama kennengelernt und dann kam ich auf die Welt. Alles in der Ferne. Und da wären wir wahrscheinlich auch geblieben. Wenn Mama nicht gestorben wäre. Nach ihrem Tod wollte Papa nach Winderbusch zurück. Das heißt, eigentlich war es Tante Kirstens Idee, dass wir hierher ziehen. Sie ist Papas ältere Schwester und hat kein besonders großes Vertrauen in seine erzieherischen Fähigkeiten: »Ein Mann kann doch ein kleines Mädchen nicht alleine aufziehen. Ihr zieht zu mir!«, hat sie damals bestimmt und mir mit zuckersüßem Lächeln erklärt:

»Ich weiß natürlich, dass ich deine Mutter nicht ersetzen kann, Liebes. Aber ich werde deine beste Freundin sein!«

Das Problem ist: Ich möchte nicht, dass Kirsten meine beste Freundin ist. Weil sie einem ständig sagt, was man zu tun und zu lassen hat, und dabei nervt wie nichts Gutes.

Als ich die Tür zur Küche öffne, fällt mein Blick als Erstes auf die Schwarzwälder-Kirsch-Tiefkühltorte, auf der elf bunte Kerzen brennen. Tante Kirsten sieht beleidigt aus, weil sie auf mich warten musste, entschließt sich dann aber doch, wieder meine beste Freundin zu sein. Sie zwingt sich ein Lächeln ins Gesicht, hüpft von ihrem Stuhl auf und beginnt voller Inbrunst, *Happy Birthday* zu schmettern. Während ich das Ständchen über mich ergehen lasse, blicke ich zu Papa, der nur leise mitbrummt und dabei ziemlich verlegen aussieht. Ihm ist die Singerei genauso peinlich wie mir. Aber er hat auch gelernt, dass man problemloser durch den Tag kommt, wenn man tut, was Kirsten für richtig hält.

»Herzlichen Glückwunsch, Liebes!«, jauchzt sie, als das Gesinge endlich vorbei ist, und fällt mir um den Hals.

Dafür, dass Papa und Tante Kirsten Geschwister sind, sehen sie sich nicht besonders ähnlich. Papa ist groß und kräftig, hat glattes Haar und ist der eher bedächtige Typ, während Tante Kirsten klein und wuselig und mit einem krausen Lockenschopf gesegnet ist. Wären sie Bälle, dann wäre Tante Kirsten ein Flummi und Papa ein Medizinball.

»Alle Gute, Penny«, sagt er leise. Auf seinem Gesicht erscheint das traurige Lächeln, das ich jedes Mal bemerke, wenn er mich anblickt. Er umarmt mich und ich drücke ihn ganz fest. Papa sieht immer etwas schwermütig aus, und ich frage mich, wann ich ihn das letzte Mal lachend gesehen habe. Seit Mamas Tod wirkt er ein wenig verloren: Die meiste Zeit über vergräbt er sich in seine Arbeit und es gibt Tage, da wirkt er völlig abwesend. Dann nimmt er außer seiner Arbeit nichts und niemanden wahr. Manchmal nicht einmal mich.

Papa räuspert sich ausgiebig, kratzt sich nervös am Hals und zaubert ein Geschenk hinter seinem Rücken hervor. »Ich hoffe, es ist das Richtige«, murmelt er.

»Wow! Danke!«, entfährt es mir, nachdem ich das Geschenkpapier aufgerissen habe – und ich drücke Papa gleich noch mal und gebe ihm einen dicken Schmatz auf die Wange. Auch wenn er manchmal abwesend wirkt, kriegt er offenbar sehr genau mit, was seiner Tochter gefällt: Freudestrahlend blicke ich auf einen Band von *Rory Shy – der schüchterne Detektiv.* Meine Lieblings-Buchreihe. »Das ist super, Papa! Und kommt genau zur richtigen Zeit. Ich bin gestern mit Band 10 fertig geworden. Danke, danke, danke!«

Dann setzen wir uns. Tante Kirsten hat schon mit dem schärfsten Messer Stücke von der gefrorenen Torte gesäbelt. Prüfend stochere ich mit der Gabel in meinem Tortenstück herum. Es ist höchstens zu einem Drittel aufgetaut. Papa und ich werfen uns über den Tisch hinweg einen kurzen Blick zu und verzichten fürs Erste auf den Tortengenuss.

Weil weder Kirsten noch Papa noch ich backen können, gibt es an Geburtstagen bei uns immer Tiefkühltorte. Und jedes Mal vergisst Tante Kirsten, sie früh genug aufzutauen. Was passieren kann und eigentlich nicht dramatisch ist. Aber es nervt wie Seuche, dass Kirsten niemals zugeben kann, einen Fehler gemacht zu haben. Stattdessen kaut sie mit Todesverachtung auf der tiefgefrorenen Torte rum, tut so, als wäre alles in bester Ordnung, und zwitschert: »Hmm. Ist doch lecker. Habt ihr keinen Appetit?«

»Öhm … Torte ist mir so früh am Morgen ein bisschen zu mächtig«, zieht sich Papa diplomatisch aus der Affäre.

»Ja … mir irgendwie auch«, murmele ich, woraufhin Kirsten ärgerlich die Nase rümpft. »Da kann ich mir die ganze Mühe demnächst ja auch sparen«, befindet sie eingeschnappt.

Welche Mühe?, denke ich. *Die Torte aus der Tiefkühltruhe zu nehmen?* Aber natürlich sage ich es nicht laut. Ich bin ja nicht lebensmüde.

Während Tante Kirsten sich die frostige Torte einverleibt, kreisen meine Gedanken um die geheimnisvolle Geburtstagskarte.

Die Elfer-Kinder? Willkommen in der Elfer-Welt?

Einen Moment lang überlege ich, Papa und Kirsten die Karte zu zeigen und zu berichten, auf welch seltsame Art sie zu mir gefunden hat. Aber dann denke ich: Besser nicht! Kirsten hat nicht viel übrig für seltsame Dinge. Sie würde mir kein Wort glauben und wahrscheinlich vermuten, dass ich die Karte selbst geschrieben habe. »Fantasie ist ja schön und gut, junge Dame. Aber du hast definitiv ein bisschen zu viel davon«, hat sie mir schon mehrmals erklärt. Tante Kirsten findet Fantasie verdächtig. Und Karten im Kirschbaum bestimmt auch. Nein, ich sollte vorläufig niemandem davon erzählen.

Was das Rätsel natürlich nicht kleiner macht. Warum schickt mir jemand diese Botschaft? *Achte auf die 11? Du wirst überrascht sein, wie häufig du sie triffst?*

Also schön. Fassen wir mal zusammen: Ich werde heute elf. Am elften Juli. Ich bin um elf vor sieben aufgewacht.

Unsere Hausnummer ist die 11. Was noch? Mal überlegen. Oh … mein Name. Er hat elf Buchstaben! Und addiert man die Ziffern meiner Körpergröße (146 Zentimeter) ergibt das ebenfalls 11. Und … Mein Blick bleibt an Papas Geschenk hängen und mir wird schlagartig bewusst: Band 11! Das ist Band 11 der *Rory Shy*-Buchreihe: *Rory Shy und der goldene Armleuchter.* Schon wieder die 11! Eine wirklich bemerkenswerte Häufung von Elfer-Zufällen …

»So. Von mir gibt es natürlich auch noch ein Geschenk«, trällert Kirsten und schiebt den leeren Teller von sich weg. Dann überreicht sie mir mit großer Geste einen weißen Umschlag und merkt stolz an: »Es ist ein Gutschein. Ich habe ihn selbst gestaltet.«

»Oh! Danke«, sage ich und versuche, dabei halbwegs begeistert zu klingen. Von Tante Kirsten gibt es jedes Jahr einen selbst fabrizierten Gutschein. Zum Beispiel für 1x Picknick mit Tante Kirsten. Oder 1x Minigolf mit Tante Kirsten. Diesmal gibt es 1x Shoppen mit Tante Kirsten.

Gegen den ersten Teil des Gutscheins ist nichts zu sagen: Shoppen geht völlig in Ordnung. Der zweite Teil ist das Problem: *mit* Tante Kirsten. Wenn ich mit Kirsten shoppen gehe, habe ich am Ende immer einen Haufen neuer Klamotten, die nicht mir, sondern ihr gefallen.

Kirsten lächelt ihr *Spendable-Tante*-Lächeln und verkündet optimistisch: »Bei Monis Modekiste oder Hannis Damen-Boutique finden wir bestimmt was ganz Entzückendes für dich!«

Was ich ehrlich gesagt stark bezweifle.

Papa offenbar auch. Er verdreht hinter Kirstens Rücken die Augen, schnappt sich seine Tasche und den Autoschlüssel und nuschelt: »Muss so langsam mal los. Habe um acht eine Konferenz in der Redaktion.« Er arbeitet als Journalist bei der *Winderbuscher Post* und ist immer bestens informiert über das, was in der Stadt vor sich geht. Als er in der Tür steht, dreht er sich noch einmal um und lächelt mir zu. »Was hältst du davon, wenn wir zur Feier des Tages heute Abend eine Pizza essen gehen? Bei Mario?«

Ich lächle zurück und recke den Daumen hoch. Die Pizza Funghi von Mario steht in meiner Pizza-Favoritenliste ganz weit oben. »Für mich wird es auch Zeit«, sage ich, stopfe den *Rory Shy*-Band in meine Tasche und springe vom Tisch auf.

»Einen Moment!«, befiehlt Kirsten und drückt mir eine Frühstückstüte in die Hand. »Du gehst mir nicht ohne Pausenbrot aus dem Haus. Ich habe dir ein paar Käsetoasts gemacht. Käse ist für den Körper so wichtig wie Vitamin C.«

»Ja. Da bin ich mir auch ganz sicher«, entgegne ich und muss mir auf die Lippen beißen, um nicht zu lachen. So einen Blödsinn wie die Geschichte mit dem Käse behauptet Kirsten andauernd. Und legt dabei immer ein dermaßen wichtiges Gesicht auf, als würde sie gerade die weiseste aller Weisheiten verkünden. Ich greife nach meiner Tasche und sehe zu, dass ich Land gewinne, bevor sie vielleicht noch auf die Idee kommt, mir zu erklären, warum gefrorene Torte gut gegen Erkältung ist. »Tschüss«, murmele ich, bin im nächsten Moment aus der Tür und schwinge mich aufs Fahrrad.

2

Wilma Rübesam kann mich nicht leiden.

Wilma arbeitet in der Bäckerei am Fürstenplatz, direkt gegenüber meiner Schule. Papa hat mir erzählt, dass sie dort schon Brötchen, Teilchen und Torte verkauft hat, als er ein kleiner Junge war. Wilma hat Winderbusch nur ein einziges Mal verlassen. Vor drei Jahren, als sie mit dem Landfrauenverein für eine Woche nach Italien gefahren ist. Gefallen hat es ihr nicht besonders. »Kein Mensch spricht da Deutsch. Alle nur dieses komische Italienisch«, hat sie nach ihrer Rückkehr gemeckert.

Wilma hat rote Pausbacken, dicke Wurstfinger und sehr klare Ansichten darüber, wen sie leiden kann und wen nicht. Leiden kann sie Leute, die aus Winderbusch kommen und *vernünftige* Vor- und Nachnamen haben. Leute wie Hans-Jörg Klömpkens, den Bürgermeister, oder Gisela Fäller, die Vorsitzende vom Frauenverein. Nicht leiden kann sie Zugezogene und Leute, die seltsam klingende Namen haben. Penny Maroux steht auf ihrer Liste merkwürdiger Namen auf einer Spitzenposition. Und eine Zugezogene bin ich zu allem Überfluss auch noch.

Es ist kurz nach halb acht, als ich auf meinem Rad die Tonnenberg-Straße hinabschieße. Anschließend nehme ich den Weg am Wasserturm vorbei, erreiche gleich darauf die Winderbuscher Altstadt und halte auf die Bäckerei am Fürstenplatz zu. Ich will mir vor Schulbeginn noch schnell ein Schokokuss-Brötchen kaufen, weil Kirstens labbrige Käsetoasts völlig ungenießbar sind. Ich lehne mein Fahrrad gegen die Schaufensterscheibe der Bäckerei und springe die Stufen zum Laden hoch. Als ich eintrete, scheppert die kleine Glocke über der Tür. Wilma schaut auf, verzieht bei meinem Anblick das Gesicht und wendet sich wieder der Kundin zu, die sie gerade bedient: Hanni von *Hannis Damen-Boutique.* Die beiden sind damit beschäftigt, den neusten Winderbuscher Kleinstadt-Tratsch auszutauschen.

»Hast du es schon gesehen, Hanni?«, fragt Wilma, während sie mit ihren Wurstfingern Brötchen in eine Tüte füllt. »In der neuen *Galant* ist die Top-Ten der reichsten Junggesellen Deutschlands.« Sie kramt eine Illustrierte hinter dem Tresen hervor und hält sie ihrer Kundin vor die Nase.

Hanni betrachtet die Fotos der vermögenden Herren mit verbiestertem Gesichtsausdruck und befindet mit krähender Stimme: »Ich würde Nummer fünf nehmen. Der hat zwar ein paar Millionen Euro weniger als eins bis vier, aber dafür hat er wenigstens noch ein paar Haare. Wenn du mich fragst: Das ist eher die Top-Ten der haarlosesten Junggesellen Deutschlands.«

Urplötzlich habe ich wieder das, was in der Elfer-Karte steht, vor Augen: *Hast du dich schon mal gefragt, warum von wirklich allem in der Welt eine Top-Ten, aber niemals eine Top-Eleven existiert?*

Ja, warum eigentlich nicht? Was ist gegen eine Top-Eleven zu sagen?, frage ich mich. Und weil ich diese Art von Gedanken nur selten für mich behalten kann, schießt es aus mir heraus: »Wäre es nicht mal was anderes, wenn es von allem statt einer Top-Ten eine Top-Eleven gäbe?«

Von einem Moment auf den anderen herrscht Grabesstille im Laden. Wilma und ihre Kundin starren mich an, als hätte ich gerade vorgeschlagen, Weihnachten abzuschaffen. Dann tut Wilma das, was sie am besten kann: Sie schüttelt fassungslos den Kopf. Hanni bezahlt, nimmt ihre Brötchen und steuert auf die Tür zu. Dabei macht sie einen so weiten Bogen um mich, als hätte ich Masern, Mumps und Röteln gleichzeitig.

»Top-Eleven?«, knurrt Wilma, kaum dass die Frau den Laden verlassen hat, und nimmt mich mit zusammengekniffenen Augen ins Visier. »Was soll der Blödsinn? Zehn ist genau richtig. Das ist 'ne schöne, runde Zahl.«

Ich beschließe, Wilma ein bisschen zu verwirren. Sie ist ziemlich leicht zu verwirren.

»Aber sagt man nicht, aller guten Dinge sind elf?«, frage ich mit unschuldiger Miene.

»Was? Äh … nein. Sagt man nicht«, moppert sie. »Aller guten Dinge sind, ähm … wie viel waren es jetzt noch mal? Zwei? Vier? Sieben? Herrgott, du bringst einen völlig durcheinander mit deinem wirren Gerede! Also – was ist jetzt? Bist du nur zum Klugscheißen hier oder willst du auch was kaufen?«

»Ein Brötchen mit Schokokuss, bitte.« Ich sehe zu, wie sie mit mürrischem Gesicht ein Brötchen aufschneidet und einen Schokokuss auf die untere Hälfte platziert. »Warten Sie!«, sage ich und springe zur Verkaufstheke vor. »Können Sie das Brötchen ganz dicht an mein Ohr halten, wenn Sie die Hälften zusammenpappen? Und bitte, machen Sie das ganz langsam. Ich mag das leise Knacken, wenn die Schokohülle aufplatzt. Das ist eines von den Geräuschen, die mir gute Laune machen.«

»Häh?« Wilma glotzt mich begriffsstutzig an.

»Das Geräusch macht gute Laune. Es gibt Geräusche, die schlechte Laune machen: quietschende Türen oder das fiese Gluckern in der Spüle, wenn das Abflussrohr verstopft ist. Oder Sirenen. Und dann gibt es Geräusche, die mir gute Laune machen: das Geräusch, das entsteht, wenn man über Schnee läuft, eine brummende Hummel, Kirchenglocken an Ostern oder das Knacken, wenn die Schokohülle vom Schokokuss platzt. Haben Sie kein Geräusch, das Ihnen gute Laune macht?«

»Doch. Das Geräusch, wenn sich die Ladentür hinter dir schließt!«, sagt Wilma kurz angebunden und patscht die Brötchenhälften mit brutaler Gewalt zusammen.

Ich lege ein paar Münzen auf die Theke und bin schon auf dem Weg zur Tür, als sie die Hände in die Hüften stemmt und sich bedrohlich räuspert.

»Ich will dir mal was sagen, junges Fräulein«, beginnt sie, statt einfach zu sagen, was sie sagen will. Dann rückt sie aber doch noch damit raus: »Ich habe es deiner Tante Kirsten auch schon gesagt: Sie muss mal zum Arzt mit dir. Irgendwas ist bei dir im Oberstübchen nicht ganz richtig, Penny Maroux. *Top-Eleven? Geräusche, die gute Laune machen?* Solche Spinnereien mögen wir hier in Winderbusch gar nicht.«

»Oh, wie schade. Trotzdem noch einen schönen Tag.« Frohgemut hüpfe ich aus dem Laden. »Und übrigens: Aller guten Dinge sind drei. Wiedersehen, Frau Rübesam.«

Viertel vor acht. Behutsam verstaue ich das Brötchen in der Schultasche und steige auf mein Fahrrad. Donnerstags ist Wochenmarkt auf dem Fürstenplatz. Leckerleckerleute, der Gemüsehändler, preist lautstark Radieschen und Kohlrabi an. Ich nenne ihn so, weil er die Marktbesucher mit dem immer gleichen Ruf an seinen Stand zu locken versucht: »Lecker, lecker, Leute! Lecker, lecker, Leute!« Während ich in gemächlichem Tempo zwischen den Marktständen und bunten Buden hindurchradle, steigen mir die verschiedensten Düfte in die Nase. Es riecht nach frischen Himbeeren, Lakritze, Malzbonbons, gebratenen Auberginen und Räucherspeck, nach allen möglichen Kräutern und nach der Lavendelseife, die in einer der Marktbuden verkauft wird. Als ich am Käsestand vorbeikomme, werde ich kurz blass. Der Käsemann hat einen ziemlich streng riechenden Ziegenkäse im Angebot.

Nicht nur Geräusche, auch Gerüche machen gute oder schlechte Laune. Jeder Ort hat seine eigene Duftmischung. Jede Jahreszeit hat ihren eigenen Geruch. Genau betrachtet hat selbst jeder Monat seine eigenen Gerüche: Der Dezember duftet (wenig verwunderlich) nach Zimtplätzchen, Tannennadeln und Eierpunsch, während der Februar riecht wie jemand, neben dem man nicht in der Bahn sitzen möchte: nach feuchter Kleidung, Hustenpastillen und Bronchial-Salbe. Aber jetzt ist es Juli. Und der Juli riecht von allen Monaten am besten. Nach Erdbeeren, Orangenlimonade, Wildblumen und Freibad. Kurz gesagt: nach Ferien – auch wenn die erst in einer Woche beginnen.

»Morgen, Hugo, altes Knautschgesicht«, grüße ich die Statue von Fürst Hugo zu Winderbusch, die man am Rand des Fürstenplatzes errichtet hat. Natürlich antwortet er nicht, sondern steht so unbeweglich da wie immer und blickt grimmig in die Ferne. Fürst Hugo sieht auch aus wie jemand, neben dem man nicht in der Bahn sitzen möchte. Er hält eine Streitaxt in der rechten Hand, hat eng beieinanderstehende Augen, einen total krummen Zinken und einen ziemlich finsteren Gesichtsausdruck. Im Volksmund heißt er nur *Hugo der Hässliche,* was ein bisschen gemein ist, weil die Winderbuscher ihm einiges zu verdanken haben: Im Jahre fünfzehnhundertschlagmichtot hat Hugo der Hässliche die Truppen irgendeines feindlichen Fürsten (Donald der Dummbatz? Wahnfried der Wüterich?) besiegt und so dafür gesorgt, dass die Winderbuscher nicht von einem fremden Herrscher unterdrückt wurden. Sondern weiterhin von ihm. So wie sie es gewohnt waren. Die ortsansässigen Tauben sind davon nicht beeindruckt. Gerade landet wieder ein vorwitziges graues Federvieh auf Hugo und kackt ihm frech auf die Glatze.

Hinter der Statue mache ich einen kleinen Schlenker nach links – und stehe vor meiner Schule. Ein altes, verwittertes Gebäude mit hohen Fenstern, das dicht mit Efeu bewachsen ist. An seiner rechten Seite schraubt sich ein schmaler Turm in die Höhe, in dessen Spitze die Schulbibliothek untergebracht ist. Eine niedrige, bröckelige Mauer aus Naturstein umgibt den Pausenhof.

Dass die Schule *Gymnasium am Fürstenplatz* heißt, statt einfach nur *Gymnasium Winderbusch,* finde ich ein wenig irreführend. Das klingt so, als gäbe es noch ein anderes Gymnasium in Winderbusch. Gibt es aber nicht. Ein Gymnasium reicht auch völlig. Winderbusch hat gerade mal fünfzehntausend Einwohner und ist ein verschlafenes, von Wäldern und Feldern umgebenes Städtchen, dessen größte Attraktionen die Altstadt mit ihren Fachwerkhäusern, ein kleines Heimatmuseum und die Statue von Fürst Hugo sind.

Auf dem Schulhof ist das Fahrradfahren verboten, also steige ich ab und schiebe das Rad zu den Fahrradständern. Die befinden sich, versteckt hinter einer hohen Hecke, am Rand des Hofes. Das mit der Hecke halte ich für eine nur mittelgute Idee. Von den Klassenräumen aus kann man nicht sehen, was hinter dem dichten Grün vorgeht, was dazu führt, dass sich ständig irgendwelche Witzbolde an den Rädern zu schaffen machen. Gestern hat mir irgendein Blödmann die Luft aus den Reifen gelassen, während ich im Unterricht saß, und ich durfte vor Antritt der Heimfahrt erst mal kräftig pumpen.

Als ich um die Hecke biege, fällt mein Blick auf ein Mädchen mit einem blonden Zopf, das über den Fahrradständer gebeugt steht und sein Rad abschließt.

»Morgen, Hendrike«, sage ich fröhlich.

»Oh … Penny. Hallo«, entgegnet sie weitaus weniger erfreut. Hendrike trägt Sandalen und ein blaues Sommerkleid, und ihrem Gesicht ist deutlich anzusehen, dass sie von unserem Zusammentreffen nicht übermäßig begeistert ist. Eilig greift sie nach ihrer Schultasche und marschiert auf den Eingang zu.

»Warte doch! Ich komme mit«, rufe ich, renne los und schließe zu ihr auf.

Hendrike ist nicht zum Plaudern aufgelegt. Unser Klassenzimmer liegt im ersten Stock, und während wir die Treppe hinaufsteigen, schweigt sie hartnäckig und hält den Blick starr geradeaus gerichtet. Dass heute mein Geburtstag ist, scheint ihr entfallen zu sein.

In der Grundschule waren sie und ich die besten Freundinnen. Wir gluckten ständig zusammen und haben jeden möglichen Blödsinn ausgeheckt. In der ersten Zeit auf dem Gymnasium war es auch noch so. Aber seit ein paar Monaten hat Hendrike keine Zeit mehr, um sich mit mir zu treffen. Jedes Mal, wenn ich sie frage, hat sie angeblich schon was vor. Außerdem hängt sie seit Neuestem in den Pausen mit Pamela Fäller, Alina Ziburski und deren Zwillingsbruder Alex rum. Wenn man mich fragt: Die drei sind die übelste Clique unserer Klasse. Halten sich für megatoll und superschlau, haben zusammengenommen aber weniger Hirn als eine Tüte Gummibärchen. Ihre Hauptbeschäftigung ist es, über andere herzuziehen. Keine Ahnung, was Hendrike an diesen Hohlköpfen findet.

»Weißt du, was ich mir vorhin überlegt habe?«, sage ich, weil ich ihr Schweigen nicht gut aushalten kann. »Wäre es nicht viel spannender, wenn es eine Top-Eleven statt der langweiligen Top-Ten gäbe?«

»Was?« Hendrike hat plötzlich den gleichen Ausdruck im Gesicht wie vorhin Wilma Rübesam.

»Ich bin auch erst durch die merkwürdige Karte drauf gekommen.«

»Welche Karte, Penny? Wovon redest du schon wieder?«

»Die grüne Karte von den, äh … Elfer-Kindern. Sie steckte heute Morgen in unserem Kirschbaum. Und ich – «

»Halt die Klappe, Penny!«, fährt mich Hendrike an und stampft mit dem Fuß auf.

Ich bin völlig verdattert und stiere sie mit weit aufgerissenen Augen an. »Was … was ist denn los?«

»Ich hab genug davon«, presst sie zwischen zusammengekniffenen Lippen hervor. »Von deinen bescheuerten Fragen und all deinen beknackten Geschichten und Ideen.«

»Welche beknackten Ideen?«, stammele ich, noch immer ganz perplex.

»Na, das, was du da gerade gesagt hast, zum Beispiel. Eine Karte im Kirschbaum? Eine Top-Eleven? Was soll der Schwachsinn? Und dann deine fixe Idee, Bäume könnten traurig oder fröhlich sein. Ständig quasselst du davon. Ist dir nicht klar, wie verrückt das klingt? Es sind nur Bäume, Penny. Bäume haben keine Gefühle.«

»Doch. Haben sie«, protestiere ich. »Ich spüre, wenn es ihnen gut oder wenn es ihnen schlecht geht.«

»Das ist doch total irre. Merkst du das nicht?« Hendrike bedenkt mich mit einem Blick, der irgendwo zwischen mitleidig und angeekelt liegt. »Oder die Geschichte neulich, als du mir erzählt hast, die Figuren aus deinen Büchern würden nachts im Bücherregal rumklettern und die Figuren in anderen Büchern besuchen. Ich habe keine Lust mehr, mir so was anzuhören!«

»Aber ich habe doch gar nicht gesagt, dass sie das tun«, verteidige ich mich. »Nur, dass ich mir gerne vorstelle, dass sie es tun. – Was ist denn bloß los mit dir?«

Hendrike legt ein Gesicht auf wie eine Kindergärtnerin, die einer Dreijährigen erklärt, dass man nicht mit den Fingern ins Marmeladenglas greift. »Du benimmst dich noch immer wie ein Grundschulkind«, verkündet sie in wichtigem Ton. »Aber wir kommen nach den Ferien in die Sechste, Penny. Wir sind so gut wie erwachsen. Und du solltest langsam mal anfangen, dich wie eine Erwachsene zu verhalten!

Und aufhören, den Leuten mit deinen kindischen Ideen auf die Nerven zu gehen. Merkst du nicht, dass sich alle über dich lustig machen? Und nimm endlich diese blöde Kappe ab! Ich hab dir schon hundertmal gesagt, dass sie dir zu groß ist. Das sieht total bescheuert aus. Ständig blamierst du einen!«

Normalerweise bin ich nicht auf den Mund gefallen. Aber jetzt bringe ich erst einmal kein Wort raus. Ich spüre einen dicken Kloß im Hals und merke, wie mir Tränen in die Augen schießen. »Ist das dein Ernst?«, krächze ich. »Ich bin dir peinlich? Denkst du wirklich, dass …«

»Hey, Pamela. Hey, Alina«, haucht Hendrike in diesem Moment, so als wäre ihr völlig egal, dass ich mit den Tränen ringe. Stattdessen schaut sie an meinem rechten Ohr vorbei und läuft zartrosa an. »Hey, Alex.«

Ich wende den Kopf und sehe die Ziburski-Zwillinge und Pamela Fäller die Treppe hochsteigen.

Die Ziburskis gucken mal wieder so unschuldig, als könnten sie kein Wässerchen trüben. Die meisten Erwachsenen würden wahrscheinlich nicht glauben, dass die Zwillinge ihre Mitschüler mobben. Gegenüber Erwachsenen haben Alex und Alina es nämlich drauf, sich wohlgeraten und ganz besonders gut erzogen zu präsentieren. Und da sie unschuldige Gesichter machen können und außerdem noch hellblond sind, hat so mancher in Winderbusch ein ziemlich schiefes Bild von ihnen. Wilma Rübesam, zum Beispiel. »Zwei kleine blonde Engel«, schwärmt sie regelmäßig.

Wer die Ziburskis genauer kennt, der denkt bei ihrem Anblick eher an ein unheimliches Zwillingspärchen aus einem gruseligen Film. Die böse Brut des Höllenfürsten. Und Pamela Fäller sieht aus, als hätte der Fürst der Dunkelheit sie einzig auf die Erde gesandt, um seine unheilige Brut zu schützen. Pamela ist ausgesprochen kräftig, guckt finsterer als Fürst Hugo und fackelt nicht lange. Es gibt sogar Ältere, die vor ihr Angst haben. An der Bushaltestelle am Fürstenplatz hat sie einen Siebtklässler mal so verprügelt, dass er zu weinen begann.

»Hey, Rike«, sagt Alex Ziburski, woraufhin Hendrikes Gesichtsfarbe von Zartrosa zu Knallrot wechselt. Dann bedenkt er mich mit einem blöden Grinsen und macht leise: »Pfffffft.« Genau das Geräusch, das Luft macht, wenn sie aus einem Reifen entweicht.

»Du warst das, du Hirni!«, kapiere ich. »Du hast mir gestern die Luft aus den Reifen gelassen.«

»Ich wäre an deiner Stelle sehr vorsichtig mit unbewiesenen Verdächtigungen!« Pamela Fäller rückt mir unangenehm nah auf die Pelle und mustert mich mit einem abschätzigen Blick. »Jeder weiß doch, dass du dir andauernd irgendwas zusammenspinnst.« Dann wendet sie sich Hendrike zu und rät ihr: »Du solltest dich besser nicht zu lange in ihrer Nähe aufhalten. Habe erst neulich gehört, dass Verrücktheit ansteckend sein kann.«

»Und ich habe gehört, dass Doofheit vor Ansteckung schützt. Also habt ihr drei nichts zu befürchten«, entgegne ich – als mir die Kappe vom Kopf gerissen wird. Eine Sekunde später segelt sie durchs Treppenhaus nach unten.

»Oops, das tut mir aber leid«, beteuert Alina Ziburski mit falschem Lächeln. »War keine Absicht. Aber vielleicht ist es ja auch ganz gut. Dann kann dein heiß gelaufenes Köpfchen mal ein bisschen abkühlen.«

Lachend und feixend marschieren die drei über den Flur davon. Vor dem Klassenzimmer dreht sich Alex Ziburski noch einmal um und ruft: »Was ist, Hendrike? Kommst du? Oder willst du deine Zeit weiter mit Penny Crazy verschwenden?«

Für einen Moment wirkt Hendrike verlegen und richtet den Blick zu Boden. »Tut mir leid, Penny. Wir können wieder Freundinnen sein. Aber erst, wenn du erwachsen und vernünftig geworden bist«, wispert sie, lässt mich einfach stehen und hastet davon.

»Vernünftig?«, murmele ich in mich hinein, während ich mit den Tränen kämpfe, und schreie ihr wütend hinterher: »Darauf kannst du lange warten!«

3

Wenn dir deine einzig wahre Freundin am Geburtstag nicht gratuliert, sondern erklärt, dass sie dich für durchgeknallt hält – das fühlt sich an wie ein Dolchstoß ins Herz. Ich schaffe es, nicht loszuheulen, bis die anderen im Klassenzimmer verschwunden sind – aber dann kann ich die Tränen nicht mehr aufhalten. Erst nach zwei oder drei Minuten kriege ich mich wieder ein, wische mir die Tränen aus dem Gesicht, atme tief durch und betrete den Klassenraum.

Mir fällt sofort ins Auge, dass der Stuhl neben meinem Platz leer ist. Hendrike hat sich weggesetzt. Sie sitzt jetzt neben Pamela Fäller, direkt hinter den Ziburski-Zwillingen, und würdigt mich keines Blickes.

Frau Franken, unsere Klassenlehrerin, ist dabei, die Anwesenheit ihrer Schüler zu kontrollieren und liest die Namen aus dem Klassenbuch ab. Ich habe Glück: Sie ist erst bei K. Eilig quetsche ich mich an meinen Tisch und krame Stifte und ein Heft aus der Tasche.

»Hanife Kaymaz?«

»Hier.«

»Luisa Küster?«

»Ja.«

»Sascha Leifert?«

»Yo.«

»Penny Maroux?«

»Leibhaftig«, antworte ich.

Von mir aus kann Wilma Rübesam meinen Namen so merkwürdig finden, wie sie will. Ich mag ihn. Maroux ist französisch. Mama kam aus Frankreich. Papas Familienname ist Reekmann, aber da er und Mama nicht verheiratet waren, als ich geboren wurde, trage ich ihren Nachnamen. Und Penny heiße ich, weil der Zufall oder das Schicksal darüber entschieden haben. Je nachdem, woran man lieber glaubt. Meine Eltern konnten sich nicht auf einen Vornamen einigen. Dabei hatten sie neun Monate Zeit. Aber als bei Mama die Wehen einsetzten und Papa mit ihr ins Krankenhaus raste, hatte ich noch immer keinen Namen. Da haben sie beschlossen, den Zufall (oder das Schicksal) entscheiden zu lassen: Papa würde das Autoradio einschalten und der erste Name, den sie hören würden, sollte mein Vorname sein. Ich bin ausgesprochen froh, dass keine Nachrichten gesendet wurden, als er einschaltete. Sonst hieße ich heute vielleicht Merkel Maroux. Aber ich hatte Glück: Es lief Musik. *Penny Lane* von den Beatles. Und wer seinen Namen den Beatles verdankt, dem ist ziemlich egal, was Wilma Rübesam davon hält.

»Alina Ziburski?«, liest Frau Franken und Alina antwortet, so gelangweilt wie möglich, mit »Ja«.

Wenn ich vorhin behauptet habe, dass es sich bei den Ziburskis und ihrer Clique um einen Haufen Hohlköpfe handelt, bedeutet das nicht, dass sie schlechte Schüler sind. Sie sind zwar nicht unbedingt die hellsten Kerzen am Baum, kommen aber im Unterricht ganz gut mit. Üblicherweise wird jemand als Hohlkopf bezeichnet, der nicht so richtig fix im Denken ist. Was ich total daneben finde. Es gibt Leute, die schnell im Kopf sind, und es gibt welche, die ein bisschen länger brauchen. Das ist eben so – und macht einen noch lange nicht zum Hohlkopf. Auch wenn man nicht der größte Denker unter der Sonne ist, kann man ein total netter Mensch sein. Man kann ein guter Freund oder eine gute Freundin sein. Man kann hilfsbereit und mitfühlend und verständnisvoll sein. Alles Dinge, die überhaupt nicht hohlköpfig sind. Hohlköpfig ist es, sich für was Besseres zu halten und sich über die tatsächlichen oder angedichteten Schwächen anderer lustig zu machen. Was das angeht, sind Pamela und die Ziburski-Zwillinge geradezu galaktische Hohlköpfe. Und wie die meisten Hohlköpfe sind sie mit einer großen Schnauze ausgestattet und bestimmen dadurch, welche Mitschüler zu ihrer erlesenen Hohlkopf-Clique gehören oder wer ein *Opfer* ist. Und dazu bestimmen sie dann gerne diejenigen, die sich nicht gut wehren können. Luisa Küster, zum Beispiel, die so schüchtern ist, dass sie kaum ein Wort rauskriegt. Oder Ahmed al Mira, weil er manchmal, wenn er aufgeregt ist, stottert. Zu Beginn des Schuljahres mussten die beiden ständig blöde Bemerkungen und dämliches Nachäffen ertragen. Bis Alex, Alina und Pamela die Sache langweilig wurde und sie mich als neues Opfer auserkoren haben. *Penny Crazy.* Die irre Penny, die dauernd völlig verrückte Ideen hat und lächerliche Fragen stellt. Als ob eine Idee jemals verrückt oder eine Frage lächerlich sein könnte. Diese Schwachmaten! Aber weil die Ziburskis in der Klasse das Sagen haben, sind viele Mitläufer auf ihre Linie eingeschwenkt und ich darf mir jeden Tag zwei Dutzend nicht allzu originelle Spitznamen anhören: *Penny Crazy, Freaky Maroux, Köpfchen Kurzschluss …* Oder der persönliche Favorit von Alina Ziburski: *Frau Doktor Durchgeknallt.* Und jetzt lässt Alex mir die Luft aus den Reifen. Das ist neu. Offenbar sind sie in Stufe zwei ihres Mobbing-Projekts eingestiegen.

Viel mehr als ihre behämmerten Mobbing-Aktionen macht mir aber der Umstand zu schaffen, dass Hendrike zu ihnen übergelaufen ist. Dabei dachte ich immer, dass wir …

»Penny?«, reißt mich die Stimme von Frau Franken aus meinen Gedanken.

»Ja?«

»Ich habe gefragt, ob du auch einen Vorschlag hast. Für die Aktion unserer Klasse in der kommenden Woche.«

Nächsten Mittwoch, am letzten Schultag, gibt es im Gymnasium am Fürstenplatz einen Tag der offenen Tür. Dabei soll Geld für die Anschaffung neuer Computertechnik gesammelt werden. Jede Klasse muss irgendetwas aufführen oder veranstalten, um den Besuchern das nötige Geld zu entlocken. Und wir hatten die Aufgabe, uns bis heute auszudenken, was das sein könnte.

»Also … ja«, sage ich. »Ich habe mir überlegt, dass wir uns Einmachgläser besorgen und rausgehen und Gerüche aus Winderbusch sammeln könnten. Auf dem Markplatz, in der Altstadt oder am Winderbuscher Weiher. Und am Tag der offenen Tür machen wir dann eine Duft-Galerie. Jeder Besucher zahlt, sagen wir, zwei Euro Eintritt, und dafür darf er in die Gläser reinschnuppern und erraten, woher die einzelnen Gerüche stammen. Wer die meisten Gerüche richtig bestimmt, bekommt einen kleinen Preis.«

»Oh, das halte ich für eine etwas ungewöhnliche, aber ausgesprochen schöne Idee«, sagt Frau Franken und lächelt. Frau Franken ist schon in Ordnung. Auch wenn es mich immer ein bisschen gruselt, wenn sie lächelt. Weil man dann ihr Zahnfleisch sieht. Davon hat sie jede Menge. Ich habe noch keinen Menschen mit mehr Zahnfleisch gesehen.

»Das ist mal wieder eine typische Penny-Idee«, bemerkt Alex Ziburski angeödet. »Ich ziehe doch nicht zum Winderbuscher Weiher los, um Krötenfürze in Gläsern zu sammeln!«

Ein Großteil der Klasse bricht in Gelächter aus.

»Stimmen wir über Pennys Vorschlag ab!«, sagt Frau Franken.

Nach dem Krötenfurz-Spruch ist klar, wie die Abstimmung ausgeht. Vier Stimmen (einschließlich meiner) dafür, fünfundzwanzig (einschließlich der von Hendrike) dagegen. Alex Ziburski grinst mich triumphierend an; seine Zwillingsschwester lächelt schadenfroh.

»Na schön«, seufzt Frau Franken. »Dann möchte ich bitte weitere Vorschläge hören.«

Es kommen die üblichen lahmen Ideen wie Flohmarkt, Waffelbäckerei und Milchbar. Ich schalte innerlich ab. Stattdessen wandern meine Gedanken immer wieder zu dem grünen Umschlag, dessen Spitze aus meiner Schultasche ragt.

Aller guten Ratschläge sind 11. Achte auf die 11. Denk über die 11 nach.

»Ich habe ebenfalls eine Idee«, sagt Frau Franken, nachdem keiner der Vorschläge eine Mehrheit findet. »Vor drei Monaten haben wir uns doch in Deutsch mit Redewendungen beschäftigt. Ihr erinnert euch: das Handtuch werfen, das Kind mit dem Bade ausschütten, den Kürzeren ziehen, in jemandes Fußstapfen treten … Jeder von euch könnte pantomimisch eine Redewendung darstellen. Und ähnlich wie bei Pennys Vorschlag zahlen die Besucher eine kleine Teilnahmegebühr und wer die meisten Redewendungen errät, bekommt einen Preis.«

Die meisten meiner Mitschüler blicken nicht besonders begeistert drein.

»Bevor ihr darüber abstimmt, noch ein kleiner Hinweis«, sagt Frau Franken und zeigt ganz viel von ihrem Zahnfleisch. »Ihr könnt auch den ganzen Tag über Unkraut im Schulgarten jäten. Beobachtet von Schülern anderer Klassen, die sicher gerne Eintritt zahlen, um euch dabei zusehen zu dürfen. Denkt doch bitte kurz darüber nach, bevor ihr abstimmt.«

Die Klasse entscheidet sich geschlossen für Vorschlag eins.

»Sehr schön«, befindet Frau Franken. »Dann wird sich jeder von euch eine Redewendung aussuchen und sich ausdenken, wie er sie darstellt.«

»Und wann proben wir das?«, fragt Sascha Leifert. »Doch hoffentlich nicht außerhalb der normalen Schulzeit?«

»Wir proben gar nicht«, verkündet Frau Franken. »Jeder übt zu Hause etwas ein und verrät nicht, welche Redewendung er sich ausgesucht hat. Ist doch viel spannender für euch, wenn ihr am Tag der offenen Tür mitraten könnt. Lasst euch was einfallen. Und wenn sich mehrere für die gleiche Redewendung entscheiden, ist das kein Problem. Ich bin sicher, dass eure Darstellungen trotzdem sehr unterschiedlich ausfallen werden. Viel Spaß!«

Herr Roth-Hendle hat Sommergrippe. Was mich insofern betrifft, als er uns in Biologie unterrichtet. Wenn er nicht krank ist. Aber heute liegt er, wie gesagt, mit Fieber im Bett. Weswegen Bio in der vierten Stunde ausfällt.

Für den Fall, dass eine Stunde ausfällt, gelten für Unterstufenschüler klare Regeln: Man darf das Schulgelände nicht verlassen, sondern hat sich bis zum Beginn der nächsten Stunde in den Unterstufen-Aufenthaltsraum zu begeben. Oder in die Bibliothek in der Turmspitze, wo man sich die Zeit mit einem Buch vertreiben kann. Oder in den Schulgarten (wenn man sich dabei leise verhält und nicht den Unterricht anderer Klassen stört).

Im Herbst und Winter ist die Bibliothek mein klarer Favorit, aber an einem sonnigen Julitag zieht es einen natürlich ins Freie. Außerdem brauche ich dringend ein bisschen Ruhe. Und die finde ich am ehesten im Schulgarten. Die Sache mit Hendrike liegt mir schwer im Magen. Und in meinem Kopf herrscht noch immer völlige Verwirrung wegen der mysteriösen Elfer-Botschaft. Also suche ich mir ein abgelegenes, schattiges Plätzchen unter einem Nussbaum, blicke mich kurz um, und als niemand in Sichtweite ist, ziehe ich die grüne Karte aus der Tasche und betrachte sie eingehend.

Denk über die 11 nach, Penny. Stell Fragen. Hast du dich schon einmal gefragt, warum die 11 als Zahl der Narren gilt?

Ehrlich gesagt, nein. Natürlich weiß ich, dass die närrische Zeit im Rheinland am 11.11. um 11:11 beginnt. Aber warum das so ist? Keine Ahnung. Und noch etwas gibt mir zu denken: Ganz so, wie es diese mysteriösen Elfer-Kinder behaupten, gibt es von allen möglichen Dingen tatsächlich immer zehn. Nie elf. Die Top-Ten. Die Zehn Gebote. Alles, was man so braucht, kriegt man stets in einem praktischen Zehnerpack. Einen Elferpack hält offenbar niemand für praktisch. Und in Illustrierten findet man immer zehn Tipps zur Gartenpflege, Katzenhaltung oder gesunden Ernährung. Niemals elf. Warum eigentlich nicht?

Noch mehr beschäftigt mich aber die Frage: Warum habe ausgerechnet ich diese Karte bekommen? Oder bekommt jeder so eine, wenn er elf wird? Doch wohl kaum. Oder? Mir bleibt nichts anderes übrig, als dem Rat der Karte zu folgen und darauf zu achten, ob und wo mir die 11 begegnet. Vielleicht kann mir das auf irgendeine Weise in dieser merkwürdigen Geschichte weiterhelfen …

Als mir schon der Kopf raucht von den vielen Grübeleien um die 11 und ich das Gefühl habe, mich im Kreis zu drehen, beschließe ich, mir eine Pause zu gönnen. Zeit, endlich ein bisschen in dem neuen Abenteuer von *Rory Shy* zu schmökern. Ich nehme Schokokuss-Brötchen und Buch aus meiner Tasche und beginne gleichzeitig zu kauen und zu lesen.

Vorsicht! Nicht jeder Brötchenbelag passt zu jedem Buch. Das habe ich vor einiger Zeit festgestellt, als ich in einen der kitschigen Liebesromane reingelesen habe, auf die Tante Kirsten so abfährt. Beim Lesen habe ich auf einem Brötchen mit gekochtem Schinken rumgekaut und irgendwann gemerkt, dass Schinken für Liebesromane völlig ungeeignet ist. Dafür schmeckt er aber bestens zu Schauergeschichten. Zu lustigen Geschichten isst man am besten Himbeermarmelade. Und zu einem Sachbuch empfehle ich Käse oder Eieraufstrich. Aber für eines der Abenteuer von *Rory Shy – der schüchterne Detektiv* muss es unbedingt ein Brötchen mit Schokokuss sein!

Ich stehe auf Rorys vertrackte Fälle.

Autor der *Rory Shy*-Bücher ist ein geheimnisumwobener Schriftsteller – möglicherweise auch eine Schriftstellerin – namens Rigby Burton. Niemand weiß, ob es sich bei Rigby Burton um einen Mann oder eine Frau handelt, weil niemand weiß, wie er oder sie aussieht. Rigby Burton liest nicht öffentlich aus seinen oder ihren Büchern und auf den Buchumschlägen finden sich niemals Fotos von ihm. Oder ihr. Rigby Burton ist ein völliges Rätsel. Wer er oder sie auch immer ist, mit Rory Shy hat sich Rigby Burton einen ganz besonderen Helden ausgedacht: Eigentlich ist Rory für den Detektiv-Beruf nicht besonders geeignet. Weil er so wahnsinnig schüchtern ist und es ihm unangenehm ist, Verdächtige mit Fragen zu belästigen. Aber dafür hat Rory Shy eine unglaubliche Fähigkeit, die ihm hilft, jeden Fall zu lösen: Wenn er einen Gegenstand berührt, der mit einem Verbrechen in Zusammenhang steht, dann blitzen plötzlich Bilder in seinem Kopf auf, durch die ihm etwas Wichtiges über den Fall klar wird. Irgendwann dämmert ihm dann des Rätsels Lösung. Und der Moment, wenn er seine geniale Schlussfolgerung zieht, der ist wie der Moment, wenn die Schokohülle vom Schokokuss platzt. Ich liebe diesen Moment. Zum Beispiel im fünften Band, als Rory klar wird, dass nur Major Bongo der Dieb des *Diamanten von Moriba* sein kann. Und woher weiß er das? Weil er Zusammenhänge sieht, die keiner außer ihm sieht. Weil er als Einziger versteht, was es mit dem angebissenen Toast in Major Bongos Küche auf sich hat. Und was das wiederum damit zu tun hat, dass der Major schon am Dienstag einen Regenschirm kauft, obwohl es erst am Mittwoch regnet. Und welche Rolle dabei ein verirrter Hirschkäfer im Gewürzregal spielt. Rory hat es echt drauf.

Ich beiße ein weiteres Mal in mein Brötchen und vertiefe

mich in Band 11. Rory müsste eigentlich gerade jemanden nach dem Weg zum Tatort fragen. Wenn er dafür nicht zu schüchtern wäre …

Zwei Kapitel später (Rory hat drei Gegenstände berührt, drei Visionen gehabt und war einmal zu schüchtern, um eine Zeugin zu befragen) blicke ich von dem Buch auf und blinzele in die Sonne. Immer wenn ich lese, vergesse ich vollkommen die Zeit. Ich richte mich auf, beschatte die Augen mit der Hand und schaue zum Turm der Lukaskirche. Die goldglänzenden Zeiger der Kirchturmuhr zeigen – elf Uhr elf! Wie angewurzelt stehe ich da und blicke ungläubig zum Kirchturm. Heiliger Bimbam!

Würde in diesem Moment jemand ein Foto von mir machen, wäre ich darauf sicher mit dem weltdümmsten aller Gesichter zu sehen. Elf Uhr elf! Schon wieder die 11. So wie es die Elfer-Kinder vorhergesagt haben. Und das gleich doppelt! Wie kann das sein? Wieso blicke ich ausgerechnet um elf nach elf auf die Uhr?

»Du magst den schüchternen Detektiv?«, sagt eine Stimme hinter mir und ich fahre erschrocken herum.

Mir gegenüber steht ein Mädchen mit schulterlangen dunklen Haaren und einer schwarz geränderten Brille. Ich habe sie nicht kommen hören. Dabei habe ich Ohren wie ein Luchs. Sie muss regelrecht über den Kiesweg geschwebt sein. Das Mädchen trägt Jeans, grüne Chucks, ein Batik-T-Shirt und hat so blendend weiße Zähne, als wäre sie einer

Zahnpasta-Werbung entsprungen. Ich weiß, dass sie in der Sechsten ist, eine Jahrgangsstufe über mir, aber ich habe keine Ahnung, wie sie heißt.

»Rory Shy ist einfach der Größte«, sagt sie lächelnd, deutet auf das Buch in meiner Hand und verkündet stolz: »Ich habe alle Bände gelesen. Aber ich finde, Band 11 ist der beste. Bist du schon an der gruseligen Stelle, wo Rory den goldenen Armleuchter berührt und dabei eine Vision von einem glatzköpfigen Mönch hat?«

»Ähm, nein … Aber danke für den Spoiler«, murmele ich verdattert, bevor mir einfällt, dass es vielleicht angebracht wäre, sich miteinander bekannt zu machen. »Ich bin Penny Maroux«, stelle ich mich vor.

»Ja«, sagt das Mädchen, so als hätte sie das schon vorher gewusst, lächelt in sich hinein und streckt mir die Hand entgegen. »Und ich bin Aurora Coletti.«

Ohne dass ich was dagegen machen kann, ereilt mich umgehend ein Kicheranfall.

»Was ist an *Aurora Coletti* so witzig?«, sagt sie und legt die Stirn in Falten.

»Nichts«, kichere ich. »Ich finde deinen Namen ausgesprochen schön. Ich musste nur gerade daran denken, dass du damit bei Wilma Rübesam bestimmt auch auf der schwarzen Liste stehst.«

»Du meinst die Frau aus der Bäckerei?«, fragt sie und beginnt ebenfalls zu giggeln. »Ja. Jedes Mal, wenn ich in den Laden komme, macht sie ein Gesicht wie eine schlecht gelaunte

Bulldogge. Und als ich ihr irgendwann mal erklärt habe, dass Aurora *Morgenröte* bedeutet, hat sie eine Minute lang den Kopf geschüttelt und gebrummt: ›Morgenröte … Welche Eltern nennen ihr Kind denn Morgenröte? Ach, Winderbusch ist nicht mehr, was es mal war.‹ Seitdem piesacke ich sie, indem ich meine Puddingteilchen immer mit Zwei- und Fünf-Cent-Münzen bezahle. Sie braucht ewig, um die zu zählen, und sieht dabei aus, als würde ihr Kopf jeden Moment explodieren. Solltest du auch mal probieren.«

»Danke für den Tipp«, entgegne ich grinsend.

Aurora Coletti mag Rory Shy. Und sie mag es, Wilma Rübesam in den Wahnsinn zu treiben. Gleich zwei gute Gründe, um *sie* zu mögen. Aber da ist noch etwas. Etwas durch und durch Merkwürdiges: Bis vor ein paar Sekunden wusste ich nicht einmal ihren Namen und dennoch habe ich das völlig unerklärliche Gefühl einer großen Vertrautheit. So als würden wir uns schon ewig kennen. Als hätten wir uns nur eine Zeit lang aus den Augen verloren und uns heute – um elf Uhr elf – zufällig wiedergetroffen. Habe nur ich dieses komische Gefühl, oder …

»Du sahst eben ganz schön verwirrt aus«, sagt Aurora und betrachtet mich mit einem prüfenden Blick. »Ich meine, Rorys Fall mit dem goldenen Armleuchter *ist* verwirrend, aber –«

»Es war nicht wegen Rory Shy«, unterbreche ich sie. »Es war …« Nein, ich kann ihr nicht von dieser merkwürdigen Elfer-Geschichte erzählen. Auch wenn es sich für mich vielleicht anfühlt, als würden wir uns schon Jahre kennen – tatsächlich kennen wir uns gerade mal wenige Augenblicke. *Du solltest einem Mädchen, das du gerade kennengelernt hast, besser nichts von grünen Briefumschlägen in Kirschbäumen erzählen. Oder von Elfer-Kindern. Sie wird dich für genauso durchgeknallt halten, wie Hendrike es tut.* »Ach, nichts«, sage ich. »Nur eine … eine merkwürdige Sache, die mir passiert ist.«

»Aha?«, sagt Aurora und macht dabei ein Gesicht, dem nicht anzusehen ist, was sie denkt. Dann beugt sie sich vor und flüstert mir ins Ohr: »Wenn etwas Merkwürdiges geschieht, sollte man genau hinsehen, Penny. Und sich fragen, warum es geschieht. Denn nichts geschieht ohne Grund. Rings um uns herum passieren ständig seltsame Dinge. Dinge, die einen zum Nachdenken bringen sollten. Aber zehn von elf Menschen sehen nicht hin. Weil seltsame Dinge ihnen Angst machen.« Dann tritt sie einen Schritt zurück und sagt: »Ich habe heute Morgen den Streit mitbekommen, den du mit deiner Freundin hattest. Nimm dir nicht zu Herzen, was sie gesagt hat. Sie gehört auch zu denen, denen seltsame Dinge Angst machen. Und du hast natürlich recht: Bäume *können* traurig oder fröhlich sein. Ich kann es ebenfalls spüren. Erst heute Morgen bin ich in einen Kirschbaum geklettert, der ausgesprochen gut drauf war. – Bis bald, Penny. Ach, und … alles Gute zum Geburtstag!« Aurora zwinkert mir zu, schwebt in ihren grünen Chucks über den Kiesweg davon, biegt um eine Ecke und ist verschwunden.

Sprachlos vor Erstaunen blicke ich ihr hinterher. *Alles Gute zum Geburtstag? Woher weiß sie …? Ein Kirschbaum? Sie ist heute Morgen in einem Kirschbaum rumgeklettert?*

Sie war das! Aurora Coletti hat die Karte in dem Baum deponiert. Aber … warum? Wie kommt sie dazu?

So langsam kapiere ich gar nichts mehr.

Was, verdammt noch mal, geht hier vor?

4

In der fünften Stunde haben wir Englisch bei Frau Groß, aber ich schaffe es nicht eine Sekunde lang, mich auf den Unterricht zu konzentrieren. Mir schwirrt der Kopf von all dem, was heute Morgen geschehen ist. Angestrengt versuche ich irgendeine Ordnung in meine Gedanken zu bekommen: die Karte im Kirschbaum, die Elfer-Kinder, Aurora Coletti … War es wirklich Aurora, die die Karte in den Baum gesteckt hat? Und wenn ja, warum hat sie das getan? Wenn sie es war – weiß sie dann auch, wer diese mysteriösen Elfer-Kinder sind? Ist sie selbst vielleicht ein *Elfer-Kind* – was immer das sein mag? Was hat es mit dem Ratschlag auf sich, auf die 11 zu achten? Und warum begegnet mir die Zahl heute wirklich überall?

Und dann Auroras Behauptung, dass sie auch fühlen kann, ob es Bäumen gut oder schlecht geht … Wollte sie sich nur über mich lustig machen? Oder hat sie das ernst gemeint?

Was die Geschichte mit den Bäumen angeht: Ich weiß, dass die meisten Menschen es so wie Hendrike sehen. Ein Baum ist für sie nur ein Baum. Und eine Blume nur eine Blume und ein Kraut nur ein Kraut. Weil Pflanzen nicht sprechen und sich nicht von der Stelle bewegen können, glauben die meisten Menschen, sie wären nicht wirklich Lebewesen. Und hätten keine Gefühle. Jedenfalls nicht so wie ein Mensch oder ein Tier. Aber damit liegen sie völlig daneben. Ich weiß es, denn ich kann spüren, wie hoffnungsvoll und aufgeregt die Bäume werden, wenn der Frühling kommt. Und mir kann keiner erzählen, dass die Gänseblümchen auf der Wiese nicht in Panik verfallen, wenn sie das Geräusch eines Rasenmähers hören.

Für mich war es immer eine völlig klare Sache, dass auch Bäume oder Blumen lebendig sind und Gefühle haben. Und früher habe ich gedacht, dass die meisten Menschen das ebenso empfinden. Bis ich zu meiner Überraschung gemerkt habe, dass es bei den meisten nicht der Fall ist. Dass sie die Vorstellung, Stiefmütterchen und Geranien könnten Gefühle haben, völlig verrückt finden. Als ich Tante Kirsten unvorsichtigerweise mal davon erzählt habe, hat sie mir die Hand auf die Stirn gelegt, um festzustellen, ob ich Fieber habe.

Und nun kommt Aurora Coletti und behauptet, sie könnte auch fühlen, ob ein Kirschbaum gut oder schlecht drauf ist. Und das ist nicht das einzig Besondere an ihr. Nein – sie mag auch noch Rory Shy. Die meisten meiner Mitschüler lesen am liebsten Geschichten über Superhelden mit sagenhaften Superkräften. Einen schüchternen Detektiv fänden sie total langweilig. Ich kann dagegen mit Superhelden nur wenig anfangen. Wenn man Superkräfte hat, ist es nicht besonders schwierig, mal eben die Welt zu retten. Oder? Aber wenn man kein Superheld, sondern zum Beispiel schüchtern oder ängstlich ist, aber dann trotzdem den Mut fasst, etwas zu tun, wovor man eigentlich eine Heidenangst hat … Ist das nicht viel spannender und heldenhafter? Für mich ist Rory Shy ein Held. Und für Aurora Coletti anscheinend auch. Warum habe ich das seltsame Gefühl, sie schon ewig zu kennen? Und warum begegne ich ihr ausgerechnet um elf Uhr elf? Ich muss dringend mit Aurora sprechen.

Nach Schulschluss setze ich mich auf die Stufen vor dem Eingang und warte ungeduldig darauf, dass Aurora erscheint. Größere und kleinere Gruppen von Schülern drängen aus dem Gebäude, aber Aurora ist nicht unter ihnen. Und als ich einen ihrer Mitschüler aus der Sechsten nach ihr frage, guckt er verwundert und brummelt: »Aurora? Die ist heute früher gegangen. Fühlte sich krank.«

»Ah. Danke«, sage ich und versuche mir meine Verblüffung nicht anmerken zu lassen. *Krank?* Vorhin im Schulgarten sah sie aus wie das blühende Leben. Kein bisschen krank. Die ganze Sache wird von Minute zu Minute mysteriöser.

Als ich zu den Fahrradständern komme, stöhne ich genervt auf: Schon wieder sind beide Reifen platt! Seufzend hole ich die Luftpumpe aus meiner Tasche, hocke mich vor das Rad und beginne zu pumpen.

Wer für die platten Reifen verantwortlich ist, muss man nicht lange fragen. Ein Stück entfernt, auf einer Mauer, sitzen Alex, Alina, Pamela – und Hendrike. Dieser ist die Situation sichtbar peinlich. Sie blickt zu Boden und versucht verzweifelt so auszusehen, als hätte sie mit all dem nichts zu tun. Pamela und die Ziburskis geben sich dagegen nicht die geringste Mühe, ihre Schadenfreude zu verbergen.

»He, Köpfchen Kurzschluss«, ruft Pamela. »Hat dir etwa schon wieder jemand die Luft aus den Reifen gelassen? Mensch, das tut mir jetzt aber echt leid.«

»Ja. Mir auch«, beteuert Alex Ziburski. »Hätten wir gesehen, wer das war, hätten wir natürlich eingegriffen.«

»Ich glaube, du hast ab sofort einen neuen Spitznamen: *Penny Pumpe!«*, begeiert sich Alina, und alle drei brechen in Gelächter aus. Hendrike versucht weiterhin so zu tun, als wäre sie nicht da.

Ich habe auch eine Menge Namen für euch, denke ich. *Die meisten davon sind allerdings nicht druckreif*. Ich schiebe mein Rad über den Pausenhof und pfeife dabei ein fröhliches Liedchen, ganz so als wäre ich bester Laune.

Man trifft sich immer zweimal im Leben. Und Rache ist Blutwurst.

Für den Heimweg lasse ich mir jede Menge Zeit. Davon habe ich reichlich. Es ist zwar mein Geburtstag, aber ich habe kein rauschendes Fest geplant.

Jedes Jahr versucht Kirsten mich zu überreden, eine Party zu veranstalten. Weil sie sich gerne bei der Planung von Festivitäten austobt und alles so organisiert, wie es sich ihrer Meinung nach gehört. Ließe man ihr freie Hand, hätte sie das Haus im Nullkommanix mit herzförmigen, pinkfarbenen Ballons dekoriert, würde Partyhütchen an die Gäste verteilen und alle zwingen, irgendwelche todlangweiligen Spiele zu spielen. Oder – noch schlimmer – einen Karaoke-Wettbewerb veranstalten. Was gleich mehrere gute Gründe sind, auf eine Geburtstagsfeier zu verzichten. Aber es gibt noch einen weiteren Grund: Ich wüsste nicht so wirklich, wen ich einladen sollte. Mit den meisten meiner Mitschüler komme ich ganz gut aus – mal abgesehen von den Ziburskis und Pamela Fäller. Doch meine einzig wirkliche Freundin ist Hendrike. Zumindest habe ich das bis heute Morgen angenommen. Aber anscheinend ist sie ja über Nacht vernünftig und erwachsen geworden. Wenn erwachsen und vernünftig sein bedeutet, sich bei den größten Mobbern der Klasse einzuschleimen, bete ich ab jetzt dreimal täglich darum, unvernünftig zu bleiben.

Ich trete kräftig in die Pedale, lasse die schiefergedeckten Fachwerkhäuser der Altstadt hinter mir und biege kurz darauf in einen holprigen Feldweg ein. Über Winderbusch muss man Folgendes wissen: Ursprünglich bestand die Stadt nur aus dem, was heute als Altstadt bezeichnet wird. Und ringsherum lagen ein paar kleine Dörfer verstreut: Niederstein, Oberstein, Hanff, Tennscheid und Brixbach, das seinen Namen dem gleichnamigen Bach verdankt, der hinter unserem Haus rauscht. Irgendwann wurden die Dörfer eingemeindet und gehören seither zu Winderbusch. Aber sie liegen natürlich noch immer genauso weit von der Innenstadt entfernt wie früher. Von der Schule bis nach Brixbach braucht man mit dem Rad gute zwanzig Minuten. Mein Weg führt an Getreidefeldern und Wiesen vorbei, über eine schmale Holzbrücke und dann durch ein kleines Wäldchen. Zwischen den Bäumen hindurch sehe ich den Winderbuscher Weiher glitzern und beschließe spontan, einen kleinen Zwischenhalt einzulegen.

Die Ufer des Gewässers sind dicht mit Bäumen bestanden. Ich stelle das Rad ab und rutsche einen kleinen Abhang hinab. Zu meinem Lieblingsplatz. Unter der großen, gebeugten Trauerweide, deren lange Äste an manchen Stellen bis ins Wasser hängen. Ich bin gerne hier. Besonders an warmen Sommertagen. Und ganz besonders zu dieser Tageszeit.

Normalerweise ist in dem Wald, der den Weiher umgibt, allerhand los: jede Menge Vogelgezwitscher, ein Rascheln hier, ein Rascheln dort, wenn kleine Tiere aufgeschreckt durchs Unterholz wuseln. Und manchmal, wenn ein Trupp Forstarbeiter im Wald unterwegs ist, auch Stimmen oder das Geräusch einer Motorsäge. Aber an Sommertagen wie diesem wird es zur Mittagszeit plötzlich ganz still. Die Waldarbeiter machen Pause und die Vögel auch. Eine, manchmal auch zwei Stunden lang herrscht völlig Stille. Als hätte sich die Welt mal eben aufs Sofa gelegt, um ein Mittagsschläfchen zu halten. Nur ganz selten ist ein leises Plätschern und Gluckern zu hören, wenn das Wasser des Weihers müde über die Steine am Ufer schwappt. Was übrigens ein Gluckern ist, das gute Laune macht – im Gegensatz zu dem im Abfluss. Außerdem glaube ich über das Gluckern des Wassers genau das Gleiche wie über das Rauschen des Windes: Es ist eine Sprache!

Sprachen können ganz verschieden sein. Wir Menschen bilden Worte und fügen sie zu Sätzen, die am Ende einen Sinn ergeben – bei manchen Menschen jedenfalls. Viele Tiere haben ebenfalls eine Lautsprache und verständigen sich über Zwitschern, Miauen, Knurren oder andere Laute. Aber es gibt auch Tiere wie Käfer oder Ameisen, die unterhalten sich noch auf ganz andere Weise. Unter anderem dadurch, dass sie Duftstoffe absondern. Um ihren Artgenossen durch den Duft etwas mitzuteilen. Beispielsweise »Hey, Jungs! Hier hinter dem fauligen Baumstumpf gibt's lecker Fressen.« Oder »In Deckung, Freunde! Da vorne kommt der plattfüßige Gärtner mit den Gummistiefeln.« Duft ist auch eine Sprache. Weil sich Wesen dadurch etwas mitteilen. Alles kann eine Sprache sein: Worte, Laute, Gerüche …

Warum also nicht auch das Rauschen des Windes oder das Gluckern von Wasser? Mit wem Wind und Wasser sprechen, darüber bin ich mir noch nicht ganz im Klaren. Vielleicht spricht der Wind mit den Bäumen und das Wasser mit sich selbst. Vielleicht wollen sie *uns* aber auch etwas sagen. Doch wir können es leider nicht verstehen. Weil wir im Allgemeinen keine Mühe darauf verwenden, es auch nur zu versuchen. Bisher habe ich in meinem Berufswunsch zwischen Hochseilartistin, Waldmeisterbrause-Produzentin und Schriftstellerin geschwankt. Aber Wissenschaftlerin wäre auch eine gute Option. Dann könnte ich die Sprache des Windes und des Wassers erforschen. Es wird allerhöchste Zeit, dass es endlich jemand tut.

Würde Tante Kirsten von meiner Idee wissen, hätte sie flugs ein Fieberthermometer in der Hand. Und Hendrike hielte es wahrscheinlich für genauso *beknackt* wie die Idee mit der Top-Eleven.

Vielleicht habe ich mir in den letzten Monaten nur noch eingeredet, dass sie meine Freundin ist, überlege ich, während mein Blick über das spiegelglatte Wasser schweift. Wäre ich ehrlich gewesen, hätte ich mir schon längst eingestehen müssen, dass sich zwischen uns etwas verändert hat. Es war sogar hier, an diesem Ort, als mir das erste Mal aufging, dass Hendrike und ich nicht mehr gleich ticken: letztes Jahr, an einem Tag im September, kurz nach Schuljahresbeginn. Damals sind wir nach der Schule auch zum Winderbuscher Weiher gefahren. Und auch damals herrschte diese schöne, schläfrige Mittagsstille.

Wenn ich irgendwo hinkomme, wo es ganz still ist, dann werde ich auch still. Weil ich das Gefühl habe, die Stille nicht stören zu dürfen. Und das gilt besonders für die Stille an warmen Sommermittagen. Die Art von Stille, die sich wie ein magischer Schleier über die schläfrige Landschaft legt und alles ein wenig verzaubert erscheinen lässt. Eine irgendwie würdevolle Stille. Und wenn man dieser würdevollen Stille begegnet, dann sollte man schweigen. Aus Höflichkeit gegenüber dem stummen Weiher und dem stillen Wald. Und um den Zauber nicht zu zerstören.

Aber als ich damals mit Hendrike unter der gebeugten Weide am Ufer saß, verspürte sie nicht das geringste Bedürfnis zu schweigen. Sie plapperte unentwegt über alles Mögliche: darüber, dass sie Luisa Küster nicht leiden kann, dass sie Frau Franken nicht leiden kann, dass ihre Eltern total von gestern sind, dass sie viel zu wenig Taschengeld bekommt ... Sie redete ohne Punkt und Komma. Und schien überhaupt nicht zu merken, wie sie dadurch die Stille um uns herum kaputt machte. Sie hatte keine Augen dafür, wie schön der glitzernde Weiher und die Bäume waren. Es war, als hätte sie den Zauberschleier, der über dem Wald lag, zerrissen. Und als wäre ihr das völlig gleichgültig. Als würde sie es nicht einmal bemerken. Sie redete und redete und redete ...

Eine große lila Libelle surrt an mir vorbei, steht einen Moment in der Luft und segelt im Tiefflug über den Weiher davon.

An jenem Tag im September hatte ich zum ersten Mal das Gefühl, als hätte sich der Weg, auf dem Hendrike und ich seit der Grundschule gemeinsam gegangen waren, plötzlich geteilt und würde in entgegengesetzte Richtungen verlaufen. Und spätestens seit heute Morgen ist klar, dass das nicht nur ein Gefühl war ...

Langsam ziehe ich die Elfer-Karte aus meiner Tasche, lese die Botschaft ein weiteres Mal und rätsele angestrengt über ihre Bedeutung – bis der schrille Ruf eines Eichelhähers der

Mittagsruhe ein abruptes Ende setzt. Ohne richtig zu verstehen, warum ich es tue, beginne ich mitzuzählen, wie oft der Vogel seinen durchdringenden Ruf erschallen lässt.

… drei, vier, fünf … neun, zehn.

War es das?, frage ich mich und lausche in den Wald hinein – als ein weiteres Krächzen zu hören ist.

Elf! War ja klar.

5

Tante Kirsten hält jeden, der nicht mindestens zwei Dutzend Freunde oder Freundinnen hat, für einen bedauernswerten, einsamen Menschen. Käme ihr zu Ohren, dass Hendrike mir die Freundschaft gekündigt hat, würde sie die Stirn in Falten legen, mich mit einem besorgten Blick betrachten und mir einen langen Vortrag darüber halten, dass ich endlich mal etwas geselliger werden und mir irgendwelche Freunde suchen soll. Aber ich habe keine Lust darauf, mir *irgendwelche* Freunde zu suchen. Erstens bin ich gar nicht so ungesellig, wie Tante Kirsten glaubt: Natürlich fände ich es schön, viele Freunde zu haben. Aber es ist eben nicht immer einfach, welche zu finden. Und noch lange kein Grund, sich verzweifelt mit *irgendwelchen* Menschen anzufreunden, nur um nicht alleine zu sein. Zweitens habe ich überhaupt kein Problem damit, Zeit mit mir alleine zu verbringen. Es gibt jede Menge interessanter Dinge, die man alleine tun kann. Lesen, zum Beispiel. Oder nachdenken. Und das aufschreiben, was einem durch den Kopf geht. Oder dem Rauschen des Windes in den Bäumen lauschen und darüber fantasieren, was er wohl gerade sagt. Man fühlt sich nicht einsam, wenn man spürt, dass die Dinge um einen herum lebendig sind.

Ich bin nicht die, die ein Problem damit hat, alleine zu sein. Tante Kirsten hat das Problem. Sie hält es keinen Tag lang alleine aus. Kirsten hat eine ganze Armee von Freundinnen, die alle zwei Dinge gemeinsam haben: Sie können minutenlang reden, ohne Luft zu holen, und haben allesamt eine wiehernde Lache, bei der sich einem die Nackenhaare aufstellen. Ich nenne sie den Nervensägen-Club. Wenn Kirsten mal nicht gerade eine oder mehrere Nervensägen zu Besuch hat, hängt sie am Smartphone und verschickt unaufhörlich Kurznachrichten. Und weil sie glaubt, dass ihre Art zu leben die einzig richtige ist, betrachtet sie Menschen, die gerne alleine sind, mit unverhohlenem Misstrauen. »Jeder Mensch braucht gesunde soziale Beziehungen«, predigt sie andauernd. Wenn gesunde soziale Beziehungen so aussehen, dass man ständig von einem Rudel wiehernder Nervensägen umgeben ist, kann ich gut darauf verzichten.

Kein Wort darüber, dass Hendrike und ich keine Freundinnen mehr sind, bläue ich mir ein ums andere Mal ein, während ich am Brixbach entlang nach Hause fahre. Sonst hat Kirsten mich in drei geselligen Vereinen angemeldet, bevor ich auch nur Piep machen kann.

Ginge es nach meiner Tante, würde unser Garten aussehen wie mit der Pinzette gezupft. Nicht das kleinste Unkräutchen wäre zu sehen und der alte Kirschbaum hinter dem Haus wäre schon lange gefällt, weil Kirsten der Ansicht ist, dass er zu viel Licht wegnimmt. Aber in dem Fall hat Papa sich mal durchgesetzt. Weswegen wir weiterhin einen wunderschön verwilderten Vorgarten haben: mit kniehohem Gras, Wildblumen und riesigen Farnen. Dunkelgrüner Efeu kriecht über die Steinplatten am Boden, windet sich um die Latten des niedrigen Zauns, der den kleinen Garten umgibt, und sogar um den hölzernen Briefkasten, der auf einem der Zaunpfosten angebracht ist.

Und genau dieser Briefkasten ist es, auf den ich, wie von allen guten Geistern verlassen, starre.

Ein grüner Umschlag! Aus dem Kasten ragt ein grüner Umschlag.

Mein Mund fühlt sich mit einem Mal trocken an. Mit zitternden Fingern greife ich nach dem Kuvert und ziehe es aus dem Kasten. Der Umschlag ist größer als der von heute Morgen. Aber er hat die gleiche Aufschrift: *11 – Penny Maroux.* Keine Briefmarke. Der Umschlag ist nicht mit der Post gekommen. Irgendjemand war hier und hat ihn in den Kasten gesteckt.

Hastig scannen meine Augen die Umgebung ab. Aber niemand ist zu sehen. Nicht Aurora Coletti und auch sonst kein Mensch … Ich spüre, wie sich meine Nackenhaare aufrichten. Wie mysteriös die ganze Elfer-Sache auch ist – bisher habe ich sie eher als so etwas wie ein spannendes Rätsel betrachtet. Aber in diesem Moment wird mir bewusst: Diese Geschichte ist nicht nur rätselhaft. Sie wird langsam ziemlich unheimlich. Warum will jemand meine Aufmerksamkeit unbedingt auf die 11 lenken? Irgendetwas Merkwürdiges geschieht hier – und ich habe nicht die geringste Ahnung, wohin es führen wird.

Ich durchquere den Vorgarten im Laufschritt, schließe die Haustür auf, schnappe mir eine Flasche Limonade aus der Küche und verziehe mich hinters Haus. Vorsichtig lasse ich mich auf der morschen Rundbank unter dem Kirschbaum nieder. Dann trinke ich einen Schluck Limo, atme einmal kräftig durch, öffne den Umschlag und entnehme ihm – einen dünnen Stapel Spielkarten! Zehn Karten, um genau zu sein.

Vollkommen ratlos betrachte ich das Kartenspiel. Was soll das? Was soll ich damit anfangen?

Vom Ass (oder der 1) bis zur 10 sind alle Zahlenkarten vertreten. Alle zeigen das gleiche Motiv: eine Burg mit hohen Zinnen, kleinen Türmchen und einem schweren, geschlossenen Burgtor. Die Karten unterscheiden sich nur in einem winzigen Detail: der Anzahl der Schlösser, mit denen das Burgtor gesichert ist. Das Ass zeigt nur ein Schloss, bei der Zwei sind es zwei Schlösser, bei der Drei folgerichtig drei Schlösser, und so weiter … Bis zur letzten Karte, auf der der Eingang zur Burg mit zehn Schlössern versehen ist.

Ich bin reichlich verwirrt. Vor allem eine Sache kapiere ich nicht: Warum sind es nicht elf Karten? Ich meine … in der ersten Nachricht der Elfer-Kinder hat sich alles um die 11 gedreht – und jetzt schicken sie mir zehn Spielkarten. Zehn! Das verstehe, wer wolle. Oder steckt etwa noch eine Karte in dem Umschlag?

Nein, stelle ich eine Sekunde später fest. Aber … ganz unten in dem Kuvert ertaste ich einen kleinen Zettel und ziehe ihn heraus. Eine winzige, gestochene Handschrift.

Liebe Penny,
wenn du die Karten betrachtest, dann denk daran:
Manchmal ist nicht das wichtig, was man sieht.
Sondern das, was man nicht sehen kann.
Mit den besten Wünschen für deine und unsere Zukunft
die Elfer-Kinder

Manchmal ist nicht das wichtig, was man sieht. Sondern das, was man nicht sehen kann. Was soll das jetzt schon wieder bedeuten? Was ist auf diesen Karten nicht zu sehen?

Das ist einer der Momente, in denen ich mir nichts sehnlicher wünsche, als dass Mama hier wäre. Manchmal, wenn ich alleine bin, spreche ich mit ihr. Vor allem dann, wenn ich dringend Hilfe brauche. »Schick mir bitte einen Geistesblitz, Mama«, flüstere ich und blicke zwischen den Zweigen des Baumes hindurch in den Himmel.

Manchmal ist nicht das wichtig, was man sieht. Sondern das, was man nicht sehen kann.

Was kann man auf diesen Karten nicht sehen? Das Innere der Burg, natürlich. Aber ist es wirklich das, was mir dieser Hinweis sagen will? Oder geht es vielleicht darum, dass etwas auf diesen Karten fehlt?

Ich komme auch beim besten Willen nicht darauf, was das

sein könnte. *Mama, wo bleibt der Geistesblitz?*, denke ich, während ich stirnrunzelnd auf das Kartendeck blicke. Was kann man auf diesen Karten nicht sehen? Was fehlt?

Und dann kommt er, der Geistesblitz! Ganz plötzlich. Und im selben Moment frage ich mich, wie ich die ganze Zeit über so begriffsstutzig sein konnte. Es fehlt nichts *auf* den Karten …

Es fehlt eine Karte!

Natürlich, das will mir die Botschaft auf dem Zettel sagen! Dieses Kartendeck ist nicht komplett. Eine Karte fehlt. Eine Karte ist nicht zu sehen. Die 11 …

Zehn Spielkarten. Und eine fehlende 11.

Das Ganze wirft gleich mehrere Fragen auf. Erstens: Was ist das für ein seltsames Kartenspiel? Normalerweise hat ein Kartenspiel zehn Zahlenkarten und drei Bildkarten (Bube, Dame, König). Macht dreizehn. Und das Ganze dann jeweils als Herz, Karo, Pik und Kreuz. Heißt: ein Kartendeck besteht aus 4x13, sprich aus 52 Karten. Aber das Spiel, das ich gerade bekommen habe, scheint nur aus Zahlenkarten zu bestehen. Aus elf Zahlenkarten. Zehn Zahlenkarten, die eine Burg mit verschlossenem Tor zeigen. Und einer elften Karte, die aber aus irgendeinem Grund fehlt. Doch gerade diese fehlende 11 scheint für das Spiel besonders wichtig zu sein.

Warum fehlt die Karte? Und warum schicken mir die Elfer-Kinder – wer immer sie sein mögen – dieses Spiel? Was wollen sie damit bezwecken?

Oder ist das alles nur … Ein fieser Verdacht steigt in mir auf: Ist das Ganze nur eine Riesenverarsche? Steckt Aurora Coletti vielleicht mit den Ziburskis und Pamela Fäller unter einer Decke? Veranstalten sie die Sache mit den grünen Briefumschlägen und die ganze Elfer-Geschichte nur, um mich hochzunehmen? Aber schon im nächsten Moment denke ich: nein! Das würde Aurora Coletti nicht tun. Und außerdem – das, was in der ersten Botschaft stand, stimmt: *Du wirst überrascht sein, wie oft du der Elf begegnest.* Das tue ich schon den ganzen Tag über. Und weder die Ziburski-Zwillinge noch Pamela Fäller können auch nur im Geringsten beeinflussen, wann ich aufwache oder wie oft ein Vogel seinen Ruf ausstößt. Wobei … wer kann das überhaupt?

Das ist keine Verarschung durch meine Mitschüler. Hier geht was völlig anderes ab.

Aber was? Und warum passiert es ausgerechnet mir?

6

Ich kann an nichts anderes mehr denken als an die mysteriösen Elfer-Botschaften und das Kartenspiel. Den ganzen Nachmittag über schwirren mir alle möglichen Fragen und Vermutungen durch den Kopf. Auch noch, als ich abends auf die Rückbank unseres roten Mini-Cooper krabbele und wir uns auf den Weg zur *Pizzeria da Mario* machen. Wenn es die Absicht der Elfer-Kinder war, meine gesammelte Aufmerksamkeit auf die 11 zu lenken, dann ist es ihnen bestens gelungen.

Tante Kirsten nimmt auf dem Beifahrersitz Platz, Papa klemmt sich hinters Steuer und startet den Wagen.

Ich mag den Mini-Cooper. Er ist wie eine freundliche, kleine, dicke Hummel. Wenn Hummeln rot wären. Und manchmal gibt es nichts Schöneres, als in einer roten Hummel zu sitzen und gemächlich durch einen warmen Sommerabend zu brummen. Und dabei zu wissen, dass einen eine Pizza Funghi erwartet!

»Dein Kleid ist so hübsch. Warum musst du dazu diese ausgetretenen alten Schuhe tragen? Und dann immer diese abgewetzte Kappe …«, meckert Kirsten.

Ich schaue aus dem Seitenfenster und tue so, als hätte ich sie nicht gehört. Zur Feier des Tages trage ich ein grünes

Sommerkleid, auf das ein Muster aus knallig gelben Sonnenblumen aufgedruckt ist. Und dazu – zu Kirstens Verdruss – meine ausgetretenen Chucks und die Samtkappe. Papa hat sich richtig schick gemacht, in seinen grauen Anzug geworfen und sogar eine Krawatte angelegt.

Ich wünschte, ich könnte sagen, dass sich Tante Kirsten auch schick gemacht hat. Aber schick wäre extrem untertrieben: Kirsten ist geschminkt, als wollte sie später am Abend noch in der Oper auftreten. Sie trägt ihre schwarzen Schuhe, die so hochhackig sind, dass sie kaum darin laufen kann, und ein elegantes, enges Abendkleid. So, als wollten wir nicht eine Pizza essen gehen, sondern als wäre sie auf dem Weg nach Hollywood, um den Oscar für die beste weibliche Hauptrolle entgegenzunehmen.

Dass Kirsten sich so aufgebrezelt hat, liegt natürlich an Vikram. Beziehungsweise daran, dass sie und Vikram gerade mal wieder Schluss haben. Vikram ist ein blonder, blauäugiger Hüne und Tante Kirstens Freund. Phasenweise zumindest. Ich finde, Vikram ist ein sympathischer Zeitgenosse. Er hat eine kleine Fahrradwerkstatt in Winderbusch und wenn er nicht gerade an irgendwelchen Rädern schraubt, lässt er sich am liebsten die Sonne auf den Bauch scheinen und macht gar nichts. Vikram ist nicht von Ehrgeiz gepeinigt und ziemlich tiefenentspannt. Genau das treibt Kirsten regelmäßig zur Weißglut. Wenn sie und Vikram zusammen sind, dauert es immer ungefähr ein halbes Jahr, bis sie einen ihrer Anfälle bekommt und ihm alles Mögliche an den Kopf wirft: dass er keinen Ehrgeiz hat, dass er nichts aus seinem Leben macht, dass er ein Taugenichts ist … Dann macht sie jedes Mal ganz dramatisch Schluss mit ihm. Anschließend ruft sie reihum all ihre Nervensägen-Freundinnen an, um ihnen mitzuteilen, dass es mit Vikram diesmal endgültig und bis ans Ende aller Zeiten vorbei ist. Um sich spätestens drei Monate danach, wenn ihr das Single-Leben langweilig wird, wieder mit Vikram zu versöhnen. Bis zum nächsten Krach. Und in ihren Single-Phasen wirft sie sich immer schwer in Schale. In der Hoffnung, möglichst viele bewundernde Blicke zu ernten. Damit sie Vikram später davon erzählen und ihn eifersüchtig machen kann.

Erwachsene … Die muss man nicht verstehen.

Papa parkt den Mini-Cooper schräg gegenüber der Pizzeria und wir schlendern über die Straße zu dem Restaurant. Das heißt: Papa und ich schlendern. Kirsten stellt gerade fest, dass sich Kopfsteinpflaster und hochhackige Schuhe nicht besonders gut vertragen. Im Storchengang stakst sie über die Pflastersteine – was nicht ganz so elegant aussieht, wie sie vielleicht glaubt.

Als wir die Pizzeria betreten, bleibe ich kurz stehen und atme tief ein. Pizzaduft ist auch ein Geruch, der gute Laune macht. Aber noch weit mehr als das. Er gibt einem das Gefühl, als käme man nach Hause! Pizzaduft ist einer der Gerüche, die einem sagen: *Keine Sorge. Hier bist du sicher. Alles wird gut.* Neben Pizzaduft gilt das übrigens auch für heiße Schokolade, den Geruch frisch gewaschener Bettwäsche und den herrlichen Duft von warmen Kokosmakronen.

Mario, der Inhaber der Pizzeria, ist ein kleiner, (fast) immer gut gelaunter Mann und so was wie ein Freund der Familie. Ohne ihn wären wir längst verhungert. Kirsten findet gesunde Ernährung theoretisch zwar ganz unglaublich wichtig, in der Praxis beschränken sich ihre Kochkünste aber auf ein paar Nudelgerichte und Tiefkühlkost. Und Papa kriegt nicht mal ein Spiegelei unfallfrei hin. Weswegen wir ziemlich häufig Pizza essen.

Mario kommt aus der Küche geschossen, verzieht bei Kirstens Anblick kurz das Gesicht, begrüßt Papa und mich überschwänglich und gratuliert mir zum Geburtstag. »Alles, alles Gute, Penny! Dein Essen geht heute natürlich auf Kosten des Hauses!« Anschließend bedeutet er uns, an einem Tisch am Fenster Platz zu nehmen, auf dem eine Vase mit Sonnenblumen steht. »Die sind für das Geburtstagskind«, sagt er und lacht mich freudig an. »Eine für jedes Jahr.«

»Oh … danke. Vielen Dank, Mario«, sage ich, während ich die Blumen betrachte. Für jedes Jahr eine.

Elf.

Mario bringt die Speisekarten, aber Papa und ich wissen schon, was wir wollen.

»Eine Spinat-Lasagne und ein Wasser, bitte«, bestellt Papa.

»Sehr gerne«, sagt Mario und blickt mich verschmitzt an. »Für dich eine Waldmeisterbrause und eine Pizza Funghi, nehme ich an? Wie immer?«

Ich nicke, während Mario sich Kirsten zuwendet. Dabei stößt er einen leisen Seufzer aus. Wenn ich vorhin gesagt habe, dass Mario so gut wie zur Familie gehört, dann meinte ich damit Papa und mich. Für Tante Kirsten hat Mario nicht viel übrig. Weil sie der Albtraum jedes Kellners ist.

»Sie brauchen noch ein wenig, um sich zu entscheiden?«, fragt er betont höflich.

»Ja, so ist es«, entgegnet Kirsten in beleidigtem Ton. »Als Gast wird man sich die Karte ja wohl in Ruhe ansehen dürfen. Oder ist das bei Ihnen nicht üblich?«

Die Show zieht sie jedes Mal ab. Sie studiert die Speisekarte so konzentriert, als wäre sie das erste Mal hier. Dabei stehen seit fünf Jahren dieselben Gerichte darauf. Außerdem hat sie prinzipiell Sonderwünsche.

»Ich nehme einen trockenen Weißwein und die Nummer 11. Die Pizza Fantasia«, sagt sie. »Ohne Kapern und Steinpilze, aber dafür mit Mais und Paprika. Ach, und statt der Auberginen bitte Zucchini und anstelle der Sardellen nehme ich Artischocken.«

»Aber dann ist sie genau wie die Nummer 10. Die Pizza Triste. Sie wollen also die 10?«, fragt Mario verdattert.

»Nein, ich will die 11«, entgegnet Kirsten pikiert.

»So wie ich sie bestellt habe. Falls das hier möglich ist.«

»Natürlich. Vielen Dank für Ihre Bestellung«, seufzt Mario. Ich werfe ihm einen aufmunternden Blick zu, als er zurück in die Küche schlurft.

Nachdem die Getränke serviert sind, stoßen wir auf meinen Geburtstag an. Papa mit Wasser, ich mit Waldmeisterbrause und Tante Kirsten mit ihrem Weißwein.

Sie hat von Wein ungefähr so viel Ahnung wie ein Wüstenkamel vom Nordpol, tut aber gerne so kennerhaft, als wäre sie auf einem Winzergut aufgewachsen. »Der Geschmack ist typisch für eine steile Hanglage«, befindet sie nach dem ersten Schluck mit Expertenmiene. Und um zu unterstreichen, was für eine große Expertin sie ist, klimpert sie dabei wichtig mit den Wimpern. Das tut sie immer, wenn sie den Eindruck erwecken möchte, sie wäre die totale Durchblickerin. Und wenn das mal nicht reicht, dann zieht sie beim Reden einsilbige Wörter in die Länge. Weil sie glaubt, dass es ihre Allerweltsweisheiten irgendwie bedeutungsvoll macht. Besonders gerne zieht sie die Wörter *Ich* und *Nicht.* Das klingt dann ungefähr so: *»I-hi-ch denke ni-hi-cht, dass du die Kappe beim Essen auflassen solltest, Penny.«* Sie hört sich dabei wie eine trotzige Dreijährige an, und mir stellen sich bei jedem lang gezogenen *Ni-hi-cht* die Haare an den Armen auf.

Aber damit wir nicht den ganzen Abend lang über meine Kappe diskutieren, gebe ich klein bei und nehme sie vom Kopf – als ich draußen auf dem Bürgersteig drei Personen vorbeilaufen sehe: einen Mann mit einer zerzausten Frisur, die irgendwie an ein Vogelnest erinnert, eine schlanke, feenhafte Frau mit hellblonden Haaren und einem Stirnband, und – ein Mädchen mit schwarz geränderter Brille.

»Aurora!«, entfährt es mir. Ich springe auf und sprinte zur Tür. Aber als ich mich suchend auf der Straße umblicke, sind die drei verschwunden. Wie vom Erdboden verschluckt. Sie müssen in eine der kleinen Seitengassen eingebogen sein.

Die Winderbuscher Altstadt ist ein Labyrinth aus verwinkelten Sträßchen und schmalen Gassen, steilen Treppen, eng stehenden Fachwerkhäusern und den Resten einer alten Stadtmauer. Aurora könnte in jeder der engen Gassen verschwunden sein. Ich warte noch ein paar Sekunden, in der Hoffnung, dass sie wieder auftaucht. Aber ich warte vergebens.

Morgen muss ich sie unbedingt vor Schulbeginn abfangen. Und sie dazu bringen, mir endlich zu sagen, was hier vor sich geht. Was hat sie mit den Elfer-Kindern und den grünen Briefumschlägen zu tun? Was verbindet sie und mich mit der 11?

»Kannst du mir mal verraten, was das sollte?«, motzt Kirsten, als ich an den Tisch zurückkehre. »Einfach aufzuspringen und rauszulaufen …«

»Tut mir leid. Ich dachte, ich hätte eine Mitschülerin gesehen.«

Aber wenn Kirsten erst mal in Fahrt ist, kann sie so schnell nichts bremsen. »Eine Unhöflichkeit ist das«, schimpft sie.

»Ist doch nicht schlimm«, mischt sich Papa ein. »Mach doch nicht aus allem ein Drama, Kirsten. – Oh, da kommt unser Essen.«

Mario serviert Papa die Lasagne. »Und für das Geburtstagskind eine Pizza Funghi. In Geburtstagsgröße«, verkündet er fröhlich und platziert eine wagenradgroße Pizza an meinen Platz. Von dem Teil könnte eine ganze Klasse Elfjähriger satt werden.

»Und für Sie die Nummer zeh… äh, elf«, sagt Mario und stellt eine weitaus kleinere Pizza vor Tante Kirsten ab. »Mit dem gleichen Belag wie die Nummer 10. Wie gewünscht.«

»Ihre spitzen Bemerkungen können Sie sich sparen«, entgegnet Kirsten, beäugt ihre Pizza misstrauisch und meckert: »Die ist ja kein bisschen knusprig. Ich möchte meine Pizza knusprig. Das hatte ich doch vorhin ausdrücklich erwähnt.«

»Nein, hatten Sie nicht«, stellt Mario wahrheitsgemäß fest und nimmt den Teller wieder vom Tisch. »Aber das ist kein Problem. Ich kann sie gerne noch mal in den Ofen schieben. Bis sie schwarz wie Kohle ist. Ganz so, wie Sie es mögen.« Er ist schon in Richtung Küche unterwegs, als er sich noch einmal zu Kirsten umdreht und lächelnd sagt: »Ihr Freund hatte gestern nichts an seinem Essen auszusetzen. Dem hat es richtig geschmeckt.«

»Freund?«, sagt Kirsten und macht dabei ein Gesicht, als wüsste sie nicht, von wem er redet. »Ach, Sie meinen Vikram … Wir sind nicht mehr zusammen. Falls Sie das noch nicht gehört haben. Und wir werden auch nicht mehr zusammenkommen!«

»Ja. Das ist mir seit dem gestrigen Abend auch klar«, sagt Mario und sein Lächeln wird noch eine Spur breiter. »Er und die gut aussehende Dame, mit der er hier war, wirkten so verliebt ...«

Tante Kirsten reißt die Augen auf und spuckt den Schluck Wein, den sie gerade genommen hat, wieder in ihr Glas. »Verliebt? Gut aussehende Dame?«, keucht sie, entschließt sich im nächsten Moment aber blitzschnell, so zu tun, als wäre ihr das völlig gleichgültig. »Wir sind nicht mehr zusammen. Soll er doch Pizza essen, mit wem er will. Mir doch egal. Tsss ... bestimmt nur irgend so eine hohle Nuss, die er angeflirtet hat, als sie ihm ihr Rad zur Reparatur gebracht hat.«

»Wenn ich mich nicht irre, sagte Vikram, er hätte der Dame den Rahmen gerichtet«, erinnert sich Mario. »Aber als hohle Nuss würde ich sie nicht bezeichnen. Sie ist Kunsthändlerin. Und ganz reizend. Wir haben ein wenig über Malerei geplaudert. – Dann bringe ich Ihre Pizza mal in die Küche.«

Tante Kirsten sitzt da, als hätte jemand einen Eimer Putzwasser über ihr ausgekippt. »Ach, geben Sie schon her«, faucht sie Mario an, reißt ihm den Teller aus der Hand, fängt an Pizza in sich reinzustopfen, als gäbe es kein Morgen mehr, und befiehlt mit vollem Mund: »Bringen Sie mir lieber noch ein Glas Wein. Nein – am besten gleich einen halben Liter. Und zwar pronto!«

Mehrere Minuten lang kaut Kirsten schweigend und mit düsterem Blick auf ihrer Pizza rum, bis sie in giftigem Ton verkündet: »Wenn Vikram glaubt, er wäre der Einzige, der neue Bekanntschaften machen kann, dann hat er sich gehörig geschnitten. Ich könnte jede Menge Bekanntschaften haben. Wenn ich wollte. Oder, Daniel?«

»Ähm, ja sicher«, murmelt Papa und wirft mir einen Hilfe suchenden Blick zu.

Kirsten sieht dermaßen bedröppelt drein, dass sie einem beinah leidtun könnte. Wenn sie und Vikram Schluss hatten, hat er bisher immer brav gewartet, bis sie ihm gnädigerweise verziehen hat, und kam dann wieder angedackelt wie ein treues Hündchen. Aber diesmal scheint er sich anders orientiert zu haben …

Kirstens Kiefer mahlen wütend aufeinander und ein Unheil verkündendes Funkeln tritt in ihre Augen. »Vikram wird schon noch sehen, dass ich …«

In diesem Moment schwingt die Tür auf und eine ganze Gruppe von Gästen drängt laut redend in die Pizzeria. Vorneweg ein bulliger, älterer Mann mit dünnem, blondem Haar. Er trägt Anzug, Hemd und eine zu lange blaue Krawatte, die bis über seinen Hosengürtel reicht. Sein Gesicht hat eine künstliche Solarium-Bräune und seine Zähne sind so erschreckend gleichmäßig, dass sie genauso wenig echt sein können. Wie zwei Reihen weißer Mini-Kühlschränke.

Der Mann baut sich vor Mario auf, als würde ihm das Lokal gehören, und bellt: »Tag, mein Bester. Wir sind fünfzehn

Leute und haben gerade eine anstrengende Geschäftsbesprechung hinter uns. Und jetzt haben ich und meine Freunde ordentlich Hunger. Also, stellen Sie ein paar Tische zusammen und dann bringen Sie uns das Beste, was diese Spelunke zu bieten hat. Kriegen Sie das hin?«

Mario und ein weiterer Kellner schieben eilig Tische zusammen und decken ein. Kaum haben der Mann und seine Begleiter Platz genommen, brüllt er: »So, mein Bester. Die Herrschaften sind meine Gäste. Geht alles auf meine Rechnung. Und jetzt bringen Sie uns erst mal ein paar Fläschchen von Ihrem besten Vino. Und versuchen Sie nicht, mich übers Ohr zu hauen! Ich kenne 'ne Menge Leute, die sich mit Wein auskennen. Wichtige Leute. Sehr wichtige Leute.«

Wenn sich jemand aufführt, als würde ihm die Welt gehören, fühle ich immer eine leichte Übelkeit in mir aufsteigen. So als hätte ich ein großes Glas Milch runtergestürzt und würde dann feststellen, dass sie schon seit drei Tagen abgelaufen ist. Als ich nach links blicke, sehe ich, dass Papa ganz tief in seinen Stuhl gerutscht ist.

»Der hat mir gerade noch zu meinem Glück gefehlt«, stöhnt er und deutet auf den Blonden.

»Kennst du den etwa?«, frage ich erstaunt.

»Allerdings«, seufzt Papa. »Das ist Gernot Ratz. Ein stinkreicher Bauunternehmer. Ist vor Kurzem nach Winderbusch gezogen. Der Stadt geht es finanziell nicht gut, und Gernot Ratz hat verkündet, dass er ihr wieder auf die Beine helfen will, indem er in der Altstadt eine Shopping-Mall baut. Damit auch viele Leute von außerhalb zum Einkaufen hierherkommen und ihr Geld in Winderbusch lassen. Aber natürlich würde er die Mall nicht bauen, wenn er sich davon kein Riesengeschäft erhoffen würde. Für sich und sein Unternehmen: *Ratz Immobilien.*«

»Eine Mall? In der Altstadt? Aber was ist mit den ganzen alten Häusern? Die kann man doch nicht so einfach abreißen. Stehen die nicht unter Denkmalschutz?«

»Nicht die Häuser an sich«, erklärt Papa. »Nur die Fassaden. Gernot Ratz will die Fassaden erhalten. Aber dahinter wird es dann keine Wohnungen oder kleinen Geschäfte mehr geben, sondern eine Shopping-Mall. Der Stadtrat muss dem Vorhaben noch zustimmen. Aber ich befürchte, dass er das tun wird. Ich halte das ganze Unternehmen für ziemlich fragwürdig. Wenn eine Stadt nur noch aus Fassaden besteht, verliert sie ihren Charakter. Vergangene Woche habe ich einen Kommentar zu dem Thema geschrieben und dabei mit meiner Meinung nicht hinter dem Berg gehalten. Daraufhin kam Gernot Ratz wutschäumend in die Redaktion marschiert, hat ein Riesentara veranstaltet und gedroht, keine Werbeanzeigen mehr in der *Winderbuscher Post* zu schalten. Dadurch würde die Zeitung mehrere Tausend Euro an Einnahmen verlieren – *Ratz Immobilien* ist einer unserer größten Werbekunden. Aber davon werde ich mich nicht –«

»War ja mal wieder klar, Daniel!«, unterbricht Kirsten ihn unwirsch. »Endlich kommt mal jemand wie dieser Ratz und zeigt Initiative und macht mal was, und sofort gibt es wieder dieses Weltverbesserer-Gemecker. Wenn ihr mich fragt: Ich kann gut auf ein paar halb verfallene Häuschen verzichten, wenn ich dafür billig an Klamotten komme. Und ich denke, die meisten Leute sehen das genauso wie ich.«

Papa verschlägt es angesichts von so viel Ignoranz die Sprache. Einen Moment lang starrt er Kirsten fassungslos an, dann wendet er sich mir zu und flüstert: »Weißt du, was wirklich interessant ist? Die beiden Männer links von ihm, der mit der Vollglatze und der mit dem grauen Schnurrbart –, die sind beide Mitglieder des Stadtrats. Die entscheiden mit darüber, ob diese Mall gebaut wird oder nicht. Ich wüsste zu gerne, welche geschäftlichen Dinge sie mit ihm zu besprechen hatten.«

Ich blicke zu dem Tisch, an dem Gernot Ratz gerade Essen für sich und seine Begleiter ordert. Auch das natürlich in Megafon-Lautstärke. »Mir bringen Sie die Spaghetti Oligarcha – und für alle anderen dasselbe! Und knausern Sie nicht mit dem Parmesankäse, Freundchen!«

Für Leute, die so unangenehm laut und polterig sind, habe ich einen speziellen Begriff erfunden: *Vollbeleuchter.* Was genau ein Vollbeleuchter ist, ist ein bisschen schwierig zu erklären, aber ich versuche es mal: Eine der Sachen, die ich unglaublich gerne mag, ist, an Winterabenden beim Licht einer Kerze in meinem Zimmer zu sitzen. Das Schöne an Kerzenlicht ist, dass es ein ganz sanftes Licht ist und dass es nur einen kleinen Teil des Zimmers erhellt. Das, was in den Ecken ist, bleibt im Dunkeln. Und gerade das ist das Spannende daran. Die Dinge in den Ecken sind nur noch als schattenhafte Umrisse zu erkennen und könnten alles Mögliche sein. Was bei hellem Tageslicht nur ein alter Kleiderständer ist, an dem ein paar Jacken und meine Mütze hängen, wird im flackernden Licht der Kerze zu einem zotteligen, aber freundlichen großen Fantasiewesen. Und beim nächsten Hinsehen zu einem knorrigen Baum. Oder zu einem alten stummen König mit Krone und einem schweren Umhang. Im Zwielicht können die Dinge vieles sein. Was immer man sich vorstellen kann. Und genau das mag ich.

Aber häufig, wenn ich so da sitze und mir vorstelle, was die Dinge um mich herum alles sein könnten, fliegt plötzlich die Tür auf, Tante Kirsten stürmt ins Zimmer, patscht auf den Lichtschalter und schnarrt: »Abendessen ist fertig. Und warum sitzt du hier schon wieder in diesem trüben Licht? Du verdirbst dir noch die Augen.« Beim Aufflammen des grellen Deckenlichts muss ich jedes Mal geblendet die Augen zusammenkneifen – und wenn ich sie wieder öffne, ist der Zauber verschwunden. Im hellen Licht der Deckenlampe ist der alte Kleiderständer nur ein Kleiderständer. Die Vollbeleuchtung fegt auf einen Schlag alles Ungewisse und Geheimnisvolle hinweg.

Das gleiche Gefühl habe ich immer dann, wenn mir Menschen wie Gernot Ratz begegnen. Wenn sie einen Raum betreten und großmäulig rumschwadronieren, dann ist das, als hätte irgendjemand auf einen Lichtschalter geschlagen. Und damit alles Schöne und Geheimnisvolle auf einen Schlag hinweggefegt. Das ist es nämlich, was Vollbeleuchter am liebsten tun. Und Gernot Ratz ist ganz sicher ein Vollbeleuchter.

Mich trifft beinah der Schlag, als ich bemerke, dass Tante Kirsten ihn so verzückt betrachtet, als wäre er der Traum ihrer schlaflosen Nächte, hastig ihren Lippenstift aus der Handtasche kramt und sich die Lippen nachzieht.

Gernot Ratz gibt vor seinen Geschäftsfreunden gerade damit an, dass er sich eine wertvolle Kunstsammlung zusammengekauft hat, als ihm auffällt, dass ich ihn beobachte. Er schaut zu unserem Tisch, sein Blick bleibt an Papa hängen und er runzelt nachdenklich die Stirn. Dann schiebt er seinen Stuhl geräuschvoll nach hinten und kommt, graziös wie ein Wasserbüffel, zu uns herübergetrampelt.

»Kann ich Ihnen helfen?«, fragt Papa.

»Sie sind doch Daniel Reekmann, oder?«, knurrt Gernot Ratz. »Der Schreiberling, der diesen bösartigen, unfairen Kommentar über mich veröffentlicht hat. Der verhindern möchte, dass ich die Mall baue und es Winderbusch wieder besser geht.«

»Jeder hat seine Meinung. Und die darf er auch äußern«, sagt Papa in ganz ruhigem Ton. »Und ich bin nicht der Einzige in Winderbusch, der diese Mall nicht will. Letzte Woche hat sich eine Bürgerinitiative gegründet, die den Stadtrat dazu bewegen will, gegen den Bau zu stimmen. Aber anscheinend pflegen Sie ja innige Beziehungen zu einigen Mitgliedern des Rates.« Papa deutet auf die beiden Männer an dem großen Tisch.

Gernot Ratz schiebt die Unterlippe vor. »Das sind Freunde von mir. Freunde, die ganz zufällig auch Mitglieder des Stadtrates sind. Man wird ja wohl noch Freunde haben dürfen.« Er betrachtet Papa mit einem finsteren Blick, aber dann verziehen sich seine wulstigen Lippen zu einem breiten Grinsen und er patscht ihm die Hand auf die Schulter.

»Sie haben zwar nicht den geringsten Durchblick, was meine großartigen Bauvorhaben angeht – aber ich muss schon sagen: Sie haben Mumm. Sich mal einfach so mit Gernot Ratz anzulegen. Das gefällt mir. Sie haben echt ... äh, Rückgrat. Gernot Ratz mag Männer mit Rückgrat. Und Schreiben können Sie auch. Da beißt die Maus keinen Faden ab.« Dann beugt er sich zu Papa hinunter und sagt in kumpelhaftem Ton: »Wir beide wissen doch, dass letztlich alles eine Frage des Geldes ist. Ich könnte jemanden wie Sie in meiner Presseabteilung brauchen. Was immer Sie bei Ihrem Käseblatt verdienen – Sie kriegen das Doppelte, wenn Sie für mich arbeiten. Und ich kenne Leute, die Ihre Karriere ein wenig anschieben können. Wichtige Leute. Sehr wichtige Leute.«

»Nein, danke«, sagt Papa. »Ich bin sehr zufrieden bei meinem Käseblatt.«

»Irgendwann werden Sie bei mir um einen Job betteln«, zischelt Gernot Ratz und lächelt dabei wie ein Haifisch, bevor sich seine Aufmerksamkeit auf Tante Kirsten richtet:

»Und was haben wir hier Schönes?«, fragt er, schmatzt dabei mit den Lippen und betrachtet Kirsten, als wäre sie ein Kotelett.

»*Wen* haben wir hier Schönes?«, korrigiere ich ihn. Da kann ich genauso pingelig sein wie Papa.

»Was?«, fragt Gernot Ratz irritiert.

»Nein. Nicht *was*. We-he-n!«, sage ich überdeutlich. »Es heißt ja nicht das Tante Kirsten, sondern die Tante Kirsten. Also fragt man wen und nicht was.«

Sein Mund formt ein lautloses O, seine Stirn legt sich in Falten und er scheint angestrengt nachzudenken. Wäre er eine Comicfigur, würde ihm jetzt Rauch aus den Ohren steigen. Offenbar kommt er zu keinem Ergebnis und befindet stattdessen an Papa gewandt: »Bisschen altklug, die Kleine. Was?«

»Penny! Man mischt sich nicht ein, wenn sich Erwachsene unterhalten«, faucht Tante Kirsten, bevor sie Gernot Ratz mit einem schmachtenden Blick bedenkt und haucht: »I-hich bin Kirsten Reekmann. Die Schwester von Herrn Reekmann. Und im Gegensatz zu ihm habe ich kein Problem mit einer Shopping-Mall in Winderbusch. Im Gegenteil.«

Der Vollbeleuchter grinst zufrieden und deutet auf Kirstens Abendkleid. »Tolles Outfit. Sie wissen, was Ihnen steht. Gernot Ratz mag Frauen, die wissen, was ihnen steht. Ich sag immer, es ist wie mit Pralinen. Egal wie lecker sie sind, wenn die Verpackung nichts taugt, dann kauft sie keiner.«

Ich fasse es nicht. Bei so einem Spruch kann man doch nur noch versuchen, nicht augenblicklich auf den Tisch zu kübeln. Doch Kirsten macht ein Gesicht, als hätte sie gerade das tollste Kompliment ihres Lebens bekommen. Würde Vikram so einen dämlichen Spruch bringen, wäre aber Schicht im Schacht. Stattdessen zeigt Kirsten ihr charmantestes Lächeln, tut ganz verlegen und fährt sich mit der Hand durchs Haar.

Na, klar, denke ich. Das tut sie, damit sie Vikram irgendwann unter die Nase reiben kann, dass ihr ein reicher Bauunternehmer Komplimente gemacht hat. Geht's noch?

»Ich hoffe, wir zwei Hübschen sehen uns demnächst mal wieder«, säuselt ihr Gernot Ratz zu.

Im Weggehen dreht er sich noch einmal um, lächelt gemein und sagt zu Papa: »Wissen Sie, wenn Sie schon nicht für mich arbeiten wollen, dann sollten Sie für Ihre Zeitung mal eine große Home-Story mit mir machen. Damit die Leute mich mal kennenlernen, wie ich wirklich bin. Gernot Ratz, der Erfolgsmann privat: ein sympathischer Mensch wie du und ich.«

»Ich glaube nicht, dass ich der Richtige für diese anspruchsvolle Aufgabe bin«, entgegnet Papa gelassen. »Und ich verspüre auch nicht die geringste Lust, so eine Story zu schreiben.«

»Und genau deswegen, werden Sie es tun! Weil ich es will!«, presst Gernot Ratz zwischen seinen dicken Lippen hervor. »Bin am Wochenende mit Ihrem Chefredakteur zum Golf verabredet. Ich werde ihn mal darauf anhauen. Er schuldet mir einen Gefallen. – Schönen Abend noch, Herr Reekmann.«

Papa sieht mit einem Mal ziemlich käsig aus. Er nimmt einen großen Schluck von seinem Wasser und winkt matt in Richtung Mario. »Zahlen, bitte.«

7

Nachts habe ich einen verworrenen Traum, in dem Wilma Rübesam, mit Baströckchen und Kokosnussschalen bekleidet, auf dem Fürstenplatz tanzt und dabei mit elf Schokokuss-Brötchen jongliert. Begleitet vom rhythmischen Klatschen einer großen Zuschauermenge. Aber dann bricht aus heiterem Himmel ein Gewitter los und ein Regen aus Spielkarten geht auf die Zuschauer nieder, die daraufhin die Flucht ergreifen. Die Statue von Fürst Hugo wird von einem Blitz getroffen und erwacht zum Leben. Merkwürdigerweise hat sie das Gesicht von Gernot Ratz, dem Vollbeleuchter. Er schwingt seine Axt und brüllt: »Wo ist die elfte Karte? Wo, verdammt noch mal, ist die verfluchte 11?« Aber sein Gebrüll verhallt im Rauschen des Spielkarten-Regens …

Als ich aufwache, regnet es tatsächlich. Dicke Tropfen trommeln auf die Blätter des Kirschbaums, als wollte der Regen einen Drummer-Contest gewinnen. Mit dem schönen Wetter ist es zunächst mal vorbei.

Mein erster Griff gilt der schmalen, braunen Lederkladde, die auf dem kleinen Nachttisch neben meinem Bett liegt. Gestern Abend, vor dem Schlafengehen, habe ich begonnen, eine Liste darüber zu führen, wann mir die 11 begegnet, und habe säuberlich in die Kladde notiert, was sich bisher zugetragen hat: dass ich gestern um elf vor sieben wach wurde, wann ich auf die Kirchturmuhr geschaut habe, wie oft der Eichelhäher gerufen hat. Elf Sonnenblumen. Und hat Tante Kirsten bei Mario nicht die Nummer 11 bestellt – auch wenn es letztlich die 10 war? Vorsichtshalber habe ich auch das festgehalten. Vorne in der Kladde liegen der Geburtstagsgruß und die zehn Spielkarten, die mir die Elfer-Kinder geschickt haben.

Ich stopfe die Kladde in meine Schultasche, begrüße den regnerischen Tag nur flüchtig, dusche in neuer Weltbestzeit, verzichte auf das Frühstück und stürze stattdessen auf die Schnelle ein Glas Milch runter. Ich will unbedingt um halb acht an der Schule sein, um Aurora Coletti abzufangen. Sie ist die Einzige, die mir bei dieser mysteriösen Sache weiterhelfen kann.

Unter normalen Umständen würde Tante Kirsten mit Sicherheit so was sagen wie: *»I-hi-ch denke ni-hi-cht, dass du ohne Frühstück zur Schule gehen solltest.«* Aber heute Morgen ist sie mit ihren Gedanken ganz woanders. Sie guckt ausgesprochen missmutig und gibt gelegentlich ein leises, bedrohliches Knurren von sich. Ich tippe mal stark darauf, dass sie dabei intensiv über Vikram und seine reizende Kunsthändlerin nachdenkt.

Um Papa ist es nicht viel besser bestellt: Er sieht aus, als läge ihm die Begegnung mit Gernot Ratz noch immer im Magen. Er ist in düstere Gedanken versunken und stiert mit finsterem Blick vor sich hin. Ich könnte mit einem Hut aus Rhabarberblättern vor den beiden tanzen und dabei lauthals den Kakerlaken-Song grölen – sie würden nichts davon mitbekommen.

Nach einer zwanzigminütigen Fahrradfahrt durch den Regen sehe ich aus, als hätte man mich durch einen Bach gezogen. Das einzig Gute daran: Ist man erst mal nass bis auf die Knochen, kann man nicht mehr nasser werden. Ich beziehe im strömenden Regen Position vor dem kleinen Tor, das auf das Schulgelände führt, und halte Ausschau nach Aurora. Doch die erscheint nicht. Dafür aber die Ziburskis. Und natürlich haben die wieder einen blöden Spruch parat.

»Guck mal«, bemerkt Alina und stupst ihrem Bruder den Ellenbogen in die Seite. »Irgendjemand hat Frau Doktor Durchgeknallt zum Abtropfen rausgestellt.« Kichernd steigen die beiden die Stufen zum Haupteingang hoch.

Meine Hand tastet nach der braunen Lederkladde in meiner Tasche. Im Kopf habe ich einen ganzen Katalog von Fragen, die Aurora Coletti mir endlich beantworten muss: Wer sind die Elfer-Kinder? Wie konnten sie wissen, dass mir die 11 so häufig begegnen würde? Warum schicken sie mir diese Botschaften? Und was hat es mit diesem Kartenspiel und der fehlenden 11 auf sich? Ungeduldig trete ich von einem Fuß auf den anderen.

Aber Aurora kommt nicht. Nicht um halb acht, nicht um Viertel vor acht, und als sie auch eine Minute vor acht noch nicht da ist, gebe ich entmutigt auf und mache mich auf den Weg ins Klassenzimmer.

Richtiger Unterricht findet so kurz vor den Ferien nicht mehr statt. Unter dem Vorwand, uns englischsprachiges Liedgut näherzubringen, erfreut uns Frau Groß eine Doppelstunde lang mit Songs ihrer Lieblingsband.

Die Ziburskis und Pamela Fäller haben die Köpfe zusammengesteckt, sehen ab und zu in meine Richtung und lästern ohne Pause über mich ab. Hendrike beteiligt sich nicht daran. Sie vermeidet weiterhin jeden Augenkontakt mit mir, aber irgendwie sieht sie aus, als wäre ihr das Geläster ziemlich peinlich. Hendrike weiß die Stille vielleicht nicht zu schätzen und sie hält auch nichts von einer Top-Eleven, aber sie ist bestimmt nicht der Typ, der von sich aus Mitschüler mobbt. Sie wollte unbedingt zu den angesagten Leuten in der Klasse gehören – aber vielleicht wird ihr gerade erst klar, dass man dann auch in den ganzen idiotischen Blödsinn mit reingezogen wird, den diese Clique veranstaltet.

Da hätte sie ja durchaus ein bisschen früher drauf kommen können …

In der großen Pause streife ich zwischen Schulgarten, Fahrradständer und Pausenhof umher und suche verzweifelt nach Aurora Coletti – bis mir eine Mitschülerin von ihr sagt, dass Aurora weiterhin krank und gar nicht in der Schule ist.

Das ist doch völliger Mumpitz, denke ich. Gestern Abend, als sie mit dem Zauselhaar-Mann und der Frau mit Stirnband bei Mario vorbeigelaufen ist, sah sie kerngesund aus. Wer waren Auroras Begleiter eigentlich? Ihre Eltern? Irgendwie haben sie auf mich nicht so gewirkt. Noch nicht mal so, als ob sie ein Paar wären. Merkwürdig …

Die 11 begegnet mir auch an diesem Morgen. Zweimal.

Das erste Mal, als ich während des Deutschunterrichts zufällig aus dem Fenster blicke. Wieder genau in dem Moment, in dem die Uhr der Lukaskirche elf Uhr elf zeigt!

Dabei ist es wirklich nicht so, dass ich es darauf angelegt hätte. Frau Franken liest uns eine Kurzgeschichte über ein ungleiches Brüderpaar vor, die ich so fesselnd finde, dass ich überhaupt nicht an die Elfer-Sache denke. Bis um elf Uhr elf. Bis zu dem Moment, in dem ich aus dem Fenster schaue.

Das zweite Mal begegnet mir die 11 nach Schulschluss. An den Fahrradständern. Was selbstverständlich mit Pamela Fäller und den Zwillingen zu tun hat.

Das gleiche Spiel wie gestern: zwei platte Reifen. Drei kichernde Hohlköpfe auf der Mauer (Hendrike ist diesmal nicht dabei). Nachdem ich die Reifen aufgepumpt habe, schlendere ich gemessenen Schrittes zu ihnen hinüber – was sie ein bisschen aus dem Konzept zu bringen scheint. Alina blickt mich verwundert an.

»Okay«, sage ich. »Offenbar haben wir ein Problem. Also sollten wir versuchen, es zu lösen. Vernünftig. Ab morgen möchte ich mein Rad nicht mehr mit platten Reifen vorfinden!«

»Für mich klingt das nicht so, als ob *wir* ein Problem hätten«, bemerkt Alex Ziburski in spöttischem Ton. »Wir haben schließlich keinen Platten. Sondern du. Und wir haben damit nicht das Geringste zu tun. Oder hat du etwa gesehen, dass wir das waren?«

Ich seufze tief. Mit manchen Mitmenschen ist es schwierig, vernünftige Lösungen zu erarbeiten. »Habt ihr euch schon jemals gefragt, warum ihr das eigentlich macht? Was euch das bringen soll? Ich meine … wenn ihr erst mal tot seid und euer bleiches Gebein in der Erde verrottet und Würmer durch die leeren Augenhöhlen eurer Schädel – «

»Hör auf!«, quiekt Alina und guckt plötzlich ganz verängstigt. »Du bist ein gruseliger Freak!«

Ich ignoriere sie und fahre in ruhigem Ton fort: »Was ich sagen will, ist: Wenn ihr tot seid, was soll dann auf eurem Grabstein stehen? *Erfinder eines Heilmittels gegen schlimme Krankheiten? Erster Mensch auf dem Mars? Berühmter Künstler?* Oder soll da stehen: *Ich habe Penny Maroux in der Fünften immer die Luft aus den Reifen gelassen?* Denkt mal drüber nach.«

Pamela Fäller hat keine Lust nachzudenken. Stattdessen springt sie von der Mauer und baut sich mit drohendem Blick vor mir auf. »Du hast heute 'ne ziemlich große Schnauze. Anscheinend bist du ganz wild auf 'ne Tracht Prügel, Köpfchen Kurzschluss.«

»Also schön«, sage ich und trete den Rückzug an. »Ich habe es versucht. Dann eben nicht.«

Während ich zurückgehe, werfe ich einen schnellen, unauffälligen Seitenblick auf das Rad von Alex Ziburski. Genauer gesagt auf sein Fahrradschloss. Es hat die Typenbezeichnung LOCKED 11! Wenn das mal kein Zeichen ist.

Ich hatte auch mal ein LOCKED 11-Schloss. Bis Vikram mir gesagt hat, dass die Dinger nichts taugen – und mir gezeigt hat, dass sie einfacher zu knacken sind als eine Spardose. Ich habe ihm sehr genau dabei zugesehen …

Zu Hause herrscht ziemlich üble Stimmung. Papa hängt den ganzen Tag über vor seinem Monitor und bekommt mal wieder nichts von der Außenwelt mit. Und Tante Kirsten redet während des gesamten Abendessens kein Wort. Aber man kann geradezu sehen, wie es in ihr brodelt. Wohl weil sie mehrfach versucht hat, Vikram zu erreichen. Er hat auf keine ihrer Nachrichten reagiert.

Ich bin froh, als ich nach dem Abendessen endlich alleine auf meinem Zimmer bin, wo ich mir sofort wieder das geheimnisvolle Kartendeck vornehme. Gibt es auf den Karten vielleicht irgendeinen Hinweis darauf, was es mit der verlorenen 11 auf sich hat? Wie sie aussieht? Oder wo sie abgeblieben ist? Und warum sie so wichtig ist?

Wieder und wieder untersuche ich die Karten mit dem verschlossenen Tor – aber ich finde nichts, das mir irgendwie weiterhilft.

Nachdem ich mehr als drei Stunden lang über dem Kartenspiel gebrütet habe, gebe ich auf. Frustriert räume ich die

Karten weg und notiere in meine Kladde unter dem Datum 12. Juli:

Traum von Wilma Rübesam und ***elf*** *Schokokuss-Brötchen gehabt / Um* ***elf*** *Uhr* ***elf*** *auf Kirchturmuhr geschaut / Festgestellt, dass Alex Ziburski ein LOCKED* ***11****-Fahrradschloss hat /* ***Elfmal*** *hat Kirsten versucht, Vikram zu erreichen. Ohne Erfolg. Wahrscheinlich betrachtet er gerade ein paar Ölgemälde mit der reizenden Kunsthändlerin.*

Dann putze ich mir die Zähne, sage dem Tag *Gute Nacht*, lösche das Licht und falle todmüde ins Bett.

8

Meine Kladde füllt sich im Laufe des Wochenendes mit immer mehr Elfer-Erlebnissen. Was daran liegt, dass meine Aufmerksamkeit für die Zahl mittlerweile aufs Aberwitzigste geschärft ist. Ich achte praktisch in jeder Sekunde darauf, ob, wo und wie mir die 11 begegnet.

Samstag, 13. Juli: Beim Frühstück lässt Tante Kirsten sich darüber aus, was für ein Mistkerl Vikram ist, erklärt Papa und mir, dass sie nie wieder ein Wort mit ihm wechseln wird und sagt dabei ***elfmal*** *Ni-hi-cht / Die Treppenstufen zum ersten Stock gezählt:* ***elf*** */ Schritte von der Haustür bis zur Gartenpforte:* ***elf****.*

Sonntag, 14. Juli: Als ich den Tag begrüße, zähle ich ***elf*** *Schnecken, die gemächlich über mein Fensterbrett kriechen. /* ***Elfmal*** *muss Papa aufstoßen, nachdem Kirsten ihn genötigt hat, ihr Balsamico-Dressing zu probieren. / Beim Abendessen finden sich* ***elf*** *Zucchini-Chips auf meinem Teller. / Kirsten erinnert mich* ***elfmal*** *daran, dass ich morgen einen Kontrolltermin beim Zahnarzt habe. Vielleicht aber auch öfter. Irgendwann höre ich nicht mehr hin.*

Zugegeben: Elf Schnecken und elf Zucchini-Chips müssen nicht wirklich was bedeuten. Das kann reiner Zufall sein.

Aber dann passiert etwas so Seltsames, dass ich mich frage, ob gerade jemand mein Leben als Mystery-Thriller verfilmt. Montags beginnt mein Unterricht erst zur dritten Stunde. Weswegen Kirsten an diesem Morgen um halb neun einen Zahnarzttermin für mich vereinbart hat. Bei dem alten Doktor Tubback, zu dem ich schon seit fünf Jahren gehe und der unschönerweise immer ein bisschen nach Katze riecht.

Aber als ich dort ankomme, hängt an der Tür ein nagelneues Praxis-Schild. Doktor Tubback ist im Ruhestand. Und sein Nachfolger heißt: Doktor Elfert!

Mir klappt die Kinnlade runter.

Dazu fällt einem doch nichts mehr ein, oder?

Doktor Elfert stellt sich nicht als Nachfolger, sondern als Nachfolgerin heraus. Während ich mit weit aufgerissenem Mund in ihrem Zahnarztstuhl sitze und sie meine Kauer inspiziert, habe ich ausreichend Gelegenheit, sie aus nächster Nähe zu beobachten. *Doktor Elfert …* Insgeheim erwarte ich, dass jeden Moment etwas völlig Mysteriöses geschieht. Dass Doktor Elfert sich zu meinem Ohr beugt und flüstert: »Du findest den Schatz des elften Königs in der elften Kammer. Am elften des elften Monats. Zur elften Stunde.« Aber die Zahnärztin raunt mir nichts Geheimnisvolles zu. Sie ist nur eine nette, junge Ärztin, die erfreulicherweise nicht nach Katze riecht und meine Zahnpflege lobt.

Aurora Coletti ist weiterhin nicht zu fassen. Als wäre sie ein Phantom. Weder am Montag noch am Dienstag taucht sie in der Schule auf. Wenn sie auch morgen, am letzten Schultag, nicht erscheint, hat sich all meine Hoffnung, von ihr mehr über die rätselhafte Elfer-Sache zu erfahren, erledigt.

Vielleicht wäre es schlau, einfach mal bei ihr zu Hause vorbeizuschauen. Aber als ich ihre Klassenkameraden nach Auroras Adresse frage, zucken die entweder die Schultern – oder sind sich nicht einig: »Sie lebt in Oberstein, glaube ich.« »Nein, sie kommt aus Tennscheid.« »Quatsch, sie wohnt in Hanff.« Eine konkrete Adresse kann mir keiner nennen. Besonders viel wissen ihre Mitschüler nicht über Aurora. Offenbar ist sie auch nicht gerade der gesellige Typ.

Nicht nur Aurora fehlt. Herr Roth-Hendle kämpft weiter mit der Sommergrippe, was bedeutet, dass ich am Dienstag in der Dritten erneut eine Freistunde habe. Es herrscht noch immer saumäßiges Regenwetter, weswegen ich mich in die Bibliothek in der Turmspitze verziehe.

Jedes Mal, wenn ich hier bin, vergesse ich beinah, dass ich mich in einer Schule befinde. Es gibt Orte, von denen will man so schnell wie möglich wieder weg. Und es gibt Orte, die wie Freunde sind. Die Schulbibliothek und ich sind dicke Freunde, seit ich zum ersten Mal hier oben war.

Durch die schmalen Fenster fällt nur wenig Licht, aber überall sind kleine, grüne Leselampen verteilt. An den Wänden finden sich hohe Bücherregale, die in die runde Form des Turms eingepasst sind. Es gibt gemütliche Leseecken mit niedrigen Tischen, große Sitzkissen und mit rotem Stoff bezogene Sofas. Aber leider gibt es auch ein Problem: Frau Kratzig, die Bibliothekarin. Sie wacht mit Argusaugen über Bücher und Schüler. Und erwischt sie einen dabei, dass man während des Lesens ein Brötchen isst und dadurch Fettflecke oder Schlimmeres in einem Buch hinterlassen könnte, setzt es ein gewaltiges Donnerwetter. Seit meinem letzten Besuch habe ich strengstes Schokokuss-Verbot.

Aber heute gibt es kein Problem. Erstens, weil ich kein Schokokuss-Brötchen dabeihabe. Zweitens, weil ich mein eigenes Buch mitbringe (mittlerweile bin ich an der Stelle, an der Rory den goldenen Armleuchter berührt). Und drittens, weil Frau Kratzig gar nicht da ist.

An ihrem Schreibtisch sitzt eine Aushilfe, eine schlanke Frau mit langen roten Haaren, die ich noch nie gesehen habe. Außer ihr und mir sind nur noch drei Jungs aus der Oberstufe in der Bibliothek. Ich lasse mich auf einem der roten Sofas nieder und versuche mich auf Rorys Abenteuer mit dem Armleuchter zu konzentrieren, aber meine Gedanken schweifen immer wieder ab. Zu den Botschaften der Elfer-Kinder und dem geheimnisvollen Kartendeck mit der fehlenden 11 … Schließlich lege ich das Buch zur Seite, nehme stattdessen die Spielkarten aus meiner Kladde und breite sie in einem Halbkreis auf dem Tisch aus. Gibt es irgendeine Botschaft, die das Spiel vermitteln soll? Fast eine halbe Stunde lang sitze ich über die Karten gebeugt und grübele über ihre Bedeutung – bis sich meine Blase meldet. Ich statte der Damentoilette einen kurzen Besuch ab. Als ich zu meinem

Platz zurückkomme, stehe ich plötzlich da wie vom Donner gerührt und verfalle in eine elfsekündige Schockstarre!

Mitten auf dem Tisch liegt ein winziger grüner Umschlag!

Aufgeschreckt flattert mein Blick durch die Bibliothek. Ist irgendjemand reingekommen, während ich weg war? Nein. Nach wie vor sind nur die drei Jungen aus der Oberstufe und die rothaarige Bibliothekarin zu sehen.

Aber irgendjemand *muss* hier gewesen sein!

Ich bin so aufgeregt, dass ich meinen eigenen Herzschlag hören kann. Mit zitternden Fingern öffne ich den Umschlag.

Liebe Penny,
die meisten Menschen spielen das Spiel des Lebens nur mit zehn Karten. Nach den immer gleichen Regeln. Weil sie nicht wissen, dass eine elfte Karte existiert. Aber wer die 11 findet und sie ins Spiel bringt, der verändert das Spiel.
Der verändert die Regeln.
Die 11 ändert alles.
Und du wirst diejenige sein, die sie ins Spiel bringt.
Bis sehr bald
die Elfer-Kinder

Die Elf ändert alles? Und du wirst diejenige sein, die sie ins Spiel bringt? Ein ums andere Mal wandert mein Blick über die rätselhaften Zeilen, ohne wirklich zu verstehen, was sie mir sagen wollen. Je öfter ich sie lese, umso verwirrter fühle ich mich. Was heißt: *Die meisten Menschen spielen das Spiel des Lebens nur mit zehn Karten?* Und wer, verdammt noch mal, hat mir den Umschlag auf den Tisch gelegt?

Zögernd erhebe ich mich, packe meine Sachen zusammen und marschiere zu dem Arbeitsplatz der Bibliothekarin hinüber. Vielleicht hat sie jemanden zu meinem Platz gehen sehen. Die rothaarige Frau ist dabei, Bücher auf einen Rollwagen zu sortieren.

»Entschuldigen Sie ... Als ich vorhin kurz auf der Toilette war – war in dieser Zeit vielleicht jemand hier?«, frage ich. »Außer den drei Jungs?«

»Nein«, sagt die Frau lächelnd. »Worum geht es denn? Vermisst du etwas? Handy? Schülerfahrkarte? Portemonnaie? Hat man dir was geklaut?«

»Ähm, nein. Eher das Gegenteil. Aber ... vielen Dank.« Ich bin schon fast aus der Tür, als mir die Bibliothekarin nachruft: »Stopp! – Du musst das Buch ausleihen, wenn du es mitnehmen willst.«

Sie deutet auf meine Linke und mir wird bewusst, dass ich noch immer den Rory-Band in der Hand halte. »Das ... das ist nicht aus der Bibliothek. Das ist mein persönliches Exemplar.«

»Oh, dein persönliches Exemplar«, sagt die rothaarige Bibliothekarin, legt den Kopf schief und betrachtet mich amüsiert. »Dann habe ich es wohl mit einem echten Rory-Fan zu tun. Und weißt du was? Ich bin auch einer. Kann gar nicht genug von seinen Abenteuern kriegen. Wenn ich nur an die Stelle in Band 7 denke, wo er im Hafenviertel von diesen

Schlägern bedroht wird, aber zu schüchtern ist, um Verstärkung anzufordern …«

»Ja«, entgegne ich leise und stelle im selben Moment verwirrt fest, dass es sich genauso seltsam anfühlt wie bei meiner Begegnung mit Aurora Coletti: als würde ich der Bibliothekarin in diesem Moment nicht zum ersten Mal begegnen. Sondern, als würden wir uns schon sehr lange kennen. Mein Blick wandert zu dem Namensschild an ihrer Jacke – und ich kriege den Mund nicht mehr zu. *Elfi Andersen,* lese ich. Wie gebannt blicke ich sie an, aber sie scheint es nicht zu bemerken. Stattdessen schwärmt sie weiter von Rory Shy. »Und ist es nicht eine schöne Tradition, dass er in jeder Geschichte genau elf Gegenstände berühren muss, ehe er weiß, was Sache ist?«

»Äh … was?«, entgegne ich verdattert. Ich habe noch nie genau nachgezählt, wie viele Gegenstände Rory berührt. Pro Band ungefähr zehn, habe ich immer geschätzt. »Genau elf?«, frage ich. »Sind Sie sicher?«

»Oh, ja. Das bin ich«, sagt Elfi Andersen geheimnisvoll lächelnd. »Und du solltest dich beeilen. Es hat schon geläutet. Du kommst zu spät in den Unterricht.«

Eine neue, total verwirrende Nachricht der Elfer-Kinder. Und eine Bibliothekarin namens Elfi Andersen, die weiß, dass Rory in jedem Buch elf Gegenstände berührt. Eine Bibliothekarin, die ich noch nie vorher gesehen habe und dennoch zu kennen glaube … Jede Wette, dass sie es war, die den

Umschlag auf den Tisch gelegt hat. *Elfi.* Als ich ihr Namensschild gesehen habe, war ich im ersten Moment so baff, dass ich tatsächlich das getan habe, was sie mir gesagt hat, und brav in den Unterricht gedackelt bin. Aber ich sollte ganz, ganz dringend mit ihr reden.

Doch als ich nach Schulschluss die Turmtreppe hochflitze und atemlos an der Bibliothek ankomme, ist diese bereits geschlossen. Elfi Andersen ist nicht mehr da.

Sie und Aurora Coletti haben ein paar nicht zu übersehende Gemeinsamkeiten: Beide tauchen urplötzlich auf, bei beiden habe ich dieses merkwürdige *Wir-kennen-uns*-Gefühl, beide haben in irgendeiner Art mit den geheimnisvollen Elfer-Vorgängen zu tun und beide verschwinden, bevor ich sie näher dazu befragen kann.

Nachdenklich steige ich die Treppe hinab und trotte über den Pausenhof zu den Fahrradständern hinüber.

Zwei platte Reifen! Oh, Mann. Besonders einfallsreich sind Pamela und die Ziburskis nicht gerade. Gäbe es eine Note für Mobbing, könnten sie bestenfalls auf eine 4 hoffen. Aber Mobbing bleibt Mobbing, egal wie schlecht die Mobber sind. Doch die Stunde der Gerechtigkeit naht. Um den dramatischen Effekt zu verstärken, habe ich beschlossen, damit bis zum letzten Schultag zu warten. Morgen ist es so weit. Morgen gibt es Zeugnisse und Gerechtigkeit.

Zu Hause angekommen, renne ich sofort auf mein Zimmer und nehme mir die *Rory Shy*-Bände vor. Hastig blättere ich durch die Seiten und markiere die Stellen, an denen Rory einen Gegenstand berührt. Das, was Elfi Andersen behauptet, stimmt: In jedem Band berührt Rory exakt elf Gegenstände, bevor er den Täter überführen kann! Das ist schon mehr als merkwürdig, das ist regelrecht unheimlich! Wieso spielt die 11 auch in den *Rory Shy*-Bänden eine Rolle? Reiner Zufall? Oder hat Rigby Burton das bewusst so gemacht? Und wenn ja, warum?

Wieder und wieder lese ich die jüngste Botschaft der Elfer-Kinder, ohne im Geringsten daraus schlau zu werden.

Wer die Elf ins Spiel bringt, der verändert alles. Und du wirst diejenige sein …

Dienstag, 16.7., notiere ich schließlich in meine Kladde. *Zahnärztin Dr.* ***Elfert*** *aufgesucht / In der Bibliothek eine neue Nachricht der* ***Elfer-Kinder*** *erhalten / Eine Bibliothekarin namens* ***Elfi(!)*** *Andersen getroffen / Nachgezählt, wie viele Gegenstände Rory pro Buch berührt:* ***elf****.*

Auch wenn ich mittlerweile jede Menge Elfer-Erlebnisse gesammelt habe, warte ich noch immer auf den entscheidenden Funken der Erleuchtung.

Denk über die 11 nach, Penny!

Was fällt dir noch zur 11 ein?

Die 11 ist die kleinste zweistellige Primzahl, rufe ich mir ins Gedächtnis. Und die kleinste Schnapszahl. Warum eine Schnapszahl Schnapszahl heißt, weiß ich, weil es mal eine Frage in einem Fernsehquiz war: Ein König hatte einen Diener, der über die Besitztümer seines Herrn genau Buch führen musste. Der Diener war einem guten Schlückchen nicht abgeneigt – was seiner Buchhaltung nicht guttat: Nach ein paar Gläsern Schnaps sah er alles doppelt. Und so wurde aus einer 3 eine 33, aus einer 2 eine 22 und aus der 1 die 11. Schnapszahlen eben. Der König dürfte darüber nicht besonders erfreut gewesen sein. Was aus dem schluckfreudigen Diener geworden ist, wurde in dem Fernsehquiz leider nicht aufgelöst.

Und das ist auch erst mal alles, was mir zur 11 einfällt. Warum begegnet mir die Zahl, wo ich gehe und stehe? Das kann schließlich niemand beeinflussen. Hier geht etwas ganz und gar *Unerklärliches* vor, denke ich und spüre, wie sich meine Nackenhaare aufrichten. Oder gibt es doch so etwas wie eine natürliche Erklärung für dieses Phänomen?

Wenn man nach einer natürlichen Erklärung sucht, ist Papa der allerbeste Ansprechpartner. Er ist ein bodenständiger Charakter und neigt nicht zu wilden Spekulationen. Wobei ich mich frage, wie weit ich ihn in die Elfer-Geschehnisse einweihen soll. Ich beschließe, bei meinen Fragen fürs Erste etwas allgemeiner zu bleiben.

Als ich auf der knarrenden Holztreppe nach unten steige, höre ich Kirsten im Wohnzimmer telefonieren. Mit Vikrams Mailbox: »… du es ja nicht nötig hast, zurückzurufen. Wahrscheinlich weil dich deine feine Kunsthändlerin nicht aus ihren Fängen lässt. Aber lass es dir gesagt sein, mein Freund: I-hi-ch habe auch Chancen. Und zwar bei Männern, die keine Loser sind. Männer, die es zu was gebracht haben. Sagt dir der Name Gernot Ratz vielleicht was? Ja-ha-a, da staunst du. Und wenn du diese Kunsthändler-Schnepfe nicht schnellstens in die Wüste schickst, dann … Du wirst schon sehen, was du davon hast!«

So klappt es bestimmt mit der Versöhnung, denke ich und trete in Papas Arbeitszimmer. Er macht ein Gesicht, als hätte er eine Flasche Essigreiniger getrunken.

»Was ist los?«, frage ich.

»Mein Chefredakteur hat gerade angerufen und mich dazu verdonnert, die Home-Story mit Gernot Ratz zu machen. Mir wird schon übel, wenn ich nur daran denke. Der Mann ist mir so was von zuwider«, jammert er, räuspert sich und deutet auf einen Stapel Computerausdrucke. »Ich habe mal ein bisschen nachgeforscht: Er hat in anderen Städten auch schon Malls gebaut. Immer in kleinen Städten wie Winderbusch, denen es finanziell nicht gut ging. Hat sich da jedes Mal als Retter der Stadt aufgespielt, beim Bau der Shopping-Malls hohe städtische Zuschüsse kassiert und Steuervergünstigungen ausgehandelt.« Papa unterbricht sich und bittet mich, die Tür zu schließen – weil Kirsten noch immer mit Vikrams Mailbox streitet und dabei gerade in eine Lautstärke übergeht, die an Körperverletzung grenzt. »Aber die Sache mit der Shopping-Mall hat in keinem Fall funktioniert«, fährt er fort. »Entgegen dem, was Gernot Ratz versprach, blieb der große Kundenansturm aus. Und die Malls machten dicht. Die Städte waren anschließend noch höher verschuldet als vorher. Nur Gernot

Ratz machte einen satten Gewinn bei der Sache.« Papa fährt sich mit beiden Händen durch die Haare. »Irgendjemand muss den Bau dieser Mall in Winderbusch verhindern! Was aber schwierig werden dürfte. Ich habe mal ein paar Verbindungen spielen lassen, um herauszufinden, wie die Stimmung im Stadtrat ist: Es sieht so aus, dass fünf Mitglieder für den Bau stimmen wollen und fünf dagegen. Zwei sind noch unentschlossen. Und dreimal darfst du raten, welche das sind.«

»Ich würde mal auf die beiden Gestalten tippen, die mit Gernot Ratz in Marios Pizzeria waren«, entgegne ich und Papa nickt.

»So ist es. Und zufällig weiß ich, dass beide in letzter Zeit eine Reihe von geschäftlichen Misserfolgen hatten und dringend Geld brauchen. Die ganze Geschichte stinkt geradezu nach Korruption und Bestechung. Aber dafür habe ich bisher leider nicht den geringsten Beweis ...« Papa schaut auf und wirft mir einen mahnenden Blick zu. »Das bleibt natürlich alles unter uns! – Aber ich schätze mal, du bist sowieso nicht hier, um mit mir über die Geschäftsmethoden von Gernot Ratz zu reden, oder?«

»Nein. Ich, äh ... wollte dich was fragen. Hast du vielleicht schon mal davon gehört, dass jemandem plötzlich immer wieder die gleiche Sache begegnet? Ein Begriff, ein Wort oder ... eine Zahl?«

»Ich fürchte, ich kann dir nicht ganz folgen«, sagt Papa und zieht die Stirn kraus.

»Nehmen wir als Beispiel mal ein Wort«, schlage ich vor. »Wie wäre es mit: Hyazinthenjoghurt?«

»Das gibt's doch gar nicht.«

»Ist ja auch nur ein Beispiel. Also: Nehmen wir an, bis gestern hast du noch nie von Hyazinthenjoghurt gehört, aber dann liest du morgens in der Zeitung darüber. Und dann unterhalten sich zwei Arbeitskollegen darüber. Und im Supermarkt gibt es plötzlich Hyazinthenjoghurt im Sortiment. Und abends, wenn du nach Hause kommst, löffelt Tante Kirsten gerade einen Becher von dem Zeug. Es ist, als würde dich Hyazinthenjoghurt geradezu verfolgen. Wäre das nicht irgendwie gruselig?«

»Ah, jetzt verstehe ich, was du meinst. Aber gruselig ist daran nichts. Für dieses Phänomen gibt es eine ganz natürliche Erklärung. Genaugenommen sogar zwei.« Papa lehnt sich zurück und erklärt in sachlichem Ton: »Die erste Möglichkeit wäre, dass ein bestimmter Begriff tatsächlich mit einem Mal viel häufiger auftritt als bisher. Könnte ja sein, dass Hyazinthenjoghurt in Mode kommt und alle Welt serviert ihn zum Nachtisch. Und du findest plötzlich überall Werbung dafür. Und jeder Laden hat alsbald fünf verschiedene Sorten Hyazinthenjoghurt im Angebot. Der Begriff begegnet dir überall, weil viel mehr darüber gesprochen wird. Weswegen schon mal der Eindruck entstehen kann, von ihm verfolgt zu werden.«

»Aha?«, sage ich, bin von der Erklärung aber keineswegs überzeugt. Von der 11 redet niemand, sie steht nicht in der

Zeitung, ist nirgendwo Tagesgespräch und in den Fernsehnachrichten findet sie auch nicht statt. Diese Theorie erklärt meine Elfer-Begegnungen nicht im Geringsten.

»Und die zweite Erklärung?«, frage ich.

»Möglich wäre auch, dass man ganz zufällig auf den Begriff stößt. Zum Beispiel im Internet. Und weil es ein neuer und merkwürdig klingender Begriff ist, prägt man ihn sich ein. Und achtet dadurch besonders darauf, wenn man ihm begegnet. Und hat irgendwann das Gefühl, dass dies besonders häufig geschieht. Aber das ist nur ein Eindruck. Vielleicht begegnet einem das Wort Hausflur viel häufiger als Hyazinthenjoghurt, aber man achtet nicht darauf, weil es ein ganz alltägliches Wort ist.«

Das klingt schon etwas wahrscheinlicher. Erklärt aber nicht, warum ein Eichelhäher elfmal ruft. Oder warum ich andauernd um elf Uhr elf auf die Uhr blicke. Und erst recht nicht, warum ich rätselhafte Botschaften von den ominösen Elfer-Kindern bekomme.

»Ich kenne dich, Penny«, sagt Papa und betrachtet mich prüfend. »Du fragst so was nicht nur aus theoretischem Interesse. Also, was ist los? Gibt es im Moment einen Begriff, der dir häufig begegnet? Doch nicht etwa wirklich Hyazinthenjoghurt?«

Einen Moment lang zögere ich, bevor ich leise sage: »Kein Begriff. Eine Zahl. Die 11.«

Papa wird schlagartig blass, schnappt nach Luft und sieht aus, als wäre er einem Geist begegnet.

»Was hast du?« Erschrocken springe ich auf.

»Nichts«, murmelt er. »Nichts.« Und wieder nimmt sein Gesicht den traurigen Ausdruck an, den ich nur zu gut von ihm kenne. Und bei dem es mir jedes Mal das Herz zusammenschnürt. Papa richtet den Blick auf die Schreibtischplatte und sagt leise: »Es ist nur … es ist merkwürdig, dass es ausgerechnet die 11 ist, die dich verfolgt. Deine Mutter hat auch ständig von der 11 gesprochen. Für sie war es eine ganz besondere Zahl.«

»Wirklich?«, schießt es aus mir raus.

»Ja.« Ein feines Lächeln spinnt sich um Papas Mundwinkel. »Mir war zwar nie so klar, was sie daran fasziniert hat, aber … Sie hat sich ständig Gedanken um Dinge gemacht, die anderen Menschen niemals in den Sinn gekommen wären. Und sie hatte so wunderbar verrückte Ideen. Zum Beispiel, dass alte Häuser voller Erinnerungen sind. Und dass sie uns von dem erzählen, was sie gesehen haben. Und dass wir es verstehen können, wenn wir wirklich zuhören. Ich habe deine Mutter für ihre Ideen und Gedanken geliebt. Auch wenn ich sie nicht immer verstanden habe. Durch sie habe ich gelernt, dass man Dinge nicht nur auf eine Weise sehen kann und …« Mitten im Satz hält Papa inne. So wie jemand, dem plötzlich bewusst wird, dass er seine Gedanken aus Versehen laut ausgesprochen hat. Verlegen kratzt er sich mit dem Zeigefinger am Hals und nuschelt: »Jedenfalls … wenn dir etwas auffallend häufig begegnet, hat das nichts mit einer mysteriösen Verschwörung zu tun. Nur mit deiner Wahrnehmung.« Papa erhebt sich von seinem Stuhl und versucht seiner Stimme einen optimistischen Ton zu geben: »Ich würde sagen, jetzt haben wir uns ernsthaft eine Waldmeisterbrause verdient, oder?«

»Ja«, pflichte ich ihm bei. »Und einen großen Becher Hyazinthenjoghurt!«

So richtig überzeugt haben mich Papas Erklärungen für die merkwürdige Elfer-Häufung nicht. Wenn einem etwas Unerklärliches begegnet, ist es sicher nicht dumm, zunächst mal nach einer natürlichen Erklärung zu suchen. Und die wirkt auf den ersten Blick dann meistens auch ganz einleuchtend. Aber wenn man genauer hinsieht, stellt man oft fest, dass diese natürliche Erklärung die Sache nicht völlig erklären kann. Dass ein Rest Unerklärliches bleibt. Doch die meisten Menschen sehen nicht genau hin. Vielleicht deshalb, weil sie sich gar nicht damit auseinandersetzen wollen, dass es unerklärliche Dinge geben könnte. Also geben sie sich mit einer Erklärung zufrieden, die zwar vernünftig zu sein scheint, tatsächlich aber rein gar nichts erklärt. Für mich bleibt an der Elfer-Geschichte so gut wie alles unerklärlich.

Deine Mutter hat auch so oft von der 11 gesprochen.

Eine interessante Neuigkeit. Auch wenn sie meine Verwirrung eher vergrößert, als dass sie etwas erklärt. Welches Interesse hatte Mama an der 11? Darüber grübele ich auch noch nach, während ich in den Schlaf hinüberdämmere – als mir plötzlich ein ganz anderer Gedanke siedend heiß durch den Kopf schießt: Mittwoch! Letzter Schultag! Tag der offenen Tür! Die Redewendungs-Pantomime!

Augenblicklich sitze ich aufrecht im Bett.

Die Elfer-Ereignisse haben mich in den letzten Tagen so in Atem gehalten, dass ich völlig vergessen habe, mir eine Redewendung auszusuchen und eine Pantomime zu überlegen.

Wenn man sich im letzten Moment irgendwas einfallen lassen muss, gibt es zwei Möglichkeiten: Entweder kommt man auf was total Geniales – oder was total Grottiges.

Ich habe zwar eine Idee, befürchte allerdings, dass sie zur zweiten Kategorie gehört. Aber auf die Schnelle fällt mir nichts Gescheiteres ein.

Vorsichtshalber sollte ich die Sache einmal proben.

Also steige ich aus dem Bett, mache das Licht an, nehme ein Handtuch aus dem Schrank, stelle mich vor den Spiegel – und werfe das Handtuch auf den Boden.

Das Handtuch werfen. Na ja ... Einfallsreich geht anders. Aber es wird seinen Zweck erfüllen.

Mit diesem beruhigenden Gedanken krabble ich zurück ins Bett. Fünf Minuten später schlummere ich selig und träume süß. Diesmal zum Glück nicht von Wilma im Baströckchen, dafür aber von Aurora Coletti und Elfi Andersen, die auf einer Bühne stehen und ein Lied mit dem Titel *Elf Elfer und ein Kakadu* zum Besten geben. Und von einer wilden Schnapszahl-Party, auf der sich die 33 und die 66 ziemlich danebenbenehmen ...

9

Am nächsten Morgen hat sich das Regenwetter verzogen und die Sonne lacht vom Himmel. So wie es sich für einen letzten Schultag gehört. Und für den Tag der Gerechtigkeit auch …

Vor der Schule schaue ich kurz in der Bäckerei vorbei, kaufe ein Schokokuss-Brötchen, greife dabei Auroras Idee auf und bezahle mit Zwei- und Fünf-Cent-Stücken. Als ich Wilma die Münzen überreiche, sieht sie mich an, als würde sie mir am liebsten an die Gurgel gehen. Sie verzählt sich dreimal, bis sie es schließlich aufgibt und die Münzen einfach in die Kasse knallt.

»Stimmt es?«, frage ich unschuldig, aber statt einer Antwort knurrt Wilma nur irgendwas Unverständliches.

An der Schule angekommen, stelle ich mein Rad in den Fahrradständer, verziehe mich hinter die Hecke und harre der Dinge, die da kommen.

Wenige Minuten später erscheinen Alex, Alina, Pamela und Hendrike. Durch die Blätter der Hecke hindurch beobachte ich, was vor sich geht.

»Seht mal«, sagt Alina und deutet auf mein Fahrrad. »Frau Doktor Durchgeknallt ist schon da.«

»Na, so ein glücklicher Zufall.« Alex Ziburski grinst fies,

kniet sich neben mein Rad und macht sich an den Ventilen zu schaffen.

»Hört doch mal damit auf«, protestiert Hendrike zaghaft. »Auch wenn Penny jede Menge wirres Zeug redet – sie hat euch nichts getan.«

»Sie hat euch nichts getan«, äfft Pamela sie nach. »Was bist du denn für ein Weichei? Du solltest dich mal entscheiden: Entweder du gehörst zu uns oder zu Köpfchen Kurzschluss. Klar?«

Hendrike schweigt eingeschüchtert, und nachdem Alex die Luft aus den Reifen gelassen hat, marschiert sie mit den anderen zum Haupteingang hinüber.

Leise vor mich hin pfeifend trete ich hinter der Hecke hervor und pumpe meine Reifen wieder auf. Anschließend widme ich mich dem LOCKED 11-Fahrradschloss von Alex Ziburski. Vikram hat recht: Die Dinger taugen tatsächlich nichts. Ich brauche keine elf Sekunden, um es zu knacken.

Natürlich könnte ich Alex auch einfach die Luft aus den Reifen lassen, aber ich halte nichts von dem Auge-um-Auge-Prinzip. Jeder Übeltäter hat einen fairen Prozess verdient. Am besten mit einer Jury aus Geschworenen. So wie in amerikanischen Gerichtsfilmen. Auch wenn die heutige Jury nur aus einem Schwarm Tauben besteht …

Ich schiebe Alex' Fahrrad an den Rand des Ständers. Hier stellt normalerweise niemand sein Rad ab. Aus gutem Grund. Über diesen Teil des Fahrradständers ragt nämlich die Krone eines Baumes, der unter den Schülern nur der *Baum des*

Verderbens heißt. Weil in seiner Krone immer ein Schwarm Tauben hockt, der vor allem mit zwei Dingen beschäftigt ist: Gurren und Kacken.

Ich kette das Rad unter dem Baum an, schaue zu den aufgeregt gurrenden Vögeln hinauf und sage: »Der Schüler Alex Ziburski wird beschuldigt, anderen die Luft aus den Reifen zu lassen. Möge die Jury sich zur Beratung zurückziehen und anschließend ihr Urteil verkünden.«

Offenbar liegt der Fall ziemlich klar. Eine lange Beratung brauchen die Tauben nicht. Ich bin gerade einmal zwei Schritte von dem Baum zurückgetreten, als der erste weiße Flatschen auf Alex' Fahrradsattel landet. Na bitte. Schuldig im Sinne der Anklage.

Wo meine Interessen liegen, spiegelt sich deutlich in meinen Zeugnisnoten wieder: Deutsch: 1, Englisch: 1, Sport: 1, Sozialkunde: 2, Bio: 2, Mathe: 4. Normalerweise kämen noch Musik und Religion dazu, aber die Fächer wurden im vergangenen Halbjahr wegen Lehrermangel nicht unterrichtet.

Und auf welche Zahl komme ich wohl, als ich meine Noten zusammenrechne? Schon klar, oder?

Nachdem Frau Franken die Zeugnisse verteilt hat, bereiten wir das Klassenzimmer für den Tag der offenen Tür vor. Herr Murrig, der Hausmeister, fährt eine kleine, niedrige Rollbühne in den Raum. Wir räumen unsere Schulbänke zur Seite, die Stühle werden vor der Bühne in Reihen angeordnet. Mithilfe einer Wäscheleine und ein paar Bettlaken spannen wir dann einen Vorhang, hinter dem wir uns später versammeln und einer nach dem anderen auf die Bühne treten sollen.

Ab zehn Uhr strömen die Besucher in die Schule: ehemalige Lehrer und Abiturienten des Gymnasiums am Fürstenplatz, vor allem aber Eltern, Geschwister und Freunde der Schüler. Papa kann leider nicht kommen. Er ist auf einer Landwirtschaftsmesse, über die er einen Artikel schreiben muss. Dafür erscheint Tante Kirsten. Sie kommt zu jeder meiner Schulveranstaltungen. Letztes Jahr, in der Grundschule, gab es auch einen Tag der offenen Tür. Die vierten Klassen haben Sketche aufgeführt und die meisten Besucher haben sich prächtig amüsiert. Nur Kirsten saß da wie eine gestrenge Theaterkritikerin und hatte an allem was zu mäkeln.

Heute will sie gleich mein Zeugnis sehen – und hebt natürlich sofort auf die 4 in Mathe ab.

»I-hi-ch denke ni-hi-cht, dass das nötig gewesen wäre, Penny. Du könntest viel besser sein. Wenn du nicht immer irgendwelchen Firlefanz im Kopf hättest.« Dabei klimpert sie mit den Wimpern, als wäre Wimpernklimpern eine neue olympische Disziplin. Ich bin erleichtert, als sie endlich im Zuschauerraum Platz nimmt.

Dummerweise bekommt Kirsten diesmal mehr als ausreichend Grund, über unserer Vorstellung zu meckern. Die Redewendungs-Pantomime entwickelt sich zu einem Voll-Desaster. Dabei fängt es eigentlich ganz gut an: Als Erste ist

Luisa Küster dran. Unter dem Arm hält sie eine kleine Plastikwanne, in der eine Puppe liegt. Als sie auf der Bühne steht, hebt sie die Wanne an und lässt die Puppe herausrutschen.

»Das Kind mit dem Bade ausschütten«, rufen mehrere Zuschauer gleichzeitig und liegen damit vollkommen richtig. Auch wenn Luisa auf das Wasser verzichtet hat und daher genaugenommen das Kind ohne Bad ausschüttet.

Als Nächstes treten Sascha Leifert und Ahmed al Mira auf die Bühne. Sascha zieht den gut zehn Zentimeter kleineren Ahmed am Arm hinter sich her. Diesmal dauert es ein bisschen länger, bis jemand ruft: »Den Kürzeren ziehen!«

Dann geht die Show leider den Bach runter. Vielleicht hätten wir doch besser proben und uns etwas absprechen sollen. Die sieben Schüler, die vor mir dran sind, darunter Alex und Alina, haben offenbar alle genauso wenig Mühe auf die Vorbereitung verschwendet wie ich. Und hatten alle die gleiche lahme Idee wie ich. Alle sieben gehen auf die Bühne und pfeffern ein Handtuch auf den Boden. Was beim ersten Mal noch okay ist, aber als es zum fünften Mal in Folge passiert, sinkt die Begeisterung der Zuschauer merklich. Ich spähe zwischen den Laken hindurch und sehe, wie Kirsten genervt das Gesicht verzieht. Herr Vogel, unser Direktor, guckt auch ganz missmutig und bedenkt Frau Franken mit einem vorwurfsvollen Blick. Die bekommt einen roten Kopf, lacht nervös und zeigt dabei mehr Zahnfleisch, als man sehen möchte. Sie tut mir richtig leid. Schließlich kann sie nichts dafür, dass ihre Schüler so unkreativ waren.

Mir wird klar, dass ich jetzt nicht auch noch die Handtuch-Nummer bringen kann. *Lass dir was anderes einfallen, Penny. Schnell! Welche Redewendungen gibt es noch?* Ins Fettnäpfchen treten? Die Kirche im Dorf lassen? Bisschen schwierig darzustellen, wenn man nicht gerade ein Fettnäpfchen oder eine Kirche zur Hand hat. *Gibt es nichts, wozu man keine Requisiten braucht? Denk nach, Penny!* Und tatsächlich habe ich im nächsten Moment den rettenden Einfall. Oh, oh ja, das könnte funktionieren …

Als ich an der Reihe bin, schreite ich langsam nach vorne zum Bühnenrand, schiebe meine Kappe nach hinten, schaue stumm ins Publikum und dann – greife ich mir mit beiden Händen an den Hals, schnappe verzweifelt nach Luft, rolle wild mit den Augen und lege einen erstklassigen Erstickungsanfall hin.

Aber trotz dieser eindrucksvollen Darstellung kommt niemand auf die Lösung. Alle stieren mich nur mit weit aufgerissenen Augen an. Offenbar ist meine Darstellung nicht deutlich genug. Ich entschließe mich, noch eine Schippe draufzulegen, lasse mich auf den Rücken fallen, strampele wie wild mit den Beinen, keuche und röchele, als gäbe es einen Preis dafür – und sehe aus dem Augenwinkel, wie Zuschauer von ihren Stühlen aufspringen. »Um Himmels willen! Sie hat einen Krampfanfall!« »Oh, mein Gott. Helft ihr!« »Einen Arzt! Schnell!«

»Sie erstickt! Tut doch was! Tut doch endlich was!«, kreischt Kirsten und stürzt auf mich zu – als von ganz hinten ein hohes Kichern zu hören ist: »Hi, hi, hi. Sehr beeindruckende Darstellung. *Etwas in den falschen Hals bekommen!* Das ist es doch, oder? Hab ich recht?«

»Genau!«, rufe ich, springe auf die Füße und recke den Kopf, um zu sehen, welcher der Zuschauer auf des Rätsels Lösung gekommen ist.

Zu meiner völligen Verblüffung erkenne ich, dass es der Mann mit den zerzausten Vogelnest-Haaren ist, den ich mit Aurora vor der Pizzeria gesehen habe. Und neben ihm steht die elfenhafte Frau mit Stirnband, die ihn an diesem Abend begleitet hat. Während alle anderen Zuschauer nur dastehen wie vom Donner gerührt und mich fassungslos anglotzen, applaudieren die beiden euphorisch. »Bravo! Bravissimo!«, ruft der Mann noch einmal und reckt den Daumen in die Höhe, dann wenden sie sich abrupt ab und sind schneller durch die Tür, als man gucken kann.

»Warten Sie! Warten Sie doch!«, rufe ich und will ihnen hinterher, aber Kirsten hält mich am Arm fest und faucht wutentbrannt: »Spinnst du jetzt total? Hältst du das für witzig? Ist dir klar, was du uns allen für einen Schreck eingejagt hast?«

»Beruhigen Sie sich doch«, versucht Frau Franken sie zu beschwichtigen. Sie ist zwar auch ein bisschen blass um die Nase, lächelt aber schon wieder. »Penny ist eben ein fantasiebegabtes Kind. Vielleicht war ihre Darstellung ein bisschen zu lebensecht, aber …« Frau Franken wirft mir einen anerkennenden Blick zu. »Immerhin war sie kreativ.«

Doch Kirsten ist nicht zu beschwichtigen. »Darüber ist noch nicht das letzte Wort gesprochen. Und das war das letzte Mal, dass ich bei einer deiner Schulveranstaltungen war.« Damit macht sie auf dem Absatz kehrt und stürmt davon.

»Sie wird sich schon wieder einkriegen«, sagt Frau Franken, zeigt viel Zahnfleisch, legt mir tröstend die Hand auf die Schulter und flüstert: »Hab zwar auch einen Schreck gekriegt – aber besser so ein Auftritt als noch ein Handtuch-Werfer.«

Abschluss und Höhepunkt des Schulfestes ist das Konzert einer Schülerband aus der Oberstufe, das nachmittags im Innenhof stattfindet. Es gibt Getränkestände, Fressbuden und eine Tombola. Die Winderbuscher Geschäftsleute haben sich nicht lumpen lassen und ein paar attraktive Preise gespendet. Wer ein Los kauft, hat die Chance, einen Bücher-Gutschein der *Buchhandlung Stern*, ein Gratismenü bei *Vikis Veganburger* oder ein Überraschungspaket der *Süßwarenhandlung Zukrisch* zu gewinnen. Hauptpreis ist ein Gutschein für einen Tag in einem Vergnügungspark.

Ich drängle mich nach vorne vor die Bühne, wippe zum Rhythmus der Musik auf und ab, und beobachte fasziniert den Schlagzeuger der Band. Trommeln würde ich auch gerne können. Letztes Jahr habe ich Papa davon erzählt, und er wäre bereit gewesen, mir ein Drum-Kit und Unterrichtsstunden zu sponsern, aber Tante Kirsten hat ihr Veto eingelegt: »Und wo willst du üben? Etwa hier, im Haus? Kommt ni-hi-cht infrage! Bei dem Krach wird man doch wahnsinnig. Und außerdem: Schlagzeug ist kein Instrument für Mädchen. Wie wäre es denn mit Flöte?«

Gerade als die Band ein schnelles, punkiges Stück spielt, brüllt mir jemand ins Ohr: »Tombola-Los gefällig?«

»Aurora!« Überrascht fahre ich herum.

Aurora Coletti steht lächelnd vor mir und hält mir einen kleinen Plastikeimer mit Losen vor die Nase.

»Ich … ich habe dich die ganzen vergangenen Tage über gesucht, Aurora. Wo warst du?«, stottere ich.

»Ich musste mich um ein paar wichtige Dinge kümmern. Echt wichtige Dinge. Elfmal so wichtig wie Unterricht.«

»Aurora, ich muss wissen, was –«

»Du solltest ein Los kaufen, Penny«, unterbricht sie mich. »Es gibt wirklich tolle Preise zu gewinnen.«

Ich ziehe sie zur Seite. »Aurora, sag mir, was es mit dieser Elfer-Geschichte auf sich hat! Und mit den Spielkarten. Wer sind die Elfer-Kinder? Du weißt doch, was hier vor sich geht. Du hast doch die Botschaft in den Baum gesteckt. Oder?«

Aurora schüttelt den Kopf. »Nicht hier und nicht jetzt, Penny.«

»Aber …, aber …, aber …«

»Jede Sache hat ihre Zeit und ihren Ort«, sagt sie und sieht mich dabei eindringlich an. »Auch die Antwort auf deine Fragen.«

»Aber wann … wann ist die richtige Zeit dafür?«

»Bald«, entgegnet sie lächelnd. »Wenn der Moment gekommen ist, wirst du es wissen.«

»Und wo?«

»Dort, wo man nur hingelangt, wenn man den Weg selbst findet.«

Verwirrt blicke ich sie an. Dieses Mädchen hat eine ausgesprochene Vorliebe dafür, in Rätseln zu sprechen. »Aber wie soll ich …?«

»Nimm ein Los, Penny«, fordert sie mich erneut auf und wirft mir dabei einen verschwörerischen Blick zu. »Mach schon. Vielleicht führt dich das richtige Los auf den richtigen Weg. Direkt oder auf Umwegen …«

Ich blicke sie einen Moment lang zweifelnd an – dann nehme ich ein Los aus dem Eimer. »Was kostet das?«

»Fünfzig Cent«, sagt Aurora.

Ich ziehe mein Portemonnaie aus der Tasche, krame ein Fünfzig-Cent-Stück heraus und als ich wieder aufblicke, ist Aurora verschwunden. Irgendwo in der Menschenmenge vor der Bühne abgetaucht. Egal wie sehr ich den Kopf recke, ich kann sie nicht mehr entdecken.

Langsam öffne ich das Los in meiner Hand – und starre ungläubig auf die Losnummer.

111.

Die folgende halbe Stunde verbringe ich damit, über den Innenhof zu stromern und nach Aurora zu suchen. Aber sie scheint sich in Luft aufgelöst zu haben. Und auch von dem

Mann mit Zauselfrisur und der Frau mit Stirnband, die vorhin bei unserer Vorstellung waren, ist keine Spur zu entdecken.

Dann beendet die Band ihr Konzert, Direktor Vogel tritt ans Mikrofon, dankt allen Lehrern und Schülern für ihr Mitwirken am heutigen Tag, wünscht schöne Ferien und erklärt: »Doch bevor wir auseinandergehen, wird unsere Glücksfee noch die Gewinnlose der Tombola ziehen.«

Als Glücksfee fungiert Frau Precht, die Schulsekretärin. Mit scheppernder Stimme verliest sie die Nummern der Gewinnerlose. Einer nach dem anderen steigen die glücklichen Gewinner auf die Bühne und nehmen die Gutscheine entgegen. Sascha Leifert gewinnt den zweiten Preis, einen Büchergutschein über stolze fünfzig Euro. Besonders glücklich sieht er allerdings nicht aus. Ein Burger-Gutschein wäre ihm mit Sicherheit lieber gewesen.

»Kommen wir nun zum Hauptgewinn. Ein Tag im Vergnügungspark«, sagt Frau Precht, macht eine dramatische Pause und verkündet: »Der Hauptgewinn geht an die Losnummer 111!«

Ach du dickes Ei!

Direktor Vogel gratuliert und überreicht mir den Gutschein. Die Band spielt einen Tusch, was mir so peinlich ist, dass ich knallrot anlaufe.

»Wow, du bist ja ein echter Glückspilz«, befindet Sascha Leifert, als ich von der Bühne steige.

»Willst du tauschen?«, sage ich und deute auf seinen Büchergutschein.

»Im Ernst?«, fragt er mit ungläubigem Blick.

»Ja.«

Meine Begeisterung für Vergnügungsparks hält sich in Grenzen. Eine Achterbahnfahrt überstehe ich nicht ohne Spucktüte. Und ich finde es auch nicht besonders vergnüglich, zwei Stunden lang in einer Schlange zu stehen, nur um anschließend zwei Minuten lang durch eine Wildwasserbahn zu rauschen, während vor und hinter einem Leute kreischen, dass es einem die Trommelfelle zerreißt.

Aber ein Büchergutschein über fünfzig Euro ... Dafür kriegt man jede Menge Lesestoff für regnerische Ferientage.

»Von mir aus gerne«, sagt Sascha, und wir tauschen unsere Gewinne aus. »Vielen Dank, Penny. Und schöne Ferien.« Freudestrahlend zieht er ab – als ich einen so heftigen Stoß in den Rücken bekomme, dass ich drei Schritte nach vorne stolpere.

»Warst du das?« Alex Ziburski steht mit tiefrotem Kopf vor mir und fletscht wütend die Zähne. Flankiert von seiner Schwester und Pamela Fäller. Hendrike ist auch dabei, drückt sich aber im Hintergrund herum.

»War ich was?«, entgegne ich mit Unschuldsmiene.

»Ich war gerade an den Fahrradständern«, faucht er zornig.

»Um andern die Luft aus den Reifen zu lassen?«, frage ich.

»Du warst das, du verdammtes Miststück«, brüllt er. »Ich weiß nicht, wie du mein Schloss geknackt hast, aber – du warst das! Du hast mein Rad unter den Baum gestellt. Und jetzt ist es von oben bis unten voller Taubenkacke!«

»Keine Ahnung, wovon du redest.«

»Dafür wirst du …« Alex springt vor und schlägt nach mir, aber ich ducke mich blitzschnell weg – und seine Faust trifft den Arm eines Oberstufenschülers, der hinter mir steht und einen Becher Cola in der Hand hält. Der Becher fliegt in hohem Bogen durch die Luft, legt dabei einen erstklassigen Salto mortale hin und der gesamte Inhalt ergießt sich über Alex' Hose.

»Ganz langsam, Freundchen«, sagt der Junge aus der Oberstufe und zieht Alex am Ohr, während ein Mädchen aus der Zwölf loskichert und ruft: »Och, guckt mal: Der arme Kleine hat sich in die Hose gemacht!«

Ringsherum bricht lautes Gelächter los – und auch ich kann mir beim Anblick des begossenen Alex ein Grinsen nicht verkneifen.

Er steht einen Moment lang da wie erstarrt. Mit knallrotem Kopf und nasser Hose. Tränen der Wut schießen ihm in die Augen. Dann spuckt er vor mir aus, zeigt mir den Stinkefinger und stolpert davon. Gefolgt von Alina und Hendrike.

Pamela Fäller knackt drohend mit den Knöcheln und raunt mir zu: »Du hast gerade dein Todesurteil unterschrieben, Köpfchen Kurzschluss. Und fühl dich bloß nicht sicher, weil wir jetzt Ferien haben. Wenn du auch nur einmal einen Fuß vor die Tür setzt, kriegen wir dich. Dann grinst du nicht mehr. Das garantiere ich dir.«

Und damit stapft sie den anderen Hohlköpfen hinterher.

Ein ziemlich ereignisreicher Tag. Im Guten wie im Schlechten, denke ich, als ich abends im Bett liege. Es ist so warm, dass ich das Fenster weit geöffnet habe. Vom Brixbach tönt das übliche, spätabendliche Quak-Konzert der Frösche zu mir herüber.

Fangen wir mit den schlechten Sachen an: Da wäre zunächst mal Kirstens Gemecker über meine 4 in Mathe. Und ihr Gemotze über meine Etwas-in-den-falschen-Hals-bekommen-Pantomime. Beim Abendessen durfte ich mir noch einiges dazu anhören. Und dann natürlich die Drohung von Pamela Fäller. Ich mache mir deswegen nicht gerade vor Angst in die Hose – aber es wäre auch gelogen, wenn ich behaupten würde, dass mir nicht ein klein bisschen mulmig wäre. So bedrohlich habe ich sie echt noch nicht erlebt. Ich habe nicht vor, meine Ferien deswegen im Haus zu verbringen, aber ich sollte auf jeden Fall vorsichtig sein, wenn ich unterwegs bin. Außerdem hat sich irgendeiner der Hohlköpfe an meinem Rad abreagiert und gegen das hintere Schutzblech getreten, das nun verbogen ist. Ein Fall für Vikram, der wird es schon wieder richten.

Kommen wir zu den guten Sachen: Papa war zwar auch nicht begeistert von der 4 in Mathe, insgesamt aber sehr zufrieden mit meinem Zeugnis. Und über die Sache mit der Pantomime hat er sich königlich amüsiert – was Kirsten noch wütender gemacht hat, als sie ohnehin schon war. Außerdem habe ich heute Morgen Wilma Rübesam durch den gezielten Einsatz von Kleingeld in die Verzweiflung getrieben. Und natürlich das absolute Highlight: Alex Ziburski durfte den Heimweg nicht nur auf einem vollgekackten Fahrrad antreten. Sondern auf einem vollgekackten Fahrrad **und** mit nasser Hose! Viel mehr Gerechtigkeit geht nicht.

Aber all das beschäftigt mich weitaus weniger als das mysteriöse Auftauchen des Zauselhaar-Mannes und seiner Begleiterin bei unserer Vorstellung – und die seltsame Begegnung mit Aurora Coletti. Die mir ein Los mit der Nummer 111 verkauft, das anschließend den Hauptgewinn abräumt!

Auch nachdem die Frösche ihr Konzert beendet haben, liege ich noch lange wach und lasse mir Auroras Worte wieder und wieder durch den Kopf gehen.

Vielleicht führt dich das richtige Los auf den richtigen Weg.

Jede Sache hat ihre Zeit und ihren Ort.

Wenn der Moment gekommen ist, wirst du es wissen.

Dort, wo man nur hingelangt, wenn man den Weg selbst findet …

10

Guten Morgen, achtzehnter Juli«, begrüße ich den ersten Ferientag. »Ich erkläre dich hiermit zum offiziellen Datum der Faulenzerei und des gepflegten Rumgammelns. Zum Tag des Nur-Tuns-worauf-man-Lust-hat.«

Anschließend ziehe ich mir die grüne Kappe auf den Kopf, spiele eine schnelle Runde *Spiegel-Duell* mit dem Mädchen im Spiegel (sie ist so gewitzt wie immer und macht nicht den geringsten Fehler), springe die Stufen der Holztreppe runter und entere die Küche. Es ist kurz nach neun. Papa ist schon zur Arbeit. Tante Kirsten leider nicht. In den ersten beiden Wochen der Sommerferien ist auch die Kindertagesstätte geschlossen, was bedeutet, dass Kirstens Urlaub und meine Ferien sich in dieser Zeit überschneiden.

Sie ist noch immer sichtbar angefressen wegen meiner lebensechten Pantomime, versucht aber, es sich nicht anmerken zu lassen, und fragt in ihrem Beste-Freundinnen-Ton: »Und – was hast du heute vor?«

Bei der Frage ist Vorsicht geboten.

Kirsten ist ein Kontrollfreak, will immer ganz genau wissen, wo ich wann mit wem hingehe, und hätte es am liebsten, wenn ich ihr morgens eine schriftliche Planung meines Tagesablaufs vorlegen würde. Zum einen, weil sie überall

Gefahren wittert, und zum anderen, weil ihr wichtig ist, dass das, was ich in meiner Freizeit tue, *sinnvoll* ist. Mir auch. Aber unglücklicherweise haben wir sehr unterschiedliche Vorstellungen davon, was sinnvoll und was nicht sinnvoll ist. Am Weiher zu sitzen und der Stille zu lauschen fände Tante Kirsten nicht im Geringsten sinnvoll. Und würde ich ihr sagen, dass ich manchmal versuche, die Sprache des Windes und des Wassers zu verstehen, hätte sie ratzfatz einen Termin beim Kinderpsychologen für mich ausgemacht.

Also sollte man sich gut überlegen, was man antwortet.

»Ich habe bei der Schul-Tombola einen Büchergutschein gewonnen und fahre gleich mal zur Buchhandlung Stern und suche mir ein paar Bücher aus«, sage ich – und glaube, damit auf der sicheren Seite zu sein.

Aber weit gefehlt. Kirsten zieht besorgt die Stirn kraus. »Bücher sind ja schön und gut. Aber du willst doch nicht die ganzen Ferien mit der Nase in einem Buch verbringen? Jeder Mensch braucht gesunde soziale Kontakte. Du solltest dich viel häufiger mit Freundinnen treffen. Was ist denn mit Hendrike? Die war schon lange nicht mehr hier.«

»Die fliegt heute mit ihren Eltern für ein paar Tage nach Spanien«, sage ich – was der Wahrheit entspricht und mich fürs Erste davor bewahrt, näher auf das Hendrike-Thema eingehen zu müssen.

»Oh«, macht Kirsten betrübt und schlägt im Beste-Freundinnen-Tonfall vor: »Wie wäre es denn, wenn wir in den kommenden Tagen mal etwas zusammen unternehmen?«

»Ähm, ja … mal sehen.« Hastig schiebe ich mir den letzten Bissen meines Marmeladenbrots zwischen die Kiemen, stelle die leere Kakaotasse in die Spülmaschine, hänge mir meine Tasche um und sehe zu, dass ich rauskomme.

Täusche ich mich oder machen Ferien die Welt wirklich bunter? Und alle Farben satter? Wenn man freihat, sehen der Himmel viel blauer, die Wiesen grüner und der Klatschmohn am Wegesrand doppelt so rot aus, wie sie das an einem Schultag tun.

Mein Schutzblech scheppert fröhlich vor sich hin, während ich mich der Winderbuscher Altstadt nähere. Zunächst werde ich Vikram einen kurzen Besuch abstatten – was ich Kirsten gegenüber natürlich nicht erwähnt habe.

Vikrams Fahrradwerkstatt liegt ein wenig versteckt in der Schneidergasse. Man muss durch einen Torbogen und dann über einen schattigen, gepflasterten Hinterhof. Vor dem Eingang zur Werkstatt steht ein altes Hochrad, das Vikram restauriert hat. Eigentlich nur als Werbegag für die Werkstatt. Aber wenn er besonders gut drauf ist, dreht er auf dem antiken Rad auch mal eine Runde durch Winderbusch.

Vikram hat kurzes blondes Haar, einen Dreitagebart, trägt ein ölverschmiertes T-Shirt, genauso ölverschmierte Jeans und sieht ausgesprochen gut gelaunt aus. Man muss nicht Rory Shy sein, um zu erahnen, dass die reizende Kunsthändlerin dafür verantwortlich sein dürfte.

»Hallo, Penny. Was verschafft mir die Ehre?«, fragt er, bevor sein Gesicht einen skeptischen Ausdruck annimmt. »Hat Kirsten dich etwa geschickt? Seit einer Woche versucht sie ständig, mich anzurufen. Aber ich gehe nicht ran.«

»Nein, keine Sorge«, beruhige ich Vikram und betrachte ihn lächelnd.

»Was ist?«, fragt er.

»Mario hat erzählt, dass du mit einer *reizenden* Kunsthändlerin bei ihm warst …«

Vikram grinst breit, geht aber nicht darauf ein, legt das Poliertuch zur Seite und trottet zu dem dickbauchigen Kühlschrank, der in einer Ecke der Werkstatt friedlich vor sich hin brummt. »Waldmeisterbrause?«, fragt er und nimmt zwei grüne Fläschchen aus der Kühlung.

»Ähm, könntest du vielleicht mal nach meinem Schutzblech sehen?«, bitte ich Vikram, während wir an der Brause nuckeln. »Ist ein bisschen verbogen.«

»Das sieht ja übel aus«, befindet er nach einem kurzen Blick auf mein Rad. »Ich kümmere mich drum. Muss aber erst noch ein paar andere Sachen erledigen. Du kannst das Rad in drei Stunden abholen. In Ordnung?«

»Super. Danke, Vikram.«

Ich verabschiede mich und schlendere durch die Schneidergasse in Richtung Buchhandlung, mache vorher aber noch einen kleinen Abstecher zum Wochenmarkt, erfreue mich an den vielfältigen Gerüchen, grüße Fürst Hugo und kaufe mir im Eissalon am Fürstenplatz zwei Kugeln Erdbeereis im Hörnchen.

Dabei halte ich stetig die Augen auf. Zum einen, weil ich hoffe, dass Aurora Coletti mir vielleicht über den Weg läuft, und zum anderen, weil ich keine Lust habe, auf die Ziburskis oder Pamela Fäller zu treffen. Einmal glaube ich tatsächlich, Alina inmitten der Marktbesucher zu sehen. Aber als ich genauer hinblicke, kann ich sie nicht mehr entdecken. Falscher Alarm. Wahrscheinlich fange ich schon an, Gespenster zu sehen, denke ich, lecke an meinem Eis und lenke meine Schritte in Richtung Mauergasse, wo sich die Buchhandlung Stern befindet.

Wenn man in eine Bäckerei geht, dann weiß man meistens schon, was man will. Und dann kauft man ein Oberländer, drei Sesambrötchen, zwei Kürbiskernbrötchen und vielleicht auch noch zwei Stückchen Apfelstreusel – und zieht wieder ab. Aber wenn man eine Buchhandlung betritt, dann ist es viel spannender, nicht genau zu wissen, was man sucht. Sondern ewig zwischen den Regalen umherzustreifen und mal einen Blick in dieses und mal in jenes Buch zu werfen. Jedes Buch ist eine Welt für sich. Was bedeutet, dass eine Buchhandlung voller verschiedener Welten ist.

Ich liebe es, mich stundenlang in der Buchhandlung Stern aufzuhalten und dabei in so viele verschiedene Welten zu blicken wie möglich. So auch diesmal. Ich brauche fast zwei Stunden, in denen ich in jede Menge Bücher reinlese, bevor ich mich für zwei Romane entscheide, die beide spannend klingen. In der einen Geschichte geht es um eine uralte Schriftrolle und eine geheimnisvolle Prophezeiung, in der anderen um ein Mädchen, das eines Tages entdeckt, dass es Geschehnisse in der Zukunft vorhersagen kann. Am liebsten hätte ich natürlich ein neues Abenteuer von Rory Shy, aber Band 12 wird erst im nächsten Jahr erscheinen.

Als ich zur Kasse komme, fällt mir ein Stapel schreiend roter Flugblätter ins Auge: *Keine Mall in Winderbusch! Rettet die Altstadt!*

Frau Stern, die Buchhändlerin, bemerkt meinen Blick und seufzt: »Wenn du welche mitnehmen und verteilen möchtest – nur zu. Je mehr Leute Bescheid wissen und sich wehren, desto besser. Dieser Gernot Ratz will Winderbusch zu einer bloßen Kulisse für seine Shopping-Mall machen. Und wenn das Ding tatsächlich gebaut wird, werden die Ladenmieten so in die Höhe schießen, dass wir sie uns nicht mehr leisten können. Und die meisten anderen kleinen Geschäfte auch nicht. Dann gibt es bald keinen Buchladen mehr. Und keine Bäckerei und keinen Gemüseladen und keine Süßwarenhandlung.« Die Buchhändlerin zieht ein großes Taschentuch hervor und schnäuzt sich ausgiebig.

Ich greife mir ein paar Flugblätter und bezahle meine Bücher mit dem Gutschein. Frau Stern lächelt und sagt: »Oh, du bist diejenige, die den Gutschein gewonnen hat. Da ist er ja an der richtigen Adresse gelandet. Du hast ihn aber nicht ganz aufgebraucht. Es ist noch etwas übrig. Ich kann dir das

Geld nicht auszahlen, aber ich stelle dir einen neuen Gutschein über die Restsumme aus.«

Was sie auch umgehend tut.

Und wie viel Euro beträgt die Summe, die übrig bleibt?

Genau …

Mit meinen frisch erworbenen Bücherschätzen in der Hand trete ich aus dem Laden und bin gerade im Begriff, mich auf den Weg zu Vikram zu machen – als völlig unvermittelt etwas gegen meine Stirn knallt. Ich taumele einen Schritt zurück. Einen Moment lang sehe ich nur Sternchen und weiß überhaupt nicht, was los ist, bis ich hämisches Gelächter und eine wohlbekannte Stimme höre.

»Jetzt grinst du nicht mehr, Köpfchen Kurzschluss, was?«

Noch immer benommen, blicke ich auf und sehe Alex, Alina und Pamela Fäller hinter einem Altkleider-Container hervorspringen. Allem Anschein nach habe ich mich vorhin doch nicht getäuscht, als ich glaubte, Alina zu sehen. Wahrscheinlich haben sie mich die ganze Zeit über beobachtet. Und sie sind nicht alleine. In ihrer Begleitung befinden sich vier ältere Jungen – zwölf oder dreizehn Jahre alt –, die ich vom Sehen kenne. Allesamt üble Figuren. Zwei von ihnen haben im letzten Jahr Ahmed al Mira im Freibad verprügelt. Einfach so. Nur zum Spaß. Und schlagartig begreife ich: Hier geht es nicht mehr um platte Reifen oder blöde Sprüche. Die werfen mit Steinen nach mir! Die machen Ernst!

»Los, holen wir uns die Irre«, kommandiert Alex Ziburski, und sie stürmen auf mich zu.

Ich starte mit quietschenden Sohlen durch, renne in die nächste Seitengasse, schieße um eine Ecke und kann gerade noch einen Zusammenprall mit einem Paketboten verhindern. Wütend schimpft er mir hinterher, während ich weiter Vollgas gebe, eine abschüssige Treppe hochstürme und versuche, außer Sichtweite meiner Verfolger zu kommen. Aber die sind nicht so einfach abzuschütteln.

»Mach dein Testament, Penny Crazy!«, kreischt Alina zehn Meter hinter mir.

Ich springe über eine niedrige Mauer, haste durch einen Hinterhof, quetsche mich durch einen schmalen Durchlass zwischen zwei Häusern und gelange auf einen winzigen Platz mit einem Brunnen, von dem mehrere enge Gassen abgehen. Ich renne in die Gasse links von mir, dann rechts, dann wieder links, schlage ein paar Haken und schaffe es, den Abstand zwischen mir und dem Schlägertrupp zumindest vorübergehend zu vergrößern.

Das Problem ist nur: Mittlerweile habe ich völlig die Orientierung verloren und keine Ahnung, wo ich mich befinde. Ich kenne mich gut aus in Winderbusch, aber die Altstadt ist, wie gesagt, ein einziges Labyrinth aus krummen Gassen und schiefen Fachwerkhäusern. Außerdem geht mir allmählich die Puste aus. Ein Stück hinter mir höre ich die schnellen Schritte meiner Verfolger auf das Pflaster trommeln. Ich halte mich weiter links und renne keuchend in ein winziges, gepflastertes Sträßchen. *Elfergasse* lese ich im Vorbeilaufen auf dem Straßenschild.

Was?, durchfährt es mich – und im selben Moment wird mir klar, dass ich in der Falle sitze: Die *Elfergasse* entpuppt sich als Sackgasse, an deren Ende ein Teil der alten, hohen Stadtmauer aufragt. Vor der Mauer steht ein schiefergedecktes Fachwerkhäuschen mit verzogenem Dach, in dessen Erdgeschoss sich ein kleiner Laden befindet. Wenn ich ganz, ganz unverschämt großes Glück habe, ist er geöffnet und ich kann mich hineinflüchten.

Das ist meine einzige Chance! Bitte, bitte, bitte, lass den Laden offen sein!

Ich mobilisiere die letzten Kräfte, setze zum Endspurt an und jage auf das Geschäft zu. Die Schaufensterscheiben sind so schmutzig, dass man nicht hineinsehen kann. Fünf schmale, ausgetretene Stufen führen zu der Eingangstür hinauf.

Horatio Ping: Trödel, Krempel, Raritäten steht in goldfarbenen, halb abgeblätterten Lettern auf der Tür. Ich stürme die Stufen hoch, rüttele hektisch an der Klinke – aber der Laden ist verschlossen.

Das war es dann wohl! Ich ringe nach Atem, lehne mich mit dem Rücken gegen die Tür, erwarte meine Verfolger auftauchen zu sehen und stelle mich darauf ein, gleich eine gewaltige Tracht Prügel zu beziehen, als die Tür plötzlich geöffnet wird und ich mit einer uneleganten Rolle rückwärts in den Laden krache.

Sofort schließt sich die Tür wieder, während ich auf dem Rücken liegend versuche, mich im Halbdunkel zu orientieren.

Ich blicke auf staubige Regale und ein Sammelsurium aus alten Uhren, Blechspielzeug, abgewetzten Ledereinbänden, verblichenen Fotografien, abgegriffenen Spielkarten, angeschlagenen Porzellanfiguren und allem möglichen und unmöglichen Krempel.

Und dann in ein Gesicht mit breitem Grinsen, das plötzlich über mir auftaucht. Ein Gesicht mit einer schwarz geränderten Brille und strahlend weißen Zähnen.

»Hallo, Penny. Willkommen an dem Ort, zu dem man nur gelangt, wenn man den Weg selbst findet.«

»Aurora«, höre ich mich wispern, als sie den Kopf herumwirft und nach hinten in den Laden ruft: »Sie ist hier!«

Starr vor Erstaunen sehe ich drei Gestalten hinter einem flaschengrünen Vorhang am Ende des Ladens hervortreten und auf mich zukommen.

Vorneweg die elfenhafte Frau mit dem Stirnband. Ihre Haltung und die Art, wie sie sich bewegt, erwecken den Eindruck, als wäre sie eine junge Frau. Was nicht stimmt. Als sie näher kommt, sehe ich, dass ihr langes Haar nicht hellblond, sondern weiß ist. Aber wirklich alt ist sie irgendwie auch nicht. Die Frau sieht aus, als wäre sie weder alt noch jung. So, als hätte sie überhaupt kein Alter.

Ihr folgt eine Person, die ganz entfernt an Elfi Andersen, die Bibliothekarin, erinnert. Mit dem Unterschied, dass ihr

Haar nicht rot, sondern schwarz ist. Und dass sie Lederhose, Lederjacke und eine Brille mit grün getönten, runden Gläsern trägt.

Hinter den beiden watschelt der Mann mit der Zauselfrisur auf mich zu. Er steckt in einer grün glänzenden, uniformähnlichen Jacke mit goldfarbenen Schulterklappen. Irgendetwas an seinen Augen ist merkwürdig, denke ich, bevor mir klar wird, was es ist: Sie sind verschiedenfarbig. Das linke Auge ist dunkelgrün, das rechte hellblau. Der Mann betrachtet mich lächelnd, streckt mir die Hand entgegen und hilft mir vom Boden auf.

»Es freut mich außerordentlich, dich kennenzulernen, Penny«, sagt er mit einer hohen, singenden Stimme. »Ich bin Horatio Ping. Und du bist gerade mit einer Rolle rückwärts in ein neues Kapitel deines Lebens gepurzelt. Willkommen bei den Elfer-Kindern!«

11

Willkommen bei den Elfer-Kindern!

Wie zur Salzsäule erstarrt stehe ich in dem schummerigen Laden, blinzele die vier Menschen vor mir ungläubig an und nehme überrascht einen wohlbekannten Duft wahr: Es riecht nach Pizza.

Keine Sorge. Hier bist du sicher. Alles wird gut.

Mir schwirren mindestens elftausend Fragen gleichzeitig durch den Kopf. Aber leider gelingt es mir nicht, auch nur eine davon zu stellen. Weil es mir völlig die Sprache verschlagen hat. Das Intelligenteste, was ich rausbringe, ist ein komischer Laut, der so ähnlich klingt wie »*Hrmpf?*«

Aurora kichert, legt einen Arm um meine Hüfte und wispert: »Hat sich doch gelohnt, ein Los zu kaufen. Die 111 hat dich hierhergeführt. Wenn auch auf ein paar Umwegen.«

Sie hat völlig recht. Hätte ich das Los nicht gekauft, hätte ich nicht den Freizeitpark-Gutschein gewonnen. Und hätte ihn nicht gegen einen Büchergutschein getauscht. Und wäre heute nicht in die Buchhandlung Stern gegangen. Und hätte nicht vor den Ziburskis flüchten müssen. Hierher. In die Elfergasse. In den Trödelladen von Horatio Ping. Zu den Elfer-Kindern …

Mein Mund fühlt sich staubtrocken an. »Die Sache mit dem Los … Wie kann das sein?«, krächze ich. »Und was …«

»Psst«, macht die weißhaarige Frau mit dem Stirnband in diesem Moment, legt den Zeigefinger an die Lippen und deutet aus dem Fenster.

Die Schaufensterscheiben des Trödelladens mögen von außen so schmutzig sein, dass man nicht hineinblicken kann. Von innen hat man merkwürdigerweise einen ungetrübten Ausblick auf die Straße, stelle ich verblüfft fest. Und sehe im gleichen Moment, wie Alex, Alina, Pamela und ihre Schlägerkumpel die Elfergasse hochgerannt kommen. Direkt vor dem Laden bleiben sie stehen, stützen die Hände auf die Knie, keuchen schwer und machen einen einigermaßen ratlosen Eindruck.

»Verdammter Dreck! Sie ist uns entwischt«, schimpft Pamela Fäller und zieht dabei ein Gesicht, bei dem selbst Fürst Hugo bange würde.

»Ich habe euch doch gesagt, sie ist vorhin rechts abgebogen. Wir hätten uns rechts halten müssen! Aber du musstest ja unbedingt nach links«, zischt Alex und wirft seiner Zwillingsschwester einen vernichtenden Blick zu.

»Hätten wir sie uns vor der Buchhandlung einfach gegriffen, hätten wir uns die ganze Rennerei sparen können. Aber du musstest sie ja unbedingt vorwarnen, indem du einen Stein nach ihr wirfst, du Superhirn«, giftet sie zurück.

»Halt die Schnauze! *Dein* Fahrrad war schließlich *nicht* von oben bis unten zugeschissen.«

»*Uäh, uäh, die bösen Tauben haben mein Rad vollgekackt.* Geh doch 'ne Viertelstunde heulen, du Opfer.«

»Selber Opfer.«

»Halt die Klappe, Alex!«

»Nein. Du hältst die Klappe!«

»Nein. Du.« Alina springt vor, stößt ihrem Bruder die Hand vor die Brust, er schubst zurück – und im nächsten Moment sind die beiden mitten in der allerschönsten Prügelei und rollen schlagend, tretend und sich an den Haaren reißend über das Pflaster. Pamela Fäller und die anderen Schlägertypen versuchen vergeblich, sie zu trennen.

»Eine Tüte Gummibärchen auf Alina«, sagt Aurora Coletti grinsend und presst die Nase gegen die Scheibe.

»Echt? Ich würde eher auf ihren Bruder wetten«, befindet die Frau mit der grünen Brille.

Ich bin mir noch immer nicht sicher, ob es sich bei ihr um Elfi Andersen mit neuem Styling handelt oder um eine Frau, die nur ähnliche Gesichtszüge wie die Bibliothekarin hat. Vielleicht eine Verwandte. Eine Schwester. Oder eine Cousine.

Sie tritt neben Aurora ans Fenster, beobachtet die Schlägerei auf der Straße und verkündet: »Das ist besser als Kino. Wenn sich zwei Hohlköpfe gegenseitig vermöbeln, trifft es immer den Richtigen. Was würde ich jetzt für einen Eimer Popcorn und ein kühles Getränk geben …«

Schließlich gelingt es Pamela Fäller, Alex und Alina zu trennen und die Prügelei zu beenden. »Jetzt beruhigt euch gefälligst«, schnauzt sie die Zwillinge an. »Die Ferien sind noch lang. Köpfchen Kurzschluss entwischt uns nicht zweimal. Das nächste Mal kriegen wir sie.«

Die Ziburskis sehen zwar noch immer aus, als würden sie sich am liebsten die Kehlköpfe eindrücken, stellen die Kampfhandlungen aber ein. Unmittelbar darauf zieht der ganze Trupp ab.

»Mann, Mann, Mann. Was für eine arme Zehner-Aktion«, murmelt Horatio Ping und blickt ihnen kopfschüttelnd hinterher. »Findest du nicht auch, Penny?«

»Zehner-Aktion? Ich … also, eigentlich wüsste ich gerne, was …«

»Oh, ich verstehe: Muss alles gerade ziemlich verwirrend für dich sein«, befindet Horatio Ping. »Keine Sorge. Wenn man die Elfer-Welt zum ersten Mal betritt, ist das immer verwirrend. Es muss sogar verwirrend sein. Wenn es nicht verwirrend wäre, wäre man nicht in der Elfer-Welt. Das muss dich also nicht verwirren. Wirklich verwirrend wäre, wenn es nicht verwirrend wäre. Verstehst du?«

»Also, ehrlich gesagt … bin ich gerade reichlich verwirrt.«

»Ich will damit sagen, dass es selbst für Verwirrte verwirrend sein kann, wenn die Verirrung, äh, Verwirrung … also, wenn, äh …« Horatio Ping hält inne, runzelt die Stirn und kratzt sich am Kopf. »Irgendwie habe ich jetzt den Faden verloren. Bin gerade selbst etwas verwirrt.«

Die weißhaarige Frau kichert leise in sich hinein. »Wäre es nicht sinnvoll, Penny ein paar Dinge zu erklären, um die allgemeine Verwirrung zu verkleinern? Und wäre es nicht höflich, ihr etwas zu trinken anzubieten? Und ein Stück Pizza?«

»Äh, ja. Natürlich«, sagt Horatio Ping, als ich ein schrilles Tschiepen höre. Im nächsten Moment glaube ich meinen Augen nicht zu trauen: Aus Horatios zerzausten Haaren reckt sich ein kleines, vorwitziges Vogelköpfchen. *Tschi-ie-p.*

Der Stein, den ich an den Kopf bekommen habe … Ich muss eine Gehirnerschütterung haben. Ich zeige mit dem Finger auf Horatios Kopf und stammle: »Kann es sein, dass Sie da …?«

»Du meinst, dass ich einen Vogel habe? Nein. Ich hab zwei.« Kaum hat er es gesagt, taucht ein zweiter Vogelkopf aus seiner Zauselfrisur auf und stimmt in das fröhliche Gezwitscher ein. »Das sind Tippi und Hedren«, erklärt Horatio. »Ein Nymphensittichpärchen. Nymphensittiche sind nicht gerne alleine. Und wenn man sowieso schon einen Vogel hat – warum dann nicht gleich zwei?«

»Und die, äh, wohnen in Ihren Haaren?«

»Wo denn sonst? In meinen Ohren wäre es ja wohl ein bisschen eng für die beiden.«

Völlig verdattert blicke ich zu Aurora, Elfi Andersen und der weißhaarigen Frau. Keine von ihnen sieht aus, als fände sie ein Vogelnest auf dem Kopf auch nur im Geringsten merkwürdig. In diesem Moment flattern die Nymphensittiche aus Horatios Haaren auf, segeln ein wenig zwischen Trödel und Krempel umher und lassen sich auf einer eingestaubten Suppenterrine nieder, die ganz oben in einem der Regale steht.

»Ich habe die beiden von meinem Cousin übernommen«, erklärt Horatio und fügt mit betrübtem Gesichtsausdruck hinzu: »Tippi und Hedren konnten nicht bei ihm bleiben. Hat eine Glatze bekommen, der Gute. Wo hätten sie da ihren Mittagsschlaf halten sollen? Und …«

»Horatio!«, sagt die Stirnband-Frau in mahnendem Ton. »Gefasel einstellen! Verwirrung eindämmen! Getränk und Pizza anbieten!«

»Sicher, Cassandra. Sicher«, murmelt er, lächelt mich einladend an und sagt: »Dann mal rein in die gute Elfer-Stube.« Und damit hält er auf den grünen Vorhang zu, gefolgt von der weißhaarigen Frau.

Mein Gesicht sieht wahrscheinlich aus wie ein großes, rot blinkendes Fragezeichen. Hilfe suchend blicke ich zu Aurora und Elfi Andersen (wenn sie denn Elfi Andersen ist), deute auf Horatio Ping, der gerade hinter dem Vorhang verschwindet, und flüstere: »Ist er …?«

»Verrückt? Na, klar«, sagt die schwarzhaarige Elfi. »Ein bisschen jedenfalls. Wie alle Elfer-Kinder. Aber keine Sorge: Wir wissen, dass wir verrückt sind. Und wer weiß, dass er verrückt ist, der kann damit umgehen. Im Gegensatz zu all den Verrückten, die da draußen rumlaufen und sich für völlig normal halten. Das sind die Gefährlichen. Und davon gibt es jede Menge.«

»Aha?«, entgegne ich verständnislos, woraufhin Aurora Coletti laut auflacht.

Sie legt den Kopf schief, lächelt mich mit ihren blendend weißen Zähnen an und fragt: »Ist dir nicht klar, warum wir dir diese Botschaften geschickt haben? Warum du überall der 11 begegnest? Und warum du hier bist?« Aurora legt mir die Hände auf die Schultern und sieht mir tief in die Augen. »Du bist auch eines, Penny. Du bist ein Elfer-Kind!«

Du bist ein Elfer-Kind … Elfer-Kind … Elfer-Kind …, hallt es wie ein waberndes Echo durch meinen Kopf. Wie in Trance bekomme ich mit, dass Aurora und Elfi Andersen sich rechts und links bei mir einhaken und mit mir auf den grünen Vorhang zusteuern.

Ich bin ein Elfer-Kind! Und alle Elfer-Kinder sind, laut Elfi Andersen, verrückt. Zumindest ein wenig. Was bedeutet, dass ich auch verrückt sein muss. Nicht anders, wie es die Ziburskis andauernd behaupten. *Penny Crazy. Köpfchen Kurzschluss.* Aber bei ihnen klingt das nur fies und gemein, während es sich bei Aurora und Elfi Andersen anhört, als würde ein bisschen Verrücktheit zum guten Ton gehören. So wie verwirrte Vorträge über Verwirrung. Oder Nymphensittiche auf dem Kopf …

Während wir uns auf den Vorhang zubewegen, wandert mein Blick über die Regale im Laden, auf deren Brettern ein kunterbuntes Trödel-Chaos herrscht: Porzellanpuppen neben Schnupftabakdosen, Schneekugeln, Stofftieren, angelaufenem Silberbesteck und einem Fußball-Quartett. Daneben ein Grammofon, Perückenköpfe mit Perücken verschiedenster Form und Farbe, zwei alte Telefone mit Wählscheibe, eine Sammlung 45er Vinyl-Schallplatten, ein Dutzend Flaschenschiffe, das Ölporträt eines Pudels mit Schleife im Haar … In einer Ecke stehen ein bunt bemalter Schuhschrank und ein Kleiderständer mit Secondhand-Klamotten, von der Decke hängen aufgespannte Regenschirme, antiker Christbaumschmuck und unzählige bunte Papier-Lampions.

»Sieh besser nicht auf den Boden«, warnt mich Aurora, als wir hinter den Vorhang treten. Was natürlich dazu führt, dass ich genau das sofort tue. Augenblicklich beginnt sich alles zu drehen. Wofür der Teppichboden verantwortlich ist. Beziehungsweise sein Schwindel auslösendes Design: Der Teppich ist schwarz, aber mit einem leuchtend grünen Muster aus verschnörkelten 11en versehen. Große, kleine, dicke, dünne, aufrecht stehende, auf dem Kopf stehende, manche als Elfer-Paar, manche in Elfer-Gruppen … Wenn man länger als fünf Sekunden auf das Muster blickt, entsteht der verstörende Eindruck, als würden sich die Zahlen über den Teppich bewegen. Wie ein riesiges Gewimmel aus Elfer-Würmern. Als wäre der ganze Boden in Bewegung. Mir wird schwummerig und ich kriege weiche Knie.

»Setz dich«, sagt Aurora, und sie und Elfi Andersen laden mich in einem zerschlissenen Sessel ab. »Als ich zum ersten Mal hier war, hätte ich auch beinah eine Spucktüte gebraucht. Aber man gewöhnt sich dran«, tröstet sie mich. »Und jetzt, schau auf, Penny. Kopf hoch!«

Nur mit einiger Anstrengung schaffe ich es, den Kopf zu heben. Sofort hört das Schwindelgefühl auf und ich blicke mich erstaunt um.

12

Die Elfer-Kinder scheinen eine besondere Vorliebe für die Farbe Grün zu haben: die Briefumschläge, der Vorhang, Horatios Uniformjacke, Elfis Brillengläser … Und auch in dem Raum hinter dem Laden ist Grün die vorherrschende Farbe: Alles ist in ein sanftes, grünliches Licht getaucht, das von mehreren Leselampen ausgeht, die denen in der Schulbibliothek ähneln. Die Wände sind mit grünem Samtstoff bespannt. Auf dem Sims des Kamins vor mir steht eine große, grün blinkende 11 aus Plastik. Im ganzen Raum sind Sessel verteilt. Genau elf an der Zahl! Allesamt so zerschlissen wie der, in dem ich gerade sitze. Und keiner von ihnen scheint zum anderen zu passen: Es gibt hohe Ohrensessel, einen kleinen Schaumstoffsessel, einen grünen, aufblasbaren Sessel, einen ramponierten Fernsehsessel … Rechts geht es in eine kleine Küche. Das vermute ich zumindest, denn von dort wabert der Pizzaduft zu uns herüber.

Aurora nimmt in einem breiten Korbsessel Platz, während Elfi Andersen sich in den Fernsehsessel fallen lässt.

Stirnrunzelnd betrachte ich die Frau mit dem schwarzen Haar und der grünen Brille. »Sind Sie Elfi Ander…«

»Ich bitte dich, Penny«, unterbricht sie mich lächelnd.

»Wir sind alle Elfer-Kinder. Du musst hier niemanden siezen.«

»Oh … ähm, gut«, nuschele ich, aber bevor ich ein zweites Mal zu meiner Frage ansetzen kann, kräht Horatio aus der Küche: »Die Pizza Funghi braucht noch ein bisschen. Knappe elf Minuten.«

In diesem Moment tritt die weißhaarige Frau mit dem Stirnband an meinen Sessel. »Du möchtest aber sicher schon mal was trinken«, sagt sie und verteilt grüne Fläschchen an die Anwesenden. »Und Waldmeisterbrause magst du doch am liebsten.«

»Waldmeisterbrause, Pizza Funghi … Ihr scheint eine Menge über mich zu wissen«, stottere ich.

»Wir wissen viel über dich, weil wir viel über uns wissen«, sagt die Frau, setzt sich mir gegenüber in einen tiefen Sessel und betrachtet mich schweigend. Und wieder überkommt mich das merkwürdige Gefühl, das ich hatte, als ich Aurora und Elfi Andersen begegnet bin. Das Gefühl, sie bereits seit langer Zeit zu kennen. Bei Horatio Ping war es vorhin das Gleiche. Als er mir die Hand gereicht und vom Boden aufgeholfen hat.

Wie kann das sein? Woher kommt dieses Gefühl?

»Es ist immer schön, ein neues Elfer-Kind willkommen zu heißen«, sagt die Frau. »Besonders in diesen schweren Tagen …« Sie nimmt einen Schluck Waldmeisterbrause, bevor sie fortfährt: »Vielleicht wunderst du dich darüber, dass wir uns als Elfer-Kinder bezeichnen, wo doch einige von uns ganz offensichtlich keine Kinder mehr sind. Aber wer als Elfer-Kind geboren wird, der bleibt ein Elfer-Kind. Egal, ob er nun elf oder neunundneunzig ist.« Sie lächelt versonnen, bis sie plötzlich die Hand gegen die Stirn schlägt und sagt: »Entschuldige bitte, Penny. Ich habe mich noch überhaupt nicht vorgestellt. Wie unhöflich von mir. Mein Name ist Cassandra Dott.« Dann deutet sie auf den Korbsessel zu ihrer Rechten. »Aurora kennst du ja bereits. Und das ist –«

»Elfi Andersen?«, sage ich und blicke fragend zu der Frau in der Ledermontur. »Du bist doch Elfi Andersen, oder?«

»Manchmal«, sagt sie und grinst breit. »Aber manchmal bin ich auch Annafried Gripsholm. Oder Oleg Karenko. Oder Ellen de Kerk. Oder Diego Martinez. Oder wer auch sonst immer. Je nachdem, wie mir zumute ist und was ich gerade so erleben möchte.«

Ich gucke sie an wie ein Auto und denke: *Ein bisschen verrückt* war wohl zart untertrieben.

Die Frau bemerkt meinen skeptischen Blick und ihr Grinsen wird noch eine Spur breiter. »Jeder kann sein, was und wer er will. Heute der und morgen die und übermorgen wieder ein anderer. Aber das ist Elfer-Wissen für Fortgeschrittene. Dazu kommen wir später.«

»Ähm, und … und im Moment?«, frage ich verunsichert. »Ich frage nur, weil ich dich ja irgendwie ansprechen muss. Wer bist du im Moment gerade?«

»Das sieht man doch«, sagt sie und deutet auf ihre grüne Brille und die Ledermontur. »Heute bin ich Rigby Burton.«

Rigby Burton? Es dauert einen Moment lang, bis mein Gehirn diese Hammer-News verarbeitet hat. »Du bist … du bist Rigby Burton?«, stottere ich. »Du schreibst die *Rory Shy*-Bücher?«

»Ja. Wenn ich Rigby Burton bin. Aber in letzter Zeit hatte ich kaum Gelegenheit dazu. Ich war andauernd Elfi Andersen. Weil Elfi Andersen dafür zuständig war, dass du die Elfer-Botschaften erhältst. Aber jetzt gönne ich mir mal wieder ein paar Tage Rigby. Hab das Schreiben entsetzlich vermisst.«

Ich starre sie an wie ein Weltwunder. Alle *Rory Shy*-Fans dieser Welt rätseln darüber, wer Rigby Burton ist. Und ich sitze ihr gegenüber! In einem Trödelladen in Winderbusch. Der Frau, die den schüchternen Detektiv erfunden hat. Ich kann es nicht fassen. Das glaubt mir unter Garantie kein Mensch. Das ist …

»Autf! Verdammter Mift«, schallt es in diesem Augenblick aus der Küche.

»Alles in Ordnung, Horatio?«, ruft Aurora besorgt.

»Hab mir die Lippen am Pipffablef verbrammt«, jammert er. »Fon wieder.«

»Wie schafft man es, sich die Lippen am Pizzablech zu verbrennen?«, flüstere ich Aurora zu.

»Frag besser nicht«, stöhnen sie, Rigby und Cassandra gleichzeitig und verdrehen unisono die Augen.

Kurz darauf kommt Horatio aus der Küche geschlurft, beglückt jeden von uns mit einem großen Stück Pizza Funghi, lässt sich ächzend in einem Ohrensessel nieder und kühlt seine Lippen mit einem Eiswürfel. Sofort flattern Tippi und Hedren heran und setzen sich rechts und links auf seine Schultern.

»Heiliger Pizzateig!«, entfährt es mir nach dem ersten Bissen. Die Funghi ist sensationell! Noch besser als die von Mario. Und die spielt schon in der Pizza-Champions-League.

»Daf Geheimnif def Gefmackf find meine elf geheimen Pfutaten«, nuschelt Horatio und presst den Eiswürfel ein bisschen fester auf seine Lippen. »Und viel Käfe.«

»Käse?«

»Ne. Käfe. Ift 'n Fpepfialgewürpf auf Pfipfillien.«

»Ich befürchte, du vergrößerst die Verwirrung schon wieder, Horatio«, sagt Cassandra Dott. Während ich ihr dabei zusehe, wie sie einen Bissen Pizza runterschluckt, frage ich mich erneut, wie alt sie eigentlich ist.

»Ehrlich gesagt, weiß ich nicht, wie alt ich bin«, sagt Cassandra und zuckt die Schultern.

Mir klappt die Kinnlade runter. »Woher weißt du, dass ich …? Kannst du etwa Gedanken lesen?«

»Elfer-Kinder sind gute Beobachter«, entgegnet sie lächelnd. »Wir können in Gesichtern lesen. Und wir können uns gut in andere Menschen hineinversetzen. Wir können fühlen, was sie gerade fühlen. Willst du mir etwa erzählen, du hättest diese Fähigkeit noch nie an dir selbst bemerkt, Penny?«

»Doch ... schon«, sage ich und lege die Stirn in Falten. »Aber ich dachte immer, dass alle Menschen ...«

Cassandra schüttelt den Kopf. »Leider nein«, seufzt sie. »Die meisten Menschen sind ungefähr so einfühlsam wie ein Vorschlaghammer. Aber uns Elfer-Kindern ist diese Fähigkeit in hohem Maße angeboren. Wir können uns so gut in andere Menschen hineinversetzen, dass wir immer genau wissen, was sie fühlen. Je älter wir werden, desto mehr Erfahrung gewinnen wir darin. Das kann dann durchaus mal so wirken, als könnten wir Gedanken lesen. – Und was deine Frage nach meinem Alter angeht: Ich schätze mal, ich bin näher an der 99 als an der 11. Aber ich habe irgendwann aufgehört zu zählen. Ich fand es nicht mehr wichtig. Ich weiß, wie alt ich im Herzen bin: 11. So wie du. So wie alle Elfer-Kinder.«

»Was ... was bedeutet das überhaupt? Was bedeutet es, ein Elfer-Kind zu sein? Und wie könnt ihr euch so sicher sein, dass *ich* ein Elfer-Kind bin?«, wispere ich und blicke ratlos von einem zum anderen.

»Warum wir sicher sind, dass du ein Elfer-Kind bist?« Rigby Burton erhebt sich aus ihrem Fernsehsessel, schlendert zu einem Bücherregal und zieht ein Buch heraus.

Rory Shy. Band 9: *Rory Shy und das Geheimnis der Sprudel-Formel.*

»Erinnerst du dich an die Stelle, als Rory Shy der schüchternen Millionenerbin Charlotte Sprudel begegnet und beide zu schüchtern sind, um sich zu verabreden?«, fragt Ribgy, schlägt das Buch auf und liest: »*Charlotte Sprudel wich Ro-*

rys Blick aus, trat ans Fenster und schaute auf die Rad schlagenden Pfauen im Park. ›Genaugenommen bin ich gar nicht so schüchtern, wie die Leute glauben‹, flüsterte sie. ›Manchmal bin ich nur zu höflich, um zu sagen, was ich wirklich denke. Und bevor ich irgendeinen Blödsinn rede, den ich nicht denke, schweige ich lieber. Das verwechseln viele Menschen mit Schüchternheit. Vor allem die Unhöflichen.‹ Sie wandte sich Rory zu und lächelte scheu. ›Aber Ihnen muss ich nicht verschweigen, was ich denke. Weil Sie meine Gedanken sowieso kennen. Weil Sie so sind wie ich, Rory.‹

Rorys schüchternes Herz legte einen Extra-Schlag ein und er hatte plötzlich das merkwürdige Gefühl, Charlotte Sprudel nicht zum ersten Mal zu begegnen. Ihm war, als würde er sie schon seit langer Zeit kennen. Als wären sie zwei Teile einer Seele, die irgendwann einmal auseinandergerissen worden waren und sich nun wiedergefunden hatten.

›Charlotte‹, murmelte er, machte einen schüchternen Schritt auf sie zu, verfing sich in dem hohen Teppich, versuchte sich am Servierwagen abzufangen und riss das kostbare Teegeschirr mit sich zu Boden …«

Rigby Burton klappt das Buch zu und wirft mir über die grünen Gläser ihrer Brille hinweg einen spöttischen Blick zu. »Kommt dir das irgendwie bekannt vor, Penny? Das Gefühl …«

»Das Gefühl, jemanden, den man gerade kennengelernt hat, schon sehr lange zu kennen? Ja«, sage ich. »Bei jedem von euch hatte ich dieses Gefühl. Aber was …?«

»An diesem Gefühl erkennen Elfer-Kinder einander«, höre ich Cassandra Dott mit sanfter Stimme sagen. »Sie spüren, dass ihre Seelen miteinander verwandt sind. Darüber hinaus gibt es noch ein paar weitere Zeichen. Dinge, die wir schon vor ein paar Jahren an dir erkannt haben. Weswegen wir ein wachsames Auge auf dich hatten. Dazu später mehr … Aber das Gefühl, sich zu kennen, ist das sicherste Zeichen, einem anderen Elfer-Kind gegenüberzustehen. Trau diesem Gefühl. Immer. Es entsteht nur, wenn zwei Elfer-Kinder aufeinandertreffen.«

»Mit einem Neuner oder einem Vierer passiert dir das garantiert nicht«, ergänzt Rigby Burton. »Und so eine selbstgerechte Zwei wie deine Tante Kirsten würde ein Elfer-Kind nicht mal erkennen, wenn es eine grüne 11 auf die Stirn tätowiert hätte.«

»Äh, kleinen Moment mal«, sage ich verwirrt und versuche das einzuordnen, was ich gerade gehört habe. »Elfer-Kinder erkennen sich an dem Gefühl, sich bereits zu kennen? Aber es gibt auch Zweier und Vierer und Achter?«

»Na klar«, meldet sich Aurora zu Wort. »Da draußen wimmelt es von Einsen und Vieren und Siebenen und allem, was es so zwischen eins und zehn gibt. Elfer-Kinder kannst du dagegen mit der Lupe suchen.«

»Ich verstehe immer noch nicht«, stottere ich. »Was unterscheidet Elfer von Dreien oder Fünfen oder Neunen? Was heißt es, ein Elfer-Kind zu sein?«

Horatio Ping betastet seine Lippen, die glücklicherweise

wieder so weit abgeschwollen sind, dass er sich halbwegs deutlich äußern kann: »Stellst du manchmal fest, dass du etwas auf eine bestimmte Weise siehst und damit die Einzige bist?«, fragt er und blickt mich dabei prüfend an. »Behaupten andere Menschen, du hättest zu viel Fantasie? Finden sie dich merkwürdig? Bezeichnen sie dich als verrückt und halten Abstand zu dir? Hast du manchmal das Gefühl, nicht richtig dazuzugehören, Penny? Aus irgendeinem Grund nicht so richtig in diese Welt zu passen?«

»Ja«, höre ich mich leise sagen. Tatsächlich habe ich dieses Gefühl sogar recht häufig. Zum Beispiel, wenn ich jemandem von meiner Wind- und Wassersprachen-Theorie erzähle und er mich anguckt, als hätte ich sie nicht mehr alle. Oder wenn jemand genervt die Augen rollt, wenn ich erwähne, dass krause Petersilie nur so kraus ist, weil sie viel krausere Gedanken als Blattpetersilie hat.

Horatio macht eine Pause, holt tief Luft und sagt: »Der Grund ist der, dass du ein Elfer-Kind bist. Und dass die Welt da draußen von Zweiern und Dreiern und Zehnern gemacht wird. Eine Welt, in der es keine 11 gibt und in der kein Platz für Elfer-Kinder vorgesehen ist.«

Tippi und Hedren, die Nymphensittiche, flattern von seinen Schultern auf und beginnen laut tschiepend um seinen Kopf zu kreisen. »Erinnere dich an die Fragen in unserer ersten Botschaft«, fordert mich Horatio auf. »Warum gilt die 11 als Zahl der Narren und Verrückten? Warum gibt es von allem immer zehn statt elf Dinge? Nun, die Antwort ist elffach, äh, einfach: weil die meisten Menschen in einer Zehner-Welt leben!«

»Zehner-Welt?«

Horatio nickt. »Ja. Die Welt ist eine Zehner-Welt. Als unsere Vorfahren in grauer Vorzeit das Zählen erfunden haben, haben sie sich erst mal an Dingen orientiert, die man sehen und anfassen konnte. Glücklicherweise gab es ja Finger und Zehen. Genau zehn. Aber – auch keinen Zeh oder Finger mehr!« Horatio zieht ein zweifelhaft aussehendes, grünes Taschentuch aus der Hosentasche und trompetet lautstark hinein, bevor er in ernstem Ton fortfährt: »Die meisten Menschen glauben noch immer, dass die Welt nur aus dem besteht, was man sehen und anfassen kann. Die Zehn ist für sie das Maß aller Dinge, deswegen begegnet sie dir überall: die Top-Ten, die Zehn Gebote … Jedes Kind lernt zunächst, von eins bis zehn zu zählen. Nicht bis elf. Und bei jedem Countdown wird immer laut von zehn runtergezählt. Nie von elf.« Horatio Ping richtet sein grünes und sein blaues Auge fest auf mich. »Viele Menschen haben sich gemütlich in der Zehner-Welt eingerichtet. Die Vorstellung, dass die Welt nur aus dem besteht, was man sehen und anfassen kann, gibt ihnen ein Gefühl der Sicherheit. Und daher mögen es Zehner-Menschen wie deine Klassenkameraden oder deine Tante Kirsten gar nicht, wenn jemand behauptet, dass es mehr geben könnte. Wenn jemand sich anders verhält und seltsame Fragen stellt und über zehn hinausdenkt. Einen Schritt weiter. Bis elf. Das bereitet ihnen eine Heidenangst.

Und darum erklären sie jeden, der das tut, für närrisch oder verrückt. Sie haben sogar ein Spiel, das *Elfer Raus* heißt, erfunden. Noch deutlicher kann man seine Meinung nicht machen, oder? Aber Menschen wie du und ich und Cassandra und Rigby und Aurora, wir lassen uns nicht davon abhalten, zu denken und zu zweifeln und zu fragen. Wir können gar nicht anders. Wir wissen, dass die Welt größer als zehn ist. Weil wir Elfer-Kinder sind.«

Einen Moment lang herrscht Stille, sogar die Sittiche stellen ihr Gezwitscher ein. Ich sitze reglos da, blicke wie gebannt auf die blinkende Plastik-11 auf dem Kamin und muss das, was ich gerade gehört habe, erst mal sacken lassen: *Du bist ein Elfer-Kind. Ein Elfer-Kind in einer Zehner-Welt.*

»Allen Elfer-Kindern sind ähnliche Dinge zu eigen«, sagt Cassandra Dott und streicht sich eine weiße Haarsträhne aus der Stirn. »Wir hören dem Wind und dem Wasser zu. Wir spüren, dass die Dinge um uns herum lebendig sind, und fühlen uns mit ihnen verbunden.«

»Wir können fühlen, was die Bäume fühlen«, ergänzt Aurora. »Oder was ein Pferd, ein Hund oder eine Katze fühlen. Wobei das viel einfacher ist, als zu wissen, was Menschen fühlen, denn Pflanzen und Tiere verstellen sich nicht. Menschen tun das andauernd. Aber Elfer-Kinder lassen sich nicht täuschen. Wir erkennen, wenn sich hinter einem freundlichen Schulterklopfen Boshaftigkeit verbirgt, wir sehen, wenn Angst sich als Großmäuligkeit tarnt, und wir spüren die Traurigkeit, die sich hinter einem Lächeln verstecken kann.«

»Wir mögen Grün, die Farbe der Hoffnung. Außerdem lieben wir Kerzenlicht und können keine Neonlampen leiden. Weil uns nicht so sehr interessiert, wie die Dinge sind. Sondern wie sie sein könnten«, meldet sich Rigby Burton zu Wort.

»Wir haben eine Vorliebe für Waldmeisterbrause und Pizza Funghi. Und natürlich sind wir alle verrückter als ein singender Putzlappen«, kichert Horatio, während sich die Sittiche für ein weiteres Schläfchen in seinen Haaren niederlassen. »Das behaupten zumindest all diese Zweier und Sechser und restlichen Zehner-Langeweiler. In Wirklichkeit haben wir nur den Mut, ein bisschen mehr Fantasie als sie zu haben. Wer wirklich glaubt, die Welt bestünde nur aus dem, was man sehen und anfassen kann – der ist doch ganz elfdeutig der Verrückte!«

Ich weiß nicht, wie lange ich da sitze, während die Worte der Elfer-Kinder in meinem Kopf nachhallen. Es fühlt sich an, als wäre plötzlich ein Sonnenstrahl in einen dunklen Raum gefallen. Und ich könnte mit einem Mal klar und deutlich sehen. Und alles erkennen. All das, wovon sie gerade berichtet haben, kenne ich nur zu gut: das Gefühl, irgendwie anders zu sein. Nicht so richtig in die Welt zu passen. Und manchmal, in schwachen Momenten, habe ich mich tatsächlich schon gefragt, ob irgendetwas mit mir nicht stimmt. Ob ich vielleicht wirklich verrückt bin. *Penny Cra-*

zy. Aber in diesem Moment verstehe ich endlich, warum ich so bin, wie ich bin: weil ich ein Elfer-Kind bin. In einer Zehner-Welt. Und wenn man als Elfer-Kind in einer Zehner-Welt leben muss, dann fühlt sich das zwangsläufig so an, als würde man in einer Haut stecken, die einem eine Nummer zu klein ist. Mit einem Mal verspüre ich eine riesige Erleichterung. So als wäre ein kiloschweres Gewicht von meinen Schultern gefallen: Mit mir ist alles in Ordnung! Es ist die Welt, mit der was nicht stimmt!

Und nun sitze ich zum ersten Mal Menschen gegenüber, die verstehen, warum ich so bin, wie ich bin. Weil sie auch so sind. Weil sie Elfer-Kinder sind.

Such dir mal irgendwelche Freunde, Penny!

Weißt du was, Tante Kirsten? Ich glaube beinah, ich muss nicht mehr suchen, denke ich, während mein Blick über die Gesichter der Elfer-Kinder wandert. Ich glaube, ich habe gerade welche gefunden. Aber nicht *irgendwelche* Freunde. Sondern sehr spezielle. Freunde, die dem Wind und dem Wasser zuhören. Freunde, die einem das Gefühl geben, sie schon ewig zu kennen. Freunde, die manchmal Elfi Andersen und manchmal Rigby Burton sind. Freunde, aus deren Haar ein fröhliches Vogelkonzert ertönt. Kurz gesagt: Freunde, die du auf den Tod nicht ausstehen könntest.

Bei dem Gedanken daran, was sie für ein Gesicht machen würde, wenn ich ihr Horatio und seine tirilierenden Untermieter vorstellen würde, kann ich mir ein Grinsen nicht verkneifen.

»Als ich all das letztes Jahr erfahren habe, war ich auch erst mal sprachlos«, sagt Aurora. »Vielleicht noch eine Waldmeisterbrause auf den Schreck? Oder ein Stück Pizza?«

»Nein, danke.« Ich schüttele den Kopf. »Aber … ich hätte da schon noch ein paar Fragen.«

»Nur zu«, ermuntert mich Cassandra Dott. »Fragen zu stellen, ist immer gut.«

Schon die ganze Zeit über schwirrt mir durch den Kopf, was Papa über Mama erzählt hat. Über ihre Ideen, die er so seltsam fand. Über ihr auffälliges Interesse an der 11. Daran, dass sie behauptet hat, Häuser könnten Geschichten erzählen.

»Ich glaube, meine Mutter könnte auch ein Elfer-Kind gewesen sein«, sage ich leise. »Habe ich das vielleicht irgendwie von ihr *geerbt?«*

»Ehrlich gesagt, wissen wir das nicht so genau«, erklärt mir Rigby Burton und schiebt ihre grüne Brille die Nase hoch. »Wenn Vater oder Mutter oder sogar beide Elternteile Elfer-Kinder sind, ist es sehr wahrscheinlich, dass ihre Kinder ebenfalls Elfer-Kinder sind. Aber es ist nicht immer der Fall. Auf der anderen Seite kommt es auch häufig vor, dass Vater und Mutter keine Elfer-Kinder sind, sondern, sagen wir mal, ein Neuner und eine Drei oder ein Zweier und eine Sechs – und dennoch wird ihr Kind ein Elfer-Kind. Die einzige Regel, die es gibt, ist anscheinend die, dass es keine Regel gibt.«

»Verrückter als ein singender Putzlappen«, seufzt Horatio. »Aber es ist nicht damit getan, als Elfer-Kind geboren zu werden. Man muss die Zeichen erkennen, wenn sie einem begegnen.«

»Welche Zeichen?«, frage ich.

»Die Elfer-Zeichen«, antwortet Cassandra Dott. »Ab dem Moment, in dem ein Elfer-Kind elf wird, begegnet ihm immer wieder die 11. Das dürftest du ja mittlerweile selbst erlebt haben: Man sieht immer wieder genau um elf zur Uhr, an der Supermarktkasse bezahlt man elf Euro elf, an der Kinokasse stehen elf Leute vor einem …«

»Als ich elf wurde, hat meine Oma morgens aus Versehen ein Abführmittel statt ihrer Kreislauf-Tropfen genommen«, kichert Aurora. »An dem Tag ist sie elfmal aufs Klo gerannt.«

»Wichtig ist, dass man die Zeichen wahrnimmt und irgendwann erkennt, dass man ein Elfer-Kind ist«, sagt Rigby Burton und fährt sich durch ihr schwarzes Haar. »Einige Elfer-Kinder – wie Aurora – verstehen das sehr schnell. Bei anderen dauert es Jahre. Mir ist erst mit zweiundzwanzig klar geworden, dass ich ein Elfer-Kind bin. Wer verstanden hat, dass er sich in der Zehner-Welt fremd fühlt, weil er ein Elfer-Kind ist, der kann mit dieser Welt zurechtkommen. Aber …« Rigbys Gesicht nimmt einen traurigen Ausdruck an. »Es gibt auch Elfer-Kinder, die die Zeichen nicht erkennen und nie begreifen, dass sie Elfer-Kinder sind. Die nie den Weg zu anderen Elfer-Kindern finden. Die Bemitleidenswerten, die nicht verstehen, was mit ihnen los ist. Die versuchen, wie Achter oder Dreier oder Fünfer in der Zehner-Welt zu leben. Was ihnen so gut wie nie gelingt und ihr Leben oft zu einer traurigen Geschichte werden lässt …«

»Das verstehe ich nicht«, sage ich und blicke fragend zu Horatio und Cassandra. »Spätestens wenn man die Botschaften der Elfer-Kinder bekommt, weiß man doch, dass man …«

»Nein. Weiß man nicht.« Cassandra Dott schüttelt den Kopf. »Weil wir normalerweise niemandem Botschaften schicken. Es ist am besten für ein Elfer-Kind, wenn es selbst herausfindet, was mit ihm los ist. Es muss von sich aus lernen, dass es ein Elfer-Kind ist. Es muss die Zeichen selbst erkennen. Nicht mithilfe anderer Elfer-Kinder.«

»Aber warum habt ihr mir dann die grünen Umschläge geschickt?«

Augenblicklich wird es so still, dass man eine Stecknadel fallen hören könnte. Rigby, Aurora und Cassandra werfen sich bedeutungsschwere Blicke zu; Horatio kratzt sich verlegen am Kopf und murmelt: »Na ja, weil … weil man manchmal die Regeln ändern muss, damit man nicht immer das gleiche Spiel spielt. Und weil sich ein glücklicher Umstand ergeben hat, der, na ja …«

»In der Zehner-Welt ist kein Platz für all das, wofür die 11 steht«, ergreift Rigby das Wort. »Kein Platz für verrückte Ideen. Kein Platz für verschrobene Gedanken. Kein Platz für eine spontane Gesangseinlage im Büro. Kein Platz für ein Gespräch mit Gänseblümchen. Kein Platz für ein morgendliches Tänzchen auf der Straße. Die Welt ist ein Ort, der von Zehnern für Zehner gemacht ist. – Aber nun haben wir vielleicht die Möglichkeit, das zu ändern. Die Möglichkeit, der Weltrezeptur einen Schuss Elfer-Verrücktheit hinzuzufügen. Die Welt größer und bunter und spannender zu machen. Sie zu einer Welt zu machen, in der sich alle zu Hause fühlen: Zehner **und** Elfer. Wer die 11 ins Spiel bringt, der verändert die Regeln. Gelingt es uns, könnten wir die Welt zu einem besseren Ort machen. Schlagen wir fehl, sehe ich für die Zukunft schwarz. Für die Elfer-Kinder. Und für alle anderen.« Rigby hockt sich neben meinen Sessel, nimmt meine Hände in ihre, blickt mich eindringlich an und sagt: »Ob es uns gelingt, die Welt zu verändern, hängt auch von dir ab. Zu einem Elftel jedenfalls.«

Zu einem Elftel von mir? Ich muss schlucken. Ich soll mal eben dabei helfen, die Welt zu retten? Na klar. Sicher doch. Wenn es sonst nichts ist. Kein Problem …

Ich fühle mich, als könnte ich jeden Moment ohnmächtig aus dem Sessel rutschen, und das Einzige, was ich rausbringe, ist: »Ich glaube, ich brauche jetzt doch ganz dringend eine Brause.«

13

Hier«, sagt Horatio Ping und reicht mir ein grünes Fläschchen.

Ich nehme einen viel zu großen Schluck – und werde dafür augenblicklich mit schwerstem Schluckauf bestraft. »Oh Mann!«, stöhne ich zwischen zwei Hicksern. »Das ist – hicks – ja eine echt umwerfende Neuigkeit: mal eben die Welt retten. Und was – hicks – was macht euch so sicher, dass gerade jetzt der Moment gekommen ist, um die – hicks – Welt zu verändern? Was ist dieser glückliche Umstand, von dem – hicks – Horatio gesprochen hat?«

»Soll ich es ihr zeigen?«, sagt Aurora und blickt die anderen fragend an.

Cassandra Dott nickt zustimmend, woraufhin Aurora aus ihrem Sessel hüpft und an einer Art Vorhangschnur zieht, die neben dem Kamin von der Decke herabhängt. Im nächsten Moment sehe ich staunend, dass sich die Wand links von mir teilt. Vor lauter Verblüffung stellt mein Schluckauf das Hicksen ein. Ein Teil der Wand bewegt sich, wie auf einer unsichtbaren Schiene, nach links, der andere nach rechts. Dahinter erscheint eine zweite Wand. Eine Wand, an der elf schmale Glasrahmen hängen!

In zehn der Rahmen stecken Spielkarten. Karten, die mir

nur zu bekannt vorkommen: die Burg mit dem großen Tor! Beim Ass mit einem Schloss gesichert, bei der Zwei mit zweien, bei der Drei mit dreien … bei der Zehn mit zehn Schlössern. Der elfte Rahmen ist leer.

»Das Kartenspiel«, stammle ich. »Ich habe mich schon die ganze Zeit gefragt … Was hat es mit diesem Kartendeck auf sich? Und warum – «

Ein lautes Zwitschern unterbricht mich. Ich blicke irritiert zu dem Vogelnest auf Horatios Kopf, aber Tippi und Hedren schlafen friedlich.

»Das waren sie nicht. Das war der Türalarm vorne im Laden«, erklärt Horatio und erhebt sich aus seinem Sessel. »Kundschaft. Entschuldigt mich bitte einen Moment.«

Er lugt durch einen Spalt des grünen Vorhangs hindurch in den Verkaufsraum – und fährt, wie von der Tarantel gestochen, herum. Sein Gesicht ist wachsbleich, das grüne Auge schreckgeweitet, das Lid des blauen Auges zuckt nervös. »Das ist *er!*«, wispert Horatio und sieht dabei aus, als würde er vom Teufel persönlich sprechen. »Was will der hier? Meint ihr, er hat geschnallt, dass wir ihn beobachten?«

Rigby, Cassandra und Aurora springen auf und hasten ebenfalls zum Vorhang. Und ich hinterher. Wer ist dieser Kunde, der Horatio dermaßen aus der Fassung bringt? Ich spähe in den Laden – und sehe einen bulligen, schlecht gelaunten blonden Mann, der ungeduldig auf den Zehenspitzen wippt und dabei auf seine Armbanduhr blickt: Gernot Ratz!

»Was habt ihr mit Gernot Ratz zu tun? Und warum beobachtet ihr ihn?«, entfährt es mir überrascht, aber niemand antwortet.

Stattdessen höre ich Rigby sagen: »Ich kann mir nicht vorstellen, dass er uns bemerkt hat. Der Kerl ist dermaßen selbstverliebt – der bemerkt außer sich selbst so gut wie niemanden.«

»Aber aus welchem anderen Grund sollte er hier sein?«, stottert Horatio.

»Weil das ein Trödelladen ist und er irgendwelchen Trödel kaufen will?«, schlägt Aurora vor.

»Ähm, ja … Das wäre natürlich eine Möglichkeit«, muss Horatio eingestehen.

»Hallo! Gibt es hier so was wie Bedienung? Ich habe meine Zeit nicht gestohlen«, brüllt Gernot Ratz nach hinten.

»Kleinen Moment, der Herr. Komme sofort«, ruft Horatio und flüstert in Richtung Cassandra: »Was mach ich denn jetzt?«

»Na, du verkaufst ihm was. Und siehst zu, dass das möglichst reibungslos über die Bühne geht und du ihn schnell wieder loswirst.«

»Ich will diesem Kotzbrocken aber nichts verkaufen. Dem würde ich nicht mal 'ne gemischte Tüte Zehennägel verkaufen.«

»Stell dich nicht so an«, wispert Rigby Burton. »Geh schon. Und versuch dich möglichst normal zu verhalten.«

»Zehner-Normal? Oder Elfer-Normal?«

»Zehner-Normal, natürlich.«

»Also schön«, stöhnt Horatio. »Ich versuche es. Aber ich kann für nichts garantieren. Meint ihr nicht, es wäre besser, wenn –«

»Mach schon!«, sagt Aurora und schubst ihn in den Laden.

»Willkommen, willkommen, willkommen«, höre ich Horatio jubilieren. »Willkommen bei *Horatio Ping – Trödel, Krempel, Raritäten.* Mein Motto lautet: Suchen Sie was Spezielles und nicht nur irgendein Ding – dann finden Sie es bei Horatio Ping!«

»Ach was«, knurrt Gernot Ratz unfreundlich.

»Möchte der Herr sich etwas umschauen, oder …?«

»Nein, möchte er nicht.« Gernot Ratz lässt seinen Blick über die Regale gleiten und guckt angewidert. »Ich weiß schon, was ich will. Ich weiß immer, was ich will. Hören Sie, guter Mann, die Sache ist die: Ich bin bei einem Geschäftspartner zum Abendessen eingeladen. Und ich bin sehr daran interessiert, dass unsere Geschäftsverhandlungen erfolgreich verlaufen. Und deswegen brauche ich was, das ich seiner Frau mitbringen kann. Um gut Wetter zu machen. Sie ist so 'ne Idiotin, die alte Stofftiere sammelt. Und ich dachte, bei Ihnen finde ich doch ganz bestimmt so ein verlaustes Teil. Je älter, desto besser. Irgendein Stofftier werden Sie doch wohl hier haben. Oder?«

Horatio zieht geräuschvoll die Nase hoch. »Bedauere,

nein. *Irgendein* Stofftier habe ich nicht im Angebot. Und schon gar kein verlaustes.«

»Ach ja? Und was ist mit dem riesigen weißen Kaninchen direkt hinter Ihnen, im Regal?«

»Das ist ja nicht *irgendein* Stofftier. Das ist Hermann.«

»Hermann? Hermann, das weiße Kaninchen? Haben Sie 'n Sockenschuss? Lassen Sie mich das Ding mal sehen«, schnarrt Gernot Ratz, zieht das Stoffkaninchen aus dem Regal und betrachtet es angeekelt. »Na ja – alt ist es auf jeden Fall. Riecht ziemlich muffig. Und ist reichlich verdreckt. Und – das Ding hat ja zwei verschiedenfarbige Augen. Wo gibt's denn so was?«

»Kommt schon mal vor«, entgegnet Horatio giftig.

»Ja, ja. Jedenfalls – ich kaufe das Ding. Was wollen Sie dafür haben. Zwanzig Euro? Dreißig Euro?«

»Tut mir leid, aber Hermann ist unverkäuflich!« Horatio reißt Gernot Ratz das weiße Kaninchen aus den Händen und drückt es an seine Brust. Durch den Vorhangspalt sehe ich, wie seine Halsschlagader Furcht einflößend zu pochen beginnt. »Und merken Sie sich ein für alle Mal«, kräht er, **»Hermann ist kein Ding!«**

»Oh, nein«, stöhnt Aurora neben mir. »Was war an *reibungslos* so schwer zu verstehen, Horatio? Bitte fang jetzt nicht an, ihm irgendwelche Vorträge zu halten.«

Aber genau dazu ist Horatio offenbar wild entschlossen. Er funkelt Gernot Ratz mit seinem blauen und seinem grünen Auge wütend an und verkündet in entrüstetem Tonfall:

»Hermann ist nicht irgendein Ding. Irgendwann mal hat er einem kleinen Jungen gehört. Der ihm abends im Bett seine Kindergeheimnisse ins Ohr geflüstert hat. Und ihm seine Ängste anvertraut hat. Und seine Träume. Der ihm einen Namen gegeben hat. Der ihn geliebt hat. Und wenn man etwas liebt, dann gibt man ihm eine Seele. Hermann hat eine Seele. Bei Ihnen bin ich mir da nicht so sicher. Ich glaube, Sie gehen jetzt besser!«

Gernot Ratz macht ein Gesicht, als wäre er gegen eine Abrissbirne gelaufen. »Haben Sie Ihre Medikamente nicht genommen, guter Mann? Was fällt Ihnen ein, so mit mir zu reden? Wissen Sie überhaupt, wer ich bin?«

»Nö«, lügt Horatio, ohne mit der Wimper zu zucken.

»Ich bin Gernot Ratz!«, brüllt Gernot Ratz. »Von Ratz-Immobilien. Ich werde aus diesem heruntergekommenen Winderbusch wieder was machen! Ich werde hier die großartigste Shopping-Mall Deutschlands bauen!« Er beugt sich über den Verkaufstresen zu Horatio und droht zornbebend: »Und solche Schandflecke wie Ihr Laden werden dann verschwinden!«

»Mag sein«, entgegnet Horatio. »Aber noch gibt es diesen Schandfleck. Und es ist mein Schandfleck! Also: Raus hier! Bevor ich die Luftwaffe rufe.«

»Luftwaffe? Sie haben sie doch nicht mehr alle! Wollen Sie mir etwa drohen, Sie Witzfigur?«

»Elfer-Alarm!«, ruft Horatio – und in der nächsten Sekunde flattern Tippi und Hedren aus seinen Haaren auf und schießen wie ein Kampfjet-Geschwader auf Gernot Ratz zu.

»Hey! Hey! Weg, ihr Mistviecher!«, kreischt er panisch und schlägt nach den Vögeln. Aber die Nymphensittiche fliegen unverdrossen einen Angriff nach dem anderen, trillern böse und verwüsten seine sorgsam gekämmte Frisur, bis sie aussieht wie eine geplatzte Matratze.

Gernot Ratz gibt auf. »Sie werden noch von mir hören, Sie Irrer!«, schreit er, während er, wild um sich schlagend, zur Tür stolpert – und sich gerade noch ins Freie retten kann, bevor die Sittiche zur finalen Attacke ansetzen.

Tippi und Hedren drehen ab, fliegen eine entspannte Ehrenrunde durch den Laden, lassen sich auf Horatios Kopf nieder und setzen ihr Schläfchen fort, als wäre nichts gewesen.

»*Reibungslos und normal* hatten wir gesagt«, empfängt Cassandra den zufrieden grinsenden Horatio und rollt mit den Augen. »Würdest du das, was da gerade passiert ist, als reibungslos bezeichnen? Oder als auch nur annähernd normal?«

»Ich hab euch doch gesagt, ich übernehme keine Garantie«, verteidigt sich Horatio. »Und wenn er mir so blöd kommt und Hermann als ein Ding bezeichnet …«

»Du hast nicht mal eine ungefähre Vorstellung davon, was *Zehner-Normal* überhaupt bedeutet, oder, Horatio?« Aurora blickt ihn fassungslos an.

»Nö. Gott sei Dank nicht«, grummelt der Trödelhändler trotzig und gönnt sich einen Schluck Waldmeisterbrause.

»Jetzt mal im Ernst«, sagt Rigby Burton. »Wir müssen uns verhalten, als wären wir Zehner. Aber was du da gerade abgeliefert hast, das war 11 hoch 11.«

»Ich hab, verdammt noch mal, keine Lust darauf, normal zu sein.«

»Es geht doch auch gar nicht darum, normal zu *sein«*, stöhnt Ribgy. »Nur darum, halbwegs normal rüberzukommen. Vielleicht solltest du mal ein bisschen an diesem Teil deiner Persönlichkeit arbeiten!«

»Sagt die Frau, die heute noch nicht weiß, welche Persönlichkeit sie morgen hat«, moppert Horatio. »Und außerdem –«

»Ruhe!«, höre ich mich brüllen und erschrecke dabei über mich selbst. Augenblicklich stellen die Elfer-Kinder ihre Kabbelei ein. Auf einen Schlag wird es mucksmäuschenstill und alle Augen richten sich auf mich.

»Ähm, tut mir leid, ich wollte nicht brüllen«, entschuldige ich mich. »Aber könntet ihr mich jetzt bitte endlich darüber aufklären, was hier vor sich geht? Was habt ihr mit Gernot Ratz zu schaffen? Warum beobachtet ihr ihn? Und was ...« Ich deute auf die gläsernen Rahmen mit den Spielkarten. »Was hat es mich diesem Kartendeck auf sich?«

Rigby Burton zieht einen grünen Lolly aus ihrer Hosentasche, lutscht einmal kurz daran und verkündet orakelhaft: »Beides hat miteinander zu tun. Gernot Ratz und das Kartendeck, das ist wie … wie ein dicker Kuhfladen, aus dem ein zartes, buntes Blümchen wächst. Er ist der *glückliche Umstand,* von dem Horatio vorhin gesprochen hat. Der glückliche Umstand, der uns helfen könnte, die Welt ein bisschen bunter und größer zu machen.«

»Gernot Ratz ist ein glücklicher Umstand?«, frage ich mit dummem Gesicht. Das würde Papa mit Sicherheit anders bewerten.

»Noch ein wenig Geduld«, sagt Horatio und legt mir die Hand auf die Schulter. »Du wirst erfahren, wie alles zusammenhängt, wenn der Elfer-Rat vollzählig zusammentritt. Heute Nacht. Um elf Uhr elf.«

»Heute Nacht?«, entfährt es mir. »Um elf Uhr elf? Wie stellt ihr euch das vor? Tante Kirsten gehört zu denen, die ab acht Uhr abends die Haustür abschließen. Das ist eine ihrer eisernen Regeln.«

»Wer die 11 ins Spiel bringt, der ändert die Regeln«, sagt Cassandra lächelnd und rückt ihr Stirnband zurecht. »Es sagt doch keiner, dass man ein Haus durch die Tür verlassen muss. Du kannst doch gut klettern. Steig um halb elf aus deinem Fenster. Und keine Sorge: Wir sind auch nicht der Ansicht, dass eine Elfjährige nachts alleine durch die Gegend laufen sollte. Ich werde dich abholen, Penny. Halte Ausschau nach dem Lichtsignal einer Taschenlampe. Ich warte am Brixbach auf dich.«

»Lull deine Tante ein bisschen ein«, empfiehlt Rigby.

»Sorg dafür, dass sie früh zu Bett geht und nicht misstrauisch wird. – Aurora wird dich noch ein Stück auf dem Nachhauseweg begleiten. Ist sicherer, falls diese Nachwuchsschläger noch in der Altstadt unterwegs sind. Bis nachher, Penny.«

Tippi und Hedren eskortieren uns flatternd und zwitschernd bis zur Tür.

Kaum sind wir auf die Straße getreten, starte ich natürlich den Versuch, Aurora über das Kartenspiel auszuquetschen. Aber sie blockt sämtliche Fragen ab und sagt: »Ich darf dem Elfer-Rat nicht vorgreifen. Alles, was ich dir verraten kann, ist, dass es sich bei dem Kartendeck, das du von uns bekommen hast, um eine Kopie handelt. Das Original-Kartendeck hängt in Horatios Laden. Es ist sehr alt und sehr wertvoll. Für Zehner ist es aus ganz anderen Gründen interessant als für die Elfer-Kinder.«

»Wenn ihr von Zehnern sprecht, meint ihr dann …?«

»Der Ausdruck bezeichnet alle Menschen, die in der Zehner-Welt leben. Also nicht nur die Zehner, sondern auch Einer, Zweier, Dreier, Vierer und so weiter«, erklärt Aurora, während wir die Elfergasse runterlaufen. »Gemeinsam ist allen, dass sie nur an das glauben, was man sehen und anfassen kann. Aber es gibt natürlich Unterschiede zwischen ihnen. Einser sind ziemlich unerträglich. Halten sich für die Krone der Schöpfung. Zweier wissen nix, wissen aber immer alles besser. Neuner halten sich für schlauer als den Rest und haben keinerlei Skrupel, jemanden übers Ohr zu hauen. Dreier und Achter sind ganz okay. Und die Siebener auch. Vor allem die Siebener. Die ahnen zumindest manchmal, dass die Welt größer als zehn sein könnte. Wenn Elfer-Kinder sich mit Menschen aus der Zehner-Welt verstehen, dann sind das fast immer Siebener. Manchmal passiert es sogar, dass sich ein Elfer-Kind in eine Sieben verliebt.« Aurora reibt sich die Nasenspitze und befindet: »Ich hatte den Auftrag, dich und deine Umgebung in den vergangenen Wochen im Auge zu behalten. Und ich habe sofort gesehen, dass dein Vater eine Sieben ist. Insofern könnte es gut sein, dass deine Mutter ein Elfer-Kind war.«

»Und so jemand wie Gernot Ratz, der ist dann eine Eins?«, frage ich neugierig.

»Nein«, seufzt Aurora. »Er ist eine Neun, die sich für eine Eins hält. Das sind die Übelsten. Und natürlich verkniffene Zweier, die sich selbst weismachen, sie wären entspannte Achter. Oder Vierer, die ... Alles in Ordnung mit dir, Penny?«

Ich stehe mit offenem Mund vor dem Straßenschild am Ende der Gasse und blicke verdutzt auf die Buchstaben.

Eulergasse.

»Das gibt's doch nicht«, stammle ich. »Als ich vorhin in die Gasse reingelaufen bin, war ich fest davon überzeugt, *Elfergasse* gelesen zu haben. Wieso habe ich –«

»Du hast *Elfergasse* gelesen, weil du in diesem Moment *Elfergasse* lesen wolltest. Und weil du *Elfergasse* lesen wolltest, stand in diesem Moment auch *Elfergasse* auf dem Schild«, sagt Aurora lächelnd. »Weil du insgeheim den Wunsch hattest, dass es eine Elfergasse gibt. Einen Weg, der dich zu anderen Elfer-Kindern führt. Das war nur ein bisschen ganz alltägliche, spontane Elfer-Magie.«

»*Ganz alltägliche Elfer-Magie?*«

»Vielleicht ist das der richtige Moment, dich in ein kleines Geheimnis einzuweihen«, sagt Aurora nach kurzem Überlegen. »Ein Geheimnis, das nur Elfer-Kinder kennen. – Schließ die Augen. Mach schon. Keine Angst.«

Zögerlich tue ich, was sie sagt.

»Und jetzt: Stell dir vor, dass auf dem Schild *Elfergasse* steht«, flüstert Aurora. »Stellst du es dir vor? Klar und deutlich?«

Ich stelle mir das Schild vor und nicke.

»Gut. Aber es reicht nicht, es sich vorzustellen. Du musst es auch unbedingt wollen. Du musst wollen, dass auf diesem Schild *Elfergasse* steht. Du musst es so stark wollen, als wäre es das Wichtigste auf der Welt.«

Ich will es, denke ich und kneife die Augen fest zusammen. *Ich will ganz unbedingt, dass auf diesem Schild Elfergasse und nicht Eulergasse steht.*

»Jetzt kommt das Schwierigste«, höre ich Aurora sagen. »Du darfst keine Zweifel haben. Du musst fest daran glauben: Wenn du die Augen gleich öffnest, wird auf dem Schild *Elfergasse* stehen. Bereit? Dann los!«

Ich reiße die Augen auf, blicke zu dem Schild – und lese: *Eulergasse.* »Ha, ha. Sehr witzig«, sage ich. »Da steht noch immer *Eulergasse.*«

»Versuch es noch mal«, entgegnet Aurora ungerührt. »Du musst es dir noch genauer vorstellen und noch mehr wollen und noch weniger zweifeln. Du darfst nicht mal das kleinste bisschen zweifeln. Los!«

Ich versuche es erneut.

Eulergasse.

»Noch mal«, kommandiert Aurora.

Ich konzentriere mich so stark auf Vorstellen, Wollen und nicht Zweifeln, dass mir der Schweiß ausbricht.

Und als ich dieses Mal die Augen aufschlage, lese ich einen Sekundenbruchteil lang tatsächlich *Elfergasse* – bis die Buchstaben verschwimmen und wieder zur *Eulergasse* werden.

»Da stand *Elfergasse!«,* stottere ich aufgeregt. »Nur für einen ganz kurzen Moment. Aber da stand *Elfergasse.* Das ist … das ist Zauberei.«

Aurora kichert. »Nein. Zehner würden es als Zauberei bezeichnen. Und wenn sie von Zauberei sprechen, dann meinen sie damit immer irgendeine Trickserei. Eine Irreführung. Wie bei einem Zauberkünstler. Es geht hier aber nicht um Zauberkunststücke. Es geht nicht um Tricks. Es geht um Magie. Das ist was völlig anderes. Und jetzt verrate ich dir noch ein Geheimnis: Magie ist viel weniger kompliziert, als sie scheint: Alles kann alles sein! Alles, was geschehen kann, kann geschehen! Du brauchst nur drei Dinge: genug Fantasie, es dir vorzustellen; du musst es mit deinem ganzen Willen wollen und du darfst nicht zweifeln. Dann ist alles möglich. Ein bisschen Übung ist allerdings ganz hilfreich.«

Ich bin wie vor den Kopf geschlagen. Von dem wandelbaren Straßenschild – vor allem aber davon, wie Aurora über Magie spricht. Als wäre das die normalste Sache der Welt. *Magie ist viel weniger kompliziert, als sie scheint …* Wie benommen trotte ich neben ihr her und schaue noch einmal über die Schulter zu dem Schild, auf dem wieder ganz langweilig *Eulergasse* zu lesen ist.

»Du machst ein Gesicht, als wärst du gerade dem Weihnachtsmann begegnet«, gackert Aurora. »Mit dem Osterhasen huckepack auf seinen Schultern.«

»Nach all dem, was ich heute erlebt habe, würde es mich auch nicht mehr wundern, wenn es die beiden tatsächlich gäbe – und sie über Horatios Laden wohnen würden.«

»Wenn du willst, dass es die beiden gibt, dann gibt es sie«, sagt Aurora grinsend. »Wenn du dir Osterhase und Weihnachtsmann in dieser Wohnung vorstellen kannst. Und keinen Zweifel daran hast, dass sie da wohnen. Und das gilt natürlich auch für das Christkind. Falls du dir gerne vorstellst, dass es das auch gibt. Obwohl … Horatios Wohnung ist winzig. Zu dritt könnte es da schon ein bisschen eng werden. Und ich kann mir auch nicht wirklich vorstellen, dass diese Dreier-WG funktioniert. Wahrscheinlich wäre das Christkind sauer, weil der Weihnachtsmann seine Stiefel nie vor der Tür auszieht. Und er hätte einen dicken Hals, weil das Christkind überall in der Wohnung Goldflitter verteilt. Und beide wären stinkig auf den Osterhasen, weil der immer den gesamten Eiervorrat aus dem Kühlschrank –«

»Aurora? Könntest du mal für einen Moment damit aufhören?«, wispere ich matt. »Mit Osterhasen und Weihnachtsmännern und Straßenschildern und Magie und … Irgendwie habe ich gerade das Gefühl, als ob meine Gedanken Karussell fahren. Auf einem Karussell, das keine Bremse hat.« Fragend blicke ich sie an. »Hattest du dieses Karussell-Gefühl auch, als du …?«

»Nur ein ganz kleines bisschen«, kichert sie, während wir an die Ecke zur Schneidergasse gelangen. »Anders als du war ich gewissermaßen darauf vorbereitet, weil – Oh, verdammt!«

Aurora drückt sich gegen eine Hauswand und deutet mit dem Finger in die Schneidergasse. Ein Stück unterhalb von Vikrams Werkstatt steht ein kleines Büdchen, an dem man Getränke, Süßigkeiten und Eis kaufen kann. Und genau davor lungern Pamela, die Ziburskis und ihre Schlägerkumpel rum.

»Shit. Was machen wir jetzt?«, flüstere ich.

»Ich regle das. Warte hier«, sagt Aurora, und ehe ich es mich versehe, rennt sie auf den Trupp zu und ruft: »Hey! Hey, ihr! Seid ihr nicht in einer Klasse mit dieser Penny Maroux?«

»Wieso?«, fragt Alex Ziburski misstrauisch.

»Weil dieses Mädchen total durchgeknallt ist!«, schreit Aurora und schafft es dabei, ihre Stimme völlig hysterisch klingen zu lassen. »Ich bin ihr gerade zufällig über den Weg gelaufen. Erst hat sie mich angerempelt und dann hat sie mich bedroht und mir mein Smartphone abgezogen! Die ist total wahnsinnig!«

»Ja«, bestätigt Alina Ziburski. »Sie ist 'ne gemeingefährliche Irre. Und wo ist sie hin?«

»Irgendwo da rüber.« Aurora deutet aufgeregt in Richtung Lukaskirche.

»Los! Diesmal kriegen wir sie«, kommandiert Pamela Fäller und alle setzen sich im Laufschritt in Bewegung.

Als sie außer Sichtweite sind, winkt Aurora mich zu sich hinüber. »Da zieht sie in die Schlacht, die glorreiche Armee der Volltrottel! Die bist du erst mal los.« Sie macht eine Kopfbewegung nach rechts und sagt: »Ich muss da vorne rüber. Sollte mich zwischendurch mal zu Hause blicken lassen.«

»Wo wohnst du eigentlich«, frage ich. »Keiner aus deiner Klasse konnte es mir sagen.«

»Draußen in Hanff«, antwortet sie.

»Und deine Eltern? Wissen die, dass du …?«

»Eltern im Plural habe ich nicht«, sagt Aurora. »Mein Vater ist abgehauen, als ich drei war. Es gibt nur meine Oma, meine Mutter und mich. Mama hat in Hanff ein kleines Geschäft: *Kunsthandel Coletti.* – Bis nachher, Penny.« Aurora umarmt mich zum Abschied und eilt schnellen Schrittes davon.

Bing!, macht es in meinem Kopf. Und dann gleich noch mal: *Bing!* Und noch mal: *Bing!*

Kunsthandel Coletti? Ihre Mutter ist Kunsthändlerin?

Wie viele Kunsthändlerinnen gibt es in Winderbusch und Umgebung? Und wenn sie so ist, wie Aurora, dann ist sie sicher ganz reizend.

Sieh mal einer an. So ganz nebenher habe ich ein kleines Geheimnis gelüftet.

14

Als ich in Vikrams Werkstatt komme, ist nicht nur das Schutzblech gerichtet – mein Rad glänzt und blinkt und sieht aus wie generalüberholt. Vikram auch. Ich kenne ihn eigentlich nur in Jeans und T-Shirt und mit Dreitagebart. Aber jetzt ist er frisch rasiert, steckt in einem modisch sehr gewagten Anzug mit Leopardenfellmuster, trägt dazu weiße Cowboystiefel und wird von einer Rasierwasserwolke umhüllt, die jegliches Leben im Umkreis von zwei Metern auslöscht. Vergeblich versucht er, hinter seinem Rücken ein Blumensträußchen zu verstecken.

»Vielen Dank, Vikram. Du bist ein Schatz«, sage ich, als ich das reparierte Rad in Empfang nehme, und frage beiläufig: »Du hast dich ja richtig rausgeputzt. Noch was vor?«

»Ähm … nichts, äh, Besonderes. Will nur ein bisschen Luft schnappen gehen.«

»Den Leoparden mal Gassi führen?«

»Äh, was?«, sagt Vikram und macht ein dummes Gesicht. Dann dämmert es ihm. »Ah … ah, verstehe. War ein Scherz. Wegen dem Anzug. Lustig, Penny. Aber ich müsste dann so langsam auch mal …«

»Na klar«, sage ich. »Ich will dich nicht weiter aufhalten. Wenn man Luft schnappen muss, dann muss man Luft schnappen. Und der Blumenstrauß braucht sicher auch ein bisschen frische Luft.« Grinsend schwinge ich mich aufs Rad und winke ihm zum Abschied zu. »Schönen Abend, Vikram.«

Als ich zu Hause ankomme, stellt Papa gerade eine Reisetasche in den Kofferraum des Mini-Cooper.

»Was hast du vor«, frage ich erstaunt.

»Ich fahre nach Hüllersberg«, sagt er und wirft die Kofferraumtür zu.

»Hüllersberg?«

»Ist eine kleine Stadt. Etwa vierhundert Kilometer entfernt von hier«, klärt mich Papa auf. »Eines der Städtchen, in denen Gernot Ratz auch eine Mall gebaut hat. Ich hatte Kontakt zu einem Mitarbeiter des dortigen Bauamtes. Er hat angedeutet, dass bei der Genehmigung des Bauvorhabens einiges nicht mit rechten Dingen zugegangen ist. Aber er wirkte ziemlich verängstigt. Wollte am Telefon nichts Konkretes sagen. Und erst recht keine Mail schreiben. Er hat darauf bestanden, sich mit mir persönlich zu treffen. Deswegen fahre ich jetzt ins schöne Hüllersberg. Ich treffe mich heute Abend mit meinem Informanten und übernachte anschließend im Hotel. Bin spätestens morgen Nachmittag wieder zurück.« Papa legt den Kopf schief, betrachtet mich eingehend und legt die Stirn in Falten. »Alles in Ordnung bei dir, Penny? Du wirkst so hibbelig und aufgekratzt.«

Was sagt man in so einer Situation?

Ja, ich bin ein bisschen aufgekratzt und hibbelig, weil ich gerade erfahren habe, dass ich ein Elfer-Kind bin. Ein Mann, auf dessen Kopf ein Nymphensittichpärchen haust, hat mir erklärt, was das bedeutet. Und eine Frau, die heute die berühmte Bestseller-Autorin Rigby Burton, morgen aber vielleicht ein Mann namens Diego Martinez ist, hat angedeutet, dass es von mir abhängen könnte, wie die Zukunft dieser Welt aussieht.

Das ist nicht das, was besorgte Väter von ihren elfjährigen Töchtern hören möchten. Aber anlügen will ich Papa auch nicht – und erzähle deswegen einfach nur einen Teil der Wahrheit: »Ich … ich bin einfach gut drauf, weil ich heute neue Freunde gefunden habe.«

»Wirklich? Das freut mich«, sagt Papa. »Und du solltest es schnellstens Kirsten erzählen. Sie macht sich nämlich mal wieder Sorgen um ihre vereinsamte Nichte und hat vor, dich bei einer therapeutischen Spielgruppe für ungesellige Kinder anzumelden. Und bei einer geselligen Volkstanzgruppe. – Bis morgen, Penny!« Er breitet die Arme aus, ich gebe ihm einen Abschiedskuss und flüstere ihm ins Ohr: »Du bist der liebste Siebener aller Zeiten.«

»Äh, was?«, nuschelt er irritiert.

»Nichts. Gute Fahrt, Papa. Und viel Glück mit dem ängstlichen Mann vom Bauamt.«

Manchmal ist Papa witzig. Weswegen ich das mit der Spielgruppe für Ungesellige und der geselligen Tanzgruppe für einen seiner Witze gehalten habe. Ist es aber nicht. Sondern Tante Kirstens voller Ernst.

Während des Abendessens (Nudeln mit einer undefinierbaren trübgrauen Tunke) erläutert sie mir ausführlich ihre Beweggründe. »Ich möchte nur dein Bestes, Penny. Wenn man zu oft alleine ist, dann bringt einen das auf komische Ideen. Und am Ende bricht man dann die Schule ab und geht zum Zirkus! Oder will Schlagzeugerin werden. Oder – Gott bewahre! – Schriftstellerin. Und dann nagt man für den Rest seines Lebens am Hungertuch. Nein, nein, nein: Zu viel nachzudenken bringt einen nur in Schwierigkeiten. Komische Gedanken sind ein Risiko. Und ein Risiko ist immer ein Risiko. Es ist viel vernünftiger, sich irgendwelche Freunde zu suchen und sich in eine Gemeinschaft einzufügen. Eine Gemeinschaft, die keine komischen Ideen hat. Sondern Regeln. Wenn man vorgegebene Regeln hat, muss man sich selbst keine Gedanken mehr machen. Wer sich an Regeln hält und komische Gedanken vermeidet, der bekommt auch keine Probleme. Und ich finde, Volkstänze sind eine so schöne Tradition. Ich bin sicher: Du wirst in einer Tracht richtig süß aussehen!«

Normalerweise wäre das der Moment, in dem ich aufstehen, die Augen verdrehen und das Zimmer verlassen würde. Aber es empfiehlt sich zu beherzigen, was Rigby mir geraten hat: *Lull sie ein!* Wenn ich um halb elf ungesehen aus dem Haus gelangen will, sollte ich tunlichst vermeiden, irgendwas zu tun oder zu sagen, das Kirsten aufregen und am

Einschlafen hindern könnte. Also bemühe ich mich auszusehen, als stünde ich kurz davor, vor Freude zu platzen.

»Volkstanzgruppe? Wow! Das ist ja eine Hammer-Idee! Und ein Trachtenkleid habe ich mir schon immer gewünscht. Am besten eines mit einem Häubchen. Und das mit den Regeln klingt so einleuchtend. Danke, Tante Kirsten!«

»Wirklich?«, fragt sie misstrauisch und wimperklimpert, was das Zeug hält. »Ich hätte jetzt gar nicht gedacht, dass du … Und die Spielgruppe für ungesellige Kinder? Könntest du dir das auch vorstellen? Die Gruppe trifft sich jeden Mittwochnachmittag.«

Natürlich nicht, denke ich. Obwohl: ein ganzer Raum voller ungeselliger Kinder – das klingt eigentlich ganz lustig. Die lassen sich wenigstens gegenseitig in Ruhe und quatschen einen nicht blöd von der Seite an.

»Die Gruppe würde ich mir ganz unglaublich gerne mal ansehen«, versichere ich Kirsten.

Ein verschämtes Freudentränchen stiehlt sich in ihren Augenwinkel. »Ach, Liebes … ich freue mich so«, sagt sie gerührt. »Ich habe immer gehofft, dass du eines Tages doch noch vernünftig werden würdest. Und etwas weniger, äh, *pennyhaft.* Ich freue mich schon darauf, das Trachtenkleid mit dir aussuchen zu gehen.«

»Ich kann es auch kaum erwarten.«

Kirsten macht ihr Beste-Freundinnen-Gesicht, drückt mich an sich und flüstert ergriffen: »Ich bin so froh, dass wir dieses Gespräch geführt haben. Hast du nicht auch das Gefühl, dass wir uns dadurch viel näher gekommen sind?«

»Auf jeden Fall«, beteuere ich, stehe vom Tisch auf und gähne demonstrativ. »Bin ziemlich fertig. Ich glaube, ich gehe ins Bett. Gute Nacht. – Und vielen Dank noch mal, dass du mich an dem reichen Schatz deiner Lebenserfahrung teilhaben lässt.«

Bei Tante Kirsten kann man ruhig ein bisschen dicker auftragen. Wer seine Mitmenschen gerne mit Weisheiten wie *Käse ist so wichtig wie Vitamin C* oder *Müßigkeit ist aller Laster Anfang* beglückt, der hält sich in der Regel für sehr lebenserfahren. Und freut sich, wenn er das bestätigt bekommt.

Kirsten strahlt wie ein Honigkuchenpferd. Jede Wette: Sie wird heute Nacht schlafen wie ein Baby. Und dabei von Trachtenhäubchen träumen.

Einlullung gelungen!

Als ich die Küchentür hinter mir schließe und die Treppe hochsteige, seufze ich leise in mich hinein: Tante Kirsten hält mir ihren Vortrag über Regeln mindestens einmal pro Woche. Mittlerweile kann ich ihn auswendig runterbeten. Kirsten ist regelrecht besessen von Regeln. Je mehr, desto besser. Und am liebsten die, die sie selbst macht. Weil *sie* schließlich weiß, was sich gehört: Mädchen spielen kein Schlagzeug, Erdbeereis nach acht Uhr abends kann tödlich sein, man liest nicht auf dem Klo, man behält beim Essen nicht die Kappe auf und auf keinen Fall stellt man eine von Kirstens Regeln infrage. Das ist die allerwichtigste Regel überhaupt.

Papa sieht die Sache ein wenig anders als seine Schwester. »Es gibt einfach viel zu viele überflüssige Gesetze, Verordnungen, Vorschriften und Regelungen«, stöhnt er regelmäßig – vor allem dann, wenn er seine Steuererklärung machen muss. »Den Großteil davon könnte man sich sparen, wenn wir alle eine einzige Regel beherzigen würden: *Was du nicht willst, das man dir tu, das füg auch keinem anderen zu.* Keiner will beleidigt, belogen, bestohlen, betrogen oder verprügelt werden. Also sollte er das auch keinem anderen antun. Ist doch ganz einfach. Und würde das Leben ein ganzes Stück entspannter machen. Nur weil es jede Menge Vollpfosten gibt, die das einfach nicht in ihre Rübe kriegen, müssen wir uns ständig mit einem Riesenberg an Regeln rumschlagen. Statt uns um die wirklich wichtigen Sachen kümmern zu können.«

Ich bin da ganz auf seiner Seite. Wäre ich nicht so oft damit beschäftigt, Kirstens sinnfreie Regeln zu befolgen, wäre ich wahrscheinlich schon erheblich weiter bei meiner Erforschung der Wind- und Wassersprachen.

Ich lasse meine Zimmertür einen Spalt weit auf und horche darauf, was im Erdgeschoss vor sich geht: Kirsten öffnet eine Flasche Wein, begibt sich ins Wohnzimmer und lässt sich vor dem Fernseher nieder. Und da hockt sie für die nächsten zwei Stunden und schaut einen Krimi. Gegen

Ende des Films ruft eine ihrer Nervensägen-Freundinnen an, und das Gespräch kommt sofort auf Vikram. Kirsten und ihre Freundin rätseln am Telefon darüber, wer die mysteriöse, reizende Kunsthändlerin sein könnte, die er kennengelernt hat.

Kirsten spricht von Vikrams neuer Freundin nur abfällig als *Kunstschnepfe* und bezeichnet Vikram als *erbärmlichen Fahrrad-Gigolo.* Anschließend bedenkt sie ihn mit ein paar weiteren unschönen Ausdrücken, die ich noch gar nicht kannte – mir aber vorsichtshalber umgehend einpräge. Man weiß ja nie, wann man es brauchen kann …

Kurzzeitig befürchte ich, dass dieses Telefongespräch die halbe Nacht lang dauern könnte. Zu meiner Erleichterung höre ich Kirsten aber endlich sagen: »Ich muss so langsam mal Schluss machen, Carola. Habe schon drei Gläser Wein getrunken und bin ziemlich müde. Ja. Danke. Dir auch. Bis bald. Bussi, Carola.«

Sie schaltet den Fernseher aus, kommt die Treppe hoch, geht kurz ins Bad, verschwindet gähnend in ihrem Zimmer und löscht das Licht.

Es kann losgehen!

Ich ziehe die grüne Kappe auf, öffne das Fenster, atme die kühle Luft ein und blicke in den nächtlichen Garten.

Da! Das Blinken einer Taschenlampe. Elf kurze Lichtsignale in schnellen Abständen. Das ist Cassandra!

So leise wie möglich steige ich aufs Fensterbrett, zähle bis drei, drücke mich mit den Füßen ab und springe mit einem weiten Satz in den Kirschbaum. Meine Hände finden Halt an einem dicken Ast, von dem aus ich mich in affenartiger Geschwindigkeit nach unten hangle.

Ich bin schon so oft in dem Baum herumgeklettert, dass ich genau weiß, wohin ich greifen muss. Meine Füße landen weich im Gras und ich eile mit federnden Schritten in Richtung des leise rauschenden Baches. Es fühlt sich aufregend an, durch die Nacht zu laufen. Die Frösche haben heute offenbar Konzertpause. Bis auf das leise Zirpen einiger Nachtinsekten und das Plätschern des Baches ist kein Laut zu hören. Der Mond wirft sein blasses Licht auf das Gemüsebeet und die Wiese mit den Wildblumen.

Mondlicht ist wie Kerzenlicht: Vieles bleibt im Schatten. Und könnte vieles sein. Die Brombeerhecke am Ende des Gartens, beispielsweise, deren hohe Ranken sich sanft im Wind wiegen. Im Mondlicht könnte sie auch ein riesiges, stachliges Insekt mit einem Dutzend langer Fühler sein, die tastend durch die Luft fahren. Oder ein geheimnisvolles Wesen, das mich mit langen, dünnen Armen zu sich heranwinkt. *Alles kann alles sein. Und alles, was geschehen kann, kann geschehen. Du musst es dir nur vorstellen können …*

»Penny! Hier rüber«, höre ich Cassandra wispern.

Ich schlage mich nach rechts, erreiche das Bachufer – und kriege den Mund vor Staunen nicht mehr zu: Cassandra kniet in einem schmalen Kanu. Und hält mir ein Paddel entgegen.

»Oh, das ist …«

»Was hast du erwartet?«, sagt sie lachend. »Dass ich mit dem Limousinen-Service komme? Oder dich mit einem Hubschrauber abhole?«

»Nein. Sicher nicht. Aber bestimmt auch kein Kanu.«

»Warte ab. Du wirst es mögen«, sagt sie. »Du musst nicht viel tun. Nur dafür sorgen, dass wir einigermaßen geradeaus fahren. Tu einfach das, was ich tue.«

Tatsächlich stellt sich Kanufahren als nicht so schwer heraus, wie ich befürchtet habe. Und nach ein paar Minuten genieße ich es richtig, mit der leichten Strömung durch die Dunkelheit in Richtung Winderbusch über das Wasser zu gleiten.

»Hätte natürlich auch mit dem Auto kommen können«, sagt Cassandra. »Aber wenn man die Möglichkeit hat, zwischen was Praktischem und was Aufregendem zu wählen, sollte man sich immer für das Aufregende entscheiden. Man lebt ja nur einmal. Und ich finde eine nächtliche Kanufahrt um einiges aufregender als eine Autofahrt. Das Kanu habe ich selbst gebaut. Wie man das macht, habe ich am Amazonas gelernt.«

»Du warst am Amazonas?«

»Ich war schon an ziemlich vielen Orten«, sagt sie und lächelt geheimnisvoll in sich hinein. »Und an jedem Ort habe ich etwas gelernt. Am Amazonas habe ich gelernt, wie man ein Kanu baut und wie man es lenkt. Aber weißt du, was das wirklich Tolle daran ist? Wenn man lernt, ein Kanu zu bauen und zu lenken, dann lernt man gleichzeitig noch ganz andere Dinge.«

»Was meinst du?«, frage ich, während wir an dichtem Farngestrüpp vorbeipaddeln, das die Ufer rechts und links des Baches bedeckt.

»Ein gutes Kanu zu bauen ist schwierig. Was bedeutet: Wenn man ein Kanu baut, lernt man auch, dass aller Anfang schwer ist. Aber dass man nicht aufgeben und sich von Rückschlägen nicht entmutigen lassen darf. Dass nur die wenigsten Sachen gleich beim ersten Mal gelingen. Aber dass man sie lernen kann. Mit Geduld und Ausdauer. Und wer lernt, ein Kanu zu *steuern*, der lernt nicht nur, ein Kanu zu steuern. Er lernt, wann es an der Zeit ist, sich der Strömung hinzugeben und sich von ihr leiten zu lassen. Und wann es an der Zeit ist, sich gegen sie zu stemmen und gegen sie anzukämpfen. Und wo wir gerade davon sprechen: Halt dich fest. Gleich wird es ein bisschen unruhig.«

Kaum hat sie es ausgesprochen, spüre ich, wie die Strömung an Stärke zunimmt und das Kanu immer schneller in Richtung Altstadt treibt. Kurz vor der alten Stadtmauer wird der Brixbach endgültig zu einem wild schäumenden und gurgelnden Wildwasser. Das Ganze hat jetzt was von einer Achterbahnfahrt – und dementsprechend fühle ich mich auch. Hätte ich bloß eine Spucktüte mitgenommen! Das Kanu wird hin und her geworfen und rast auf eine halbkreisförmige Öffnung in der Stadtmauer zu.

»Kopf einziehen!«, brüllt Cassandra.

Im nächsten Moment schießt das Boot durch die enge Öffnung, scheint einen Moment in der Luft zu stehen, bevor es drei Meter nach unten stürzt – und mit einem lauten Klatschen auf dem Wasser landet. Auf nun wieder ganz ruhigem Wasser wohlgemerkt.

»Oh, Mann«, keuche ich und blicke zu der Öffnung zurück, durch die der Brixbach wasserfallgleich nach unten stürzt.

Erst dann realisiere ich, dass wir uns in einer Art unterirdischem Kanalsystem mit gemauerten Wänden und gewölbten Decken befinden. An den verwitterten Wänden sind kleine grüne Laternen angebracht, die ein flackerndes Licht auf das Wasser werfen.

»Was ist das? Wo sind wir hier«, frage ich und blicke mich staunend um.

»Das sind Fluchttunnel aus dem 16. Jahrhundert. Hat Hugo der Hässliche bauen lassen, der alte Tunichtgut. Die Tunnel ziehen sich unter der gesamten Winderbuscher Altstadt hindurch. Im Laufe der Jahrhunderte sind sie mit Wasser vollgelaufen und bilden seither ein unterirdisches Kanalsystem. Bei den meisten Winderbuschern sind die Tunnel längst in Vergessenheit geraten. Sie haben nicht die geringste Ahnung, dass dieses System existiert. Aber die Elfer-Kinder nutzen es gelegentlich. Zum Beispiel, um ungesehen zu Treffen des Elfer-Rates zu gelangen.«

»Was ist der Elfer-Rat eigentlich?«, frage ich, während Cassandra das Kanu in einen schmalen und niedrigen Seitenkanal steuert. »Ist das so was wie ein Stadtrat? Eine gewählte Vertretung der Elfer-Kinder?«

»Nein«, sagt Cassandra und hält auf eine Anlegestelle zu, an der schon ein Tretboot, ein grünes Schlauchboot und ein Ruderkahn liegen. »Bei den Elfer-Kindern läuft das ein bisschen anders. Wenn es gilt, eine wichtige Entscheidung zu treffen, müssen genau elf Elfer-Kinder zusammenkommen. In jeder Stadt gibt es einen Elfer-Rat. In großen Städten sogar mehrere Räte. Aber in so einem kleinen Flecken wie Winderbusch ist es schwierig, überhaupt elf Elfer-Kinder zusammenzubekommen. Im vergangenen Februar ist Ernst Krumscheid gestorben – im stolzen Alter von 111 Jahren. Er war unser ältestes Mitglied. Seit seinem Tod konnten wir keine Beschlüsse mehr fassen, weil wir einer zu wenig waren. Wir wussten natürlich schon lange, dass du ein Elfer-Kind bist, aber wir mussten deinen elften Geburtstag abwarten. Erst ab diesem Alter kann man ein Mitglied des Rates werden.«

»Warte mal!«, entfährt es mir. »Mitglied des Rates? Du willst sagen, dass *ich* ein Mitglied des Elfer-Rates bin?«

»Ja. Seit heute. Um sicherzugehen, dass du möglichst schnell den Weg zu uns findest, haben wir dir diese Botschaften geschickt. Weil die Zeit drängt und eine Entscheidung ansteht, die nicht warten kann.« Cassandra legt mit dem Kanu an der Anlegestelle an, blickt mir in die Augen und sagt in feierlichem Ton: »Du wirst heute mit darüber entscheiden, wohin der Weg der Welt führt. Und das ist die weitreichendste Entscheidung, die ein Elfer-Rat je fällen musste …«

Das also hat Rigby Burton gemeint, als sie sagte, es hinge ein Elftel von mir ab, wie die Zukunft aussieht. Ich bin das Elftel, das dem Elfer-Rat gefehlt hat!

Cassandra tastet das Mauerwerk ab und lockert einen Stein. Augenblicklich schwingt ein Stück der Mauer nach innen und gibt den Weg in einen schmalen, düsteren Durchlass frei.

»Komm«, sagt sie und ich folge ihr in den engen Gang.

»Wo sind wir?« Staunend blicke ich mich um. Von den feuchten Wänden geht ein schwaches, grünes Schimmern aus.

»Direkt unter Horatios Laden«, entgegnet Cassandra, während wir eine spiralförmige, steinerne Treppe hochsteigen. Im nächsten Moment drückt sie auf einen verborgenen Mechanismus, eine Tür springt geräuschlos auf – und wir stehen in dem Raum hinter dem Trödelladen.

15

Bloß nicht auf den Boden sehen!, warne ich mich und kann es doch nicht lassen, einen verstohlenen Blick auf das Muster aus wimmelnden 11en zu werfen. Aber diesmal schaffe ich es, den Kopf zu heben, bevor mir schwindelig wird. Ich schaue auf eine Ansammlung von Menschen, die in kleinen Gruppen zusammenstehen, Waldmeisterbrause schlürfen und so in ihre Gespräche vertieft sind, dass sie unser Erscheinen nicht bemerken. Langsam wandert mein Blick über ihre Gesichter: ein kräftiger Mann mit Glatze, der sich mit einem Finger im Ohr pult, ein gut aussehendes Paar, das eng umschlungen vor dem Kamin steht, zwei Frauen mit schwarz geränderten Brillen, die sich mit Rigby Burton unterhalten … Ohne auch nur ein Wort mit ihnen gewechselt zu haben, überkommt mich sofort wieder das Gefühl, sie alle zu kennen.

Der flaschengrüne Vorhang zum Laden ist geschlossen, an der Wand zu meiner Rechten hängen die elf Glasrahmen mit dem geheimnisvollen Kartendeck. Gerade als ich auf den leeren elften Rahmen blicke, steigen Tippi und Hedren aus Horatios Haaren auf, zwitschern freudig und beginnen in Überschallgeschwindigkeit um meinen Kopf zu kreisen.

»Penny! Cassandra! Da seid ihr ja«, ruft Horatio. »Komm, Penny, ich mache dich mit den anderen Elfer-Kindern bekannt. Das hier ist mein Cousin Cornelius Ping.« Er führt mich zu dem kräftigen, glatzköpfigen Mann, der mir eine riesige Pranke entgegenstreckt. »Hab dir ja von ihm erzählt«, fährt Horatio im Flüsterton fort. »Er ist der, auf dessen Kopf Tippi und Hedren früher gewohnt haben. Bis, na ja …« Er deutet auf die hochglanzpolierte Glatze seines Cousins. »Du musst ein bisschen lauter mit ihm sprechen. Er hört schlecht.«

»Freut mich sehr!«, brülle ich, während ich Cornelius Ping die Flosse schüttele. »Tut mir leid, dass Tippi und Hedren nicht mehr bei dir wohnen können.«

»Was will man machen?«, brüllt er mindestens genauso laut zurück und fährt sich mit der Hand über die Glatze. »Aber bei Horatio sind sie ja in guten Haaren. Und ich habe jetzt zwei Skarabäuskäfer. Die wohnen in meinen Ohren. Deswegen hör ich schlecht.«

»Verstehe!«, schreie ich und versuche dabei so auszusehen, als würden mir täglich Leute begegnen, die Käfer in den Ohren spazieren tragen.

»Ist natürlich völlig übergeschnappt, der Gute«, flüstert Horatio mir zu und zieht mich zur Seite. »Skarabäuskäfer in den Ohren? Wer glaubt denn so einen Blödsinn? Er hört einfach nur schlecht. Weiß doch jeder, dass Skarabäuskäfer am liebsten in Nasenlöchern wohnen.«

»Hallo, Penny. Schön, dass du ab jetzt dabei bist«, begrüßt

mich in diesem Moment ein stark übergewichtiger Junge und reicht mir schüchtern die Hand. Seine Frisur sieht aus, als hätte ihm jemand einen Kochtopf auf den Kopf gestülpt und ihm dann die Haare geschnitten. Im Dunkeln.

»Dich kenne ich doch«, entfährt es mir überrascht. »Du bist auf meiner Schule. Du bist ... Tobias Horking. Das Mathe-Genie!«

»Genie? Ich weiß nicht ...«, nuschelt er verlegen und blickt zu Boden. »Die Zahlen und ich, wir sind einfach nur gute Freunde. Und du kannst mich Toby nennen.«

Tobias Horking ist nicht nur ein Mathe-Ass, sondern offenbar auch extrem bescheiden, denn tatsächlich ist er in Winderbusch eine kleine Berühmtheit, weil er schon mehrere bundesweite Mathematik-Wettbewerbe gewonnen hat. Er ist gerade mal dreizehn, durfte aber zwei Klassen überspringen und geht schon in die Neunte. Wenn jemand viel klüger als seine Mitschüler und außerdem noch übergewichtig ist und während der Pausen im Kreis über den Schulhof läuft und dabei mit sich selbst spricht, dann ruft das unweigerlich irgendwelche Hohlköpfe auf den Plan, die dumme Witze auf seine Kosten reißen. Und die Ziburskis sind nicht die einzigen Hohlköpfe an meiner Schule. In den höheren Klassen tummeln sich auch diverse Schwachmaten. Toby Horking ist ein beliebtes Ziel für verletzenden Spott und hämische Bemerkungen. Aber ich habe noch nie beobachtet, dass er in irgendeiner Weise darauf reagiert. Entweder, weil es ihm völlig am Allerwertesten vorbeigeht, oder weil er immer so in seine Überlegungen versunken ist, dass er es überhaupt nicht bemerkt.

»Zahlen waren schon immer meine besten Freunde«, eröffnet er mir und wird dabei ein bisschen rot. »Hinter allem steht Mathematik. Das ganze Universum besteht aus Mathematik. Und die 11 scheint dabei eine ganz besondere Rolle zu spielen. Im Moment beschäftigt mich die Frage, wie es sein kann, dass 1+1=2 ergibt, während 1 **und** 1 auch 11 sein können. Merkwürdig, oder?«

»Ich, äh, ich hab leider nur 'ne 4 in Mathe«, kann ich gerade noch entschuldigend sagen, ehe Horatio mich weiterzieht.

»Die zwei da vorne sollten wir im Moment besser nicht stören. Die sind gerade bei der Arbeit«, sagt er und deutet auf den Mann und die Frau am Kamin. Beide tragen Kleidung in bunten Regenbogenfarben – und sind wie wild am Küssen und Knutschen.

»Bei der *Arbeit?*«, frage ich ein ganz klein wenig verwundert.

»Ja. Das sind Alice und Johnny Tessler. Die beiden betreiben Forschung auf dem Gebiet der *Romantischen Wissenschaft*. Sie haben die Idee, dass man Liebe als Treibstoff für Weltraumraketen verwenden könnte. Keine Ahnung, wie weit sie mit ihren Forschungen sind. Aber sie produzieren auf jeden Fall schon mal 'ne Menge Treibstoff«, kichert Horatio. »So, jetzt dürftest du alle kennen – außer den Colettis.«

»Aber die stelle ich dir natürlich vor«, höre ich Auroras Stimme hinter mir. Sie lächelt mich an, nimmt mich bei der Hand und geht mit mir auf die zwei Frauen mit schwarz geränderten Brillen zu, die vor der Tür zur Küche stehen und sich mit Rigby und Cassandra unterhalten.

»Das ist meine Oma. Sofia Coletti«, stellt sie mir die ältere der beiden Frauen vor. »Sie war früher Hochseilartistin.«

»Wirklich?«, frage ich und sehe die alte Frau bewundernd an.

»Das ist lange her«, sagt sie und reicht mir lächelnd die Hand. »Früher gab es für mich nichts Aufregenderes, als über einen Abgrund zu balancieren. Aber heute kriege ich schon Kreislaufprobleme, wenn ich zu schnell aus dem Bett steige. – Schön, dass du da bist, Penny. Und den Elfer-Rat endlich wieder komplett machst.«

»Und das ist meine Mama: Tizia Coletti«, sagt Aurora.

Tizia Coletti hat nicht nur die gleiche Brille wie Aurora, ihr Haar ist ebenso dunkel und ihre Zähne ebenso blendend weiß wie die ihrer Tochter.

»Hallo, Penny. Wie schön, dass wir uns kennenlernen«, sagt sie mit einer samtigen, warmen Stimme und lacht mich dabei an. Und ich verstehe sofort, warum Mario sie reizend findet. Und warum Vikram, der alte Rasiermuffel, so verliebt in sie ist, dass er plötzlich anfängt, sich die Bartstoppeln von den Wangen zu schaben und After-Shave aufzulegen. Wenn Tizia Coletti einen anlächelt, dann hat man das Gefühl, als würde über einer dunklen Stadt die Sonne aufgehen. Und alle Türme und Kuppeln der Stadt mit einem Mal golden erglänzen lassen. Und überhaupt alles in dieser Stadt zum Blinken und Glimmern und Glitzern bringen.

»Und ihr seid alle drei Elfer-Kinder?«, frage ich verblüfft.

»Ja. Bei uns liegt Elfer-Verrücktheit in der Familie«, antwortet Aurora. »Und wenn du mit einer Oma groß wirst, die ihr Frühstück auf dem Hochseil einnimmt, und einer Mutter, die sich auf den Handel mit *Bescheuerter Kunst* spezialisiert hat – dann wundert es dich auch nicht mehr besonders, wenn du erfährst, dass du ein Elfer-Kind bist.«

»Bescheuerte Kunst?« Fragend schaue ich zu Tizia Coletti.

»Verkauft sich unglücklicherweise nicht besonders gut«, seufzt sie. »Es gibt leider nicht viele Kunstliebhaber, die sich Ölbilder an die Wand hängen, die *Elf Weihnachtsmänner am Strand* oder *Elf Elfer und ein Kakadu* heißen.« Dann nimmt sie einen Schluck Brause, zwinkert mir verschwörerisch zu und sagt: »Wir haben einen gemeinsamen Bekannten, nicht wahr?«

»Ja«, entgegne ich. »Einen gemeinsamen Bekannten, der neuerdings Anzüge mit Leopardenfellmuster und weiße Cowboystiefel trägt und so glücklich vor sich hin grinst, dass es schon beängstigend ist.«

»Ach … Vikram ist Gold!«, sagt Tizia Coletti schwärmerisch. »Weißt du, unter den Zehnern gibt es eine Menge unangenehme Leute, die die Zehner-Welt mit Zähnen und Klauen verteidigen und Elfer-Ideen und Elfer-Kindern feindselig gegenübertreten. Aber so sind nicht alle. Siebener oder Achter glauben zwar auch, dass die Welt nur aus dem besteht, was man sehen und anfassen kann – aber sie haben in der Regel kein Problem damit, wenn jemand etwas anderes glaubt. Und Vikram ist ein richtig entspannter Achter. Er ist so liebevoll und zuvorkommend und keiner von diesen unangenehmen Ehrgeizlingen. Zu der Sache mit dem Anzug und den Cowboystiefeln habe ich ihn ermutigt. Er hat mir erzählt, dass er so was schon immer mal tragen wollte, sich aber nie getraut hat. Und sieht er in diesem Aufzug nicht einfach zum Niederknien bescheuert aus? Was für ein Mann!«

Ich kann mich nicht erinnern, dass Tante Kirsten je so schwärmerisch geklungen hat, wenn sie über Vikram gesprochen hat. Das ging eher in die Richtung: *»Wann kriegt der faule Sack endlich mal den Hintern hoch und beginnt an einer Karriere zu arbeiten?«* Und welche Meinung Kirsten zu einem Leopardenanzug hätte, muss man gar nicht erst fragen.

»Weiß Vikram, dass du … ein Elfer-Kind bist? Und was das bedeutet?«, frage ich.

»Nein«, sagt Auroras Mutter und schüttelt den Kopf. »Dabei muss man sehr behutsam vorgehen. Man kann einem Zehner nicht einfach sagen, dass man ein Elfer-Kind ist. Nicht mal wenn es ein Siebener oder ein netter, entspannter Achter ist – er lebt trotzdem in der Zehner-Welt. Vikram würde mich wahrscheinlich für verrückt halten. Womit er verrückterweise ja gar nicht mal so unrecht hätte.«

In diesem Moment erklingt der Ton einer dunklen Glocke und alle Gespräche verstummen. Elfmal schlägt die Glocke. Eine kurze Pause – dann bimmelt ein hohes, silberhelles Glöckchen. Ebenfalls elfmal.

»Elf Uhr elf«, sagt Rigby Burton. »Legen wir los!«

Sofort startet ein Wettrennen um die bequemsten Sessel. Ich schalte zu spät – und muss mit dem grünen, aufblasbaren Sessel vorliebnehmen, der als einziger übrig bleibt. Warum ihn keiner haben will, ist mir schon nach elf Sekunden klar: Jedes Mal, wenn man sich in dem Teil bewegt, hört sich das nach ganz besonders peinlichen Pupsgeräuschen an. Eine ehrwürdige Ratssitzung habe ich mir ein wenig anders vorgestellt. Jeder macht es sich so angenehm wie möglich. Einige lassen ihre Füße über die Sessellehne baumeln, Rigby fläzt sich bequem in ihren Fernsehsessel, Auroras Oma zieht die Schuhe aus und legt die Beine hoch.

»Okay«, sagt Rigby Burton. »Wie immer müssen wir zuerst auswürfeln, welche arme Socke die Sitzung leiten muss.«

Allgemeines Stöhnen um mich herum.

»Ja, ja, ich weiß. Aber einer muss es ja machen.« Rigby hält zwei Würfel in die Höhe. »Also: Wer zuerst eine 11 würfelt, der ist heute der oder die elfwürdige Vorsitzende. Cornelius Ping – du fängst an. Und Alice und Johnny: Könntet ihr die Liebestreibstoff-Produktion mal kurz unterbrechen? Wenigstens bis zum Ende des Treffens?«

»Klar«, haucht Alice Tessler und richtet ihr zerzaustes Haar.

»Kein Problem«, nuschelt ihr Mann und reibt an einem Lippenstiftabdruck auf seinem Hals rum.

Cornelius Ping würfelt eine 7, Toby Horking eine 3, Alice und Johnny Tessler eine 6 und eine 9, Cassandra eine 10.

»Bitte nicht«, stöhnt Horatio Ping, als er an die Reihe kommt. »Ich musste schon die letzten elf Male herhalten.« Mit einer schlaffen Handbewegung lässt er die Würfel über den Boden rollen. Eine 5 und eine 6. Tipi und Hedren flattern von seinem Kopf auf und tschiepen empört. »Immer erwischt es mich. War ja klar«, mosert Horatio.

»Was ist so schlimm daran, Vorsitzender zu sein?«, frage ich Aurora flüsternd.

»Als elfwürdiger Vorsitzender muss man den *Bescheuerten Hut* tragen«, flüstert sie zurück und deutet kichernd auf Horatio, der gerade ein kiloschweres Ungetüm von Hut auf seinen Schädel wuchtet und dabei ausgesprochen missmutig aussieht. Das unförmige Ding auf seinem Kopf erinnert an eine elfstöckige, in sich zusammenfallende, giftgrüne Hochzeitstorte, deren Spitze hin und her wackelt wie ein Grashalm bei Windstärke elf.

»Dann mal los«, sagt er, erhebt sich mit wippendem Hut aus dem Sessel und eröffnet die Sitzung: »Liebe leicht Verrückte und zart Verwirrte, liebe Bekloppte und nett Bescheuerte, liebe etwas Übergeschnappte und dezent Durchgeknallte … Kurz gesagt: liebe Elfer-Kinder – willkommen zur Versammlung des Winderbuscher Elfer-Rates. Punkt eins der heutigen Tagesunordnung: Heißen wir Penny Maroux, das jüngste Elfer-Kind, offiziell in unserer Mitte willkommen. Und zwar mit dem offiziellen, bescheuerten Elfer-Ruf: Alle Elfe!«

»Alle Elfe!« »Alle Elfe!« »Alle Elfe!«, schallt es aus der Runde zurück.

»Sehr schön«, befindet Horatio. »Und da die Zeit etwas drängt, würde ich vorschlagen, dass wir die Punkte zwei bis zehn der Tagesunordnung überspringen – die sind eh nur Kokolores – und gleich zu Punkt elf kommen: Penny muss in das Geheimnis des Elfer-Kartendecks eingeweiht werden. Und dazu übergebe ich das Wort an Rigby Burton.« Er schaut mit gerunzelter Stirn zu dem Fernsehsessel hinüber. »Du bist doch noch Rigby, oder?«

»Ich glaube schon.« Rigby steht aus ihrem Sessel auf, lächelt mir zu und tritt vor die Wand mit dem Kartenspiel.

Es wird ganz still im Raum und ich fühle eine seltsame Mischung aus Feierlichkeit und Aufregung. Wie an Weihnachten, vor der Bescherung. Wenn man darauf wartet, endlich vor den geschmückten und kerzenerleuchteten Baum treten zu dürfen. Man kann spüren, wann ein Moment ein besonderer Moment ist. Und dies ist einer. Ich ahne, dass ich gleich etwas ganz Unglaubliches hören werde, und beginne unruhig in meinem Sessel hin und her zu rutschen.

»Dieses Kartendeck ist sehr, sehr alt und unglaublich wertvoll. Für uns Elfer-Kinder ist es sogar die wertvollste Sache auf der Welt«, sagt Ribgy mit sanfter Stimme. »Wie dir mittlerweile klar geworden sein dürfte, besteht es aus elf Karten.

Aber die elfte Karte fehlt … Niemand kann mit Bestimmtheit sagen, wer dieses Kartenspiel angefertigt hat. Aber es gibt eine alte Legende, die behauptet, dass …« Rigby unterbricht sich und blickt schweigend auf die Flammen im Kamin, bevor sie in leisem, eindringlichem Ton fortfährt: »Der Legende nach war die Welt einst eine Elfer-Welt. Eine Welt, in der die Menschen die Sprache des Windes und des Wassers verstanden. Eine Welt, in der fantastische Dinge geschehen konnten. Eine Welt, die zu einem Elftel magisch war. In jenen Tagen wurde dieses Kartenspiel geschaffen. Als ein Bildnis dafür, wie die Welt beschaffen war. So wie die Welt aus zehn nicht-magischen und einem magischen Teil bestand, setzte sich das Spiel aus zehn nicht-magischen Karten und einer magischen elften Karte zusammen. Aber dann …« Rigby sieht mich über die grünen Gläser ihrer Brille hinweg mit ernstem Blick an. »Irgendwann in den Wirren der Zeit ging die magische elfte Karte verloren. Und mit ihr verschwand auch die Magie aus der Welt. Sie wurde zu einer Zehner-Welt. Zu der Welt, wie wir sie heute kennen. Die Legende besagt aber auch …« Ein hoffnungsvolles Lächeln zieht über Rigbys Gesicht. »Sie sagt, dass die verlorene elfte Karte eines Tages wieder zu den übrigen Karten zurückkehren wird. Und dass mit ihr die Fantasie und die Magie in die Welt zurückkehren werden. Dass sie sich wieder zu einer Elfer-Welt wandeln wird.«

»Und ihr glaubt, dass diese Legende wahr ist?« Mit großen Augen blicke ich zu Horatio und Cassandra. Die Nymphensittiche haben sich einen Logenplatz auf Horatios Hutspitze gesichert und schaukeln fröhlich vor und zurück.

»Ach … mit dem Begriff *glauben* tue ich mich ein bisschen schwer«, nuschelt der elfwürdige Vorsitzende. »Wie die meisten Elfer-Kinder. Ich würde eher sagen, es ist so, dass wir nichts ausschließen. Dass wir alles für möglich halten.«

»Ich zweifle nicht im Geringsten an dem, was die Legende sagt«, meldet sich Alice Tessler, die Liebestreibstoff-Expertin, zu Wort. »Und dass es die Bestimmung von uns Elfer-Kindern ist, die verlorene 11 zu finden und sie mit den zehn übrigen Karten zu vereinen. Damit die Welt schöner und bunter und größer wird. Damit die Welt wieder magisch wird.«

»Oh, Alice … Ich liebe es, wenn deine Lippen so wunderbare Worte wie Bestimmung und Magie formen.« Johnny Tessler starrt seine Frau verzückt an, dann fallen sich die beiden in die Arme – und schon wieder gibt es heftigstes Geknutsche. Cornelius Ping, der neben den beiden sitzt, guckt zur Seite und pult verlegen mit dem Finger im Ohr. Seine Glatze läuft tiefrot an.

»Ähm, wäre es möglich, dass wir mal wieder zum Thema kommen und Penny auf den neuesten Stand bringen?«, regt Cassandra Dott an, richtet ihren Blick auf mich und sagt: »Über viele Jahrhunderte hinweg wurden die verbliebenen zehn Karten von Elfer-Kindern verborgen und geschützt. Und von einer Generation zur nächsten weitergegeben. Die

Karten waren nicht immer hier, in Winderbusch. Sie waren an den verschiedensten Orten dieser Welt versteckt. Und während all dieser Zeit haben Elfer-Kinder nach der magischen elften Karte gesucht. Vergeblich. Sodass selbst die Elfer-Kinder irgendwann daran zu zweifeln begannen, dass es sie wirklich gibt. Aber dann …« Cassandra blickt auffordernd zu Auroras Mutter. »Du solltest es ihr selbst erzählen, Tizia.«

Tizia Coletti richtet sich in ihrem Sessel auf, lächelt mir zu und sagt mit samtiger Stimme: »Vor ein paar Wochen habe ich einen Bekannten in England besucht. Er ist auch Kunsthändler. Und er erzählte mir von einer mysteriösen Spielkarte, die auf einer Auktion versteigert worden war. Niemand wusste genau, woher die Karte eigentlich kam. Aber Experten schätzten, dass es die älteste erhaltene Spielkarte der Welt sein könnte. Was sie ungemein wertvoll macht. Die Karte wurde bei der Auktion für eine Million Euro versteigert.« Auroras Mutter kramt etwas aus ihrer Handtasche. »Das ist der Auktionskatalog«, sagt sie und drückt ihn mir in die Hand. »Schlag die Seite 111 auf.«

Hektisch blättere ich zu der entsprechenden Seite – und blicke baff vor Erstaunen auf das Foto einer Spielkarte. Eine 11. In demselben Stil, in dem auch die zehn Karten an Horatios Wand gestaltet sind. Auch auf dieser Karte ist die Burg mit dem schweren Tor zu sehen. Aber dieses Tor hat keine Schlösser! Und es steht weit auf!

»Erst durch die 11 bekommt das Kartendeck einen Sinn«,

erklärt Tizia mit eindringlicher Stimme. »Wer immer dieses Spiel angefertigt hat, er wollte damit eine Botschaft übermitteln: Auf den ersten zehn Karten ist das Tor verschlossen. Die Zehner-Welt ist eine Welt verschlossener Tore. Wenn wir nur an das glauben, was man sehen und anfassen kann, dann ist das, als würden wir unsere Gedanken einschließen. Aber die 11 verändert alles. Wenn die elfte Karte ins Spiel kommt, öffnen sich Tore. Tore zu neuen Gedanken, zu neuen Ideen, zu anderen Möglichkeiten. Wenn die Elf ins Spiel kommt, ändern sich die Regeln. Und wir haben nun die Möglichkcit, sie ins Spiel zu bringen. – Ich habe mich ein wenig umgehört und herausgefunden, wer –«

»Wir wissen, wer die verlorene Elf ersteigert hat!«, fällt Aurora ihr aufgeregt ins Wort. »Und wo sie sich befindet.«

»Und damit wären wir bei dem glücklichen Umstand, von dem ich gesprochen habe«, sagt Rigby. »Stichwort: Kuhfladen.«

Ich fühle mich einen Schokokuss-Aufplatz-Moment lang wie Rory Shy, wenn ihm dämmert, wer der Bösewicht ist. »Gernot Ratz!«, geht es mir auf.

16

Gernot Ratz hat die Karte ersteigert. Sie ist hier! In Winderbusch!«, entfährt es mir und im gleichen Moment schießt mir eine Erinnerung durch den Kopf: an den Abend in der Pizzeria, als Gernot Ratz mit seiner wertvollen Kunstsammlung geprahlt hat.

Horatio Ping schlägt die Hand vor den Mund und gibt würgende Geräusche von sich. »Tut mir leid«, murmelt er entschuldigend und rückt den *Bescheuerten Hut* zurecht, der ihm seitlich vom Kopf gerutscht ist. »Kann nichts dagegen machen. Wenn ich daran denke, dass die elfte Karte ausgerechnet diesem Brechmittel gehört, dann kommt es mir einfach hoch. Dieser Ratz ist ein Zehner der übelsten Sorte. Einer von den Typen, für die alles einen Preis hat, die aber nie den wahren Wert von etwas erkennen. Man muss sich nur mal diese schrecklichen Shopping-Malls und Outlet-Center ansehen, die er baut … Die werden nicht gebaut, damit Menschen sich darin wohlfühlen. Sondern nur, um sie dazu zu bringen, möglichst viel von irgendwelchem Zeug zu kaufen, von dem sie nicht mal die Hälfte brauchen. Das sind Gebäude, die einem nichts erzählen können. Es sind Orte ohne Seele. Und je mehr es von diesen monströsen Dingern gibt, umso weniger werden die Orte, die noch eine Seele haben. Orte, die wie Freunde sind: kleine Läden, schummerige, gemütliche Cafés, alte Kinos, in die Menschen nur aus dem Grund gehen, sich einen Film anzusehen und sich von ihm verzaubern zu lassen. Das ist was völlig anderes, als diese Dinger, die Leute aufsuchen, um sich mit Tacos vollzustopfen, zu telefonieren und sich nebenher ein paar Explosionen auf der Leinwand anzusehen.« Horatio redet sich immer mehr in Rage und Tippi und Hedren unterstützen seine Schimpferei mit lautstarkem Gezwitscher. »Leute wie Gernot Ratz machen diese Welt zu einem seelenlosen Ort!«, faucht der elfwürdige Vorsitzende. »Sie machen die Welt unendlich langweilig!«

»Ja, Gernot Ratz ist ein Vollbeleuchter«, stimme ich zu und erkläre den erstaunt blickenden Elfer-Kindern, was ich damit meine.

»Genau! Treffender könnte man es nicht beschreiben«, kräht Horatio. Er sieht mittlerweile aus, als könnte ihm jeden Moment Schaum vor den Mund treten, und nickt so heftig mit dem Kopf, dass der *Bescheuerte Hut* wackelt wie ein erdbebengeschüttelter Wolkenkratzer. »Und ausgerechnet dieser aufgeblasene Popanz kauft die elfte Karte. Ohne das Geringste über sie und ihre Bedeutung zu wissen. Nur um sagen zu können: *›Dieses wertvolle Stück gehört mir. Hab jede Menge Schotter dafür hingelegt.‹*« Horatio blickt so wütend drein, als könnte jeden Moment ein Lavaschwall aus seiner Hutspitze schießen. »Dieser miese, armselige –«

»Könnte sich der elfwürdige Vorsitzende so ganz allmählich mal wieder beruhigen?«, grätscht Rigby in seine Schimpftirade, woraufhin Horatio beleidigt guckt – aber tatsächlich die Klappe hält.

»Ich kriege auch die Kotzeritis, wenn ich daran denke, dass die Karte Gernot Ratz gehört«, sagt Rigby Burton. »Aber sehen wir es doch mal positiv: Wir kennen den Besitzer der Karte und wir kennen den Ort, an dem sie sich befindet. Soweit wir wissen, bewahrt Ratz seine Kunstsammlung in einem schwer gesicherten Raum im Keller seines Hauses auf.« Rigby verstummt und fährt sich mit der Hand durch ihr schwarzes Haar. »Die Frage ist nur: Was machen wir jetzt?«

»Na, wir … wir holen sie uns. Wir holen uns die elfte Karte«, schießt es reflexartig aus mir raus.

»Ach ja? Und wie?«, fragt Rigby und blickt mich dabei herausfordernd an.

»Na ja, indem … wir könnten bei ihm … wir müssten bei ihm, äh, *ein…brechen?«*

»Für ein Elfer-Kind hast du eine Menge kriminelle Energie«, kichert Auroras Oma. »Ist ja nicht so, als wären wir nicht auch schon auf die Idee gekommen, aber da gibt es gleich zwei große Probleme.«

»Zunächst mal ein praktisches«, sagt Toby Horking. »Es ist nicht so leicht, bei ihm einzubrechen. Das gesamte Grundstück ist alarmgesichert. Mit Kameras und Bewegungsmeldern. Außerdem hat er zwei Hunde, die darauf abgerichtet sind, sich auf jeden Eindringling zu stürzen.«

»Aber es gibt noch ein viel schwerwiegenderes Problem«, ergänzt Cassandra und blickt mich mit ernstem Gesichtsausdruck an. »Diebstahl ist ein Verbrechen. Wir brauchen die Elfer-Karte, um die Welt zum Besseren zu verändern. Aber man kann die Welt nicht zum Besseren verändern, indem man ein Verbrechen begeht. Eine Welt, die auf einem Verbrechen beruht, kann keine *bessere Welt* sein.«

Womit sie zweifelsohne recht hat, wird mir augenblicklich klar.

»Wir haben sogar schon versucht, ihm die Karte abzukaufen«, berichtet Rigby.

»Und … woher hattet ihr das Geld dazu?«, frage ich staunend.

»Wir haben gesammelt«, erklärt Aurora aufgeregt. »Bei Elfer-Kindern aus der ganzen Welt. Die meisten sind leider nicht gerade reich. Weil Geld sie nur wenig interessiert. Aber alle haben gegeben, was sie konnten. Es sind genau eine Million Euro zusammengekommen. Und dann hat Rigby noch eine Kleinigkeit draufgelegt. Aus den Einnahmen ihrer Bücherverkäufe.«

»Insgesamt ergab das eine Summe von 1 111 111,11 Euro«, informiert mich Toby stolz.

»Ich habe Kontakt zu Gernot Ratz aufgenommen und Interesse an der Spielkarte bekundet«, sagt Rigby. »Als Diego Martinez, Kunstsammler aus Valencia. Ich habe ihm die gesamte Summe geboten, die wir gesammelt haben. Also 111 111 Euro und 11 Cent mehr, als er bezahlt hat. Er hat behauptet, es gäbe noch einen anderen Kaufinteressenten. Er müsse erst mit diesem reden und würde sich dann bei mir melden. Das hat er aber nicht. Und wenn ich versuche, ihn zu erreichen, geht er nicht ans Telefon. Ich glaube nicht, dass es diesen zweiten Interessenten gibt. Gernot Ratz lässt mich bewusst zappeln und versucht nur, den Preis in die Höhe zu treiben.«

»Und daher stecken wir nun im tiefsten Elfer-Dilemma«, seufzt Horatio Ping. »Wir brauchen diese Karte unbedingt. Stehlen dürfen wir sie nicht. Aber wir müssen handeln. Und zwar so schnell wie möglich. Deswegen sind wir heute als Elfer-Rat zusammengekommen. Wir müssen entscheiden, was wir tun. Irgendwelche Vorschläge? Cousin Cornelius, du vielleicht?«

»Äh, was?«, schreit Cornelius Ping und stochert mit dem Finger in seinem rechten Ohr rum. »Ich verstehe dich so schlecht, Horatio. Irgendwie ist mir einer meiner Skarabäuskäfer abhandengekommen. Und ich hab so 'n komisches Kribbeln im Gehörgang …«

»Schon gut. Sonst jemand mit einer brauchbaren Idee?«

»Johnny und ich könnten eine Wolke aus Liebe produzieren«, schlägt Alice Tessler vor. »Und sie mit dem Wind zu Gernot Ratz treiben lassen. Und Liebe auf ihn regnen lassen. Dann wird sich sein Herz öffnen und …«

»Das halte ich für eine ganz hervorragende Idee«, bekräftigt ihr Mann und sieht ihr sehnsuchtsvoll in die Augen.

»Ich befürchte, er ist immun gegen Liebe. Gernot Ratz

steht mehr auf Geld«, befindet Rigby. »Vielleicht sonst jemand mit einer zündenden Idee?«

Offenbar nicht. Drei Generationen Coletti blicken sich ratlos an, Toby Horking kaut nachdenklich auf seiner Unterlippe rum und Cornelius Ping ist noch immer mit seinem Ohr beschäftigt und mittlerweile tiefer mit dem Finger in den Gehörgang vorgedrungen als je ein Mensch zuvor.

Was können wir tun? Mama, wie wäre es mit einem Geistesblitz? Wir dürfen die magische 11 nicht stehlen.

Wir müssen sie auf legale Weise in unseren Besitz bekommen. Na ja, wenigstens auf eine einigermaßen legale Weise …

»Ich … ich hätte da vielleicht eine Idee«, melde ich mich schüchtern zu Wort und augenblicklich schauen mich alle Elfer-Kinder gespannt und erwartungsvoll an. »Wir sind uns doch einig, dass 1 111 111,11 Euro ein absolut faires Angebot für die Karte sind. Oder?«

Allgemeines Kopfnicken.

»Dann nehmen wir doch einfach mal an, dass Gernot Ratz das Angebot auch fair findet. Er hat ja bisher nicht Nein gesagt«, fahre ich fort. »Gehen wir also davon aus, dass er das Angebot annehmen und die Karte verkaufen möchte. Und er hat sich nur noch nicht bei Rigby, äh, Diego Martinez gemeldet, weil er gerade so viel mit seiner Shopping-Mall um die Ohren hat.«

»Irgendwie ist mir nicht so wirklich klar, worauf du hinauswillst«, murmelt Cornelius Ping, dessen Gehörgang offenbar wieder käferfrei ist.

»Oh, aber ich ahne es«, ruft Tizia Coletti. »Sprich weiter, Penny.«

»Halten wir fest«, sage ich. »Gernot Ratz will die Karte verkaufen. Aber wegen der vielen Arbeit, die er hat, hat er ganz vergessen, Diego Martinez zurückzurufen. Und damit entgeht ihm möglicherweise ein satter Verkaufsgewinn. Das möchten wir natürlich nicht. Und deshalb sollten wir bei ihm einbr… ich meine, deshalb sollten wir ihm noch mal einen Besuch abstatten, um den Verkauf der Karte abzuwickeln. Aber vielleicht ist Gernot Ratz gerade dann rein zufällig nicht zu Hause. Was nicht weiter schlimm wäre. Wir würden uns ein bisschen in seinem Haus umsehen und wenn wir dabei, natürlich auch rein zufällig, auf die Elfer-Karte stoßen sollten – dann wäre das doch bestens. Wir würden die Karte einfach mitnehmen und Gernot Ratz 1 111 111,11 Euro dalassen. Und damit hätten wir die Karte nicht gestohlen, sondern gekauft. Das ist kein Verbrechen.«

Einen Moment lang herrscht völlige Stille – dann zwitschern die Nymphensittiche los, als wäre Welt-Zwitscher-Tag, die Elfer-Kinder springen mit freudigen Gesichtern aus ihren Sesseln und fallen mir einer nach dem andern um den Hals.

»Das ist es! So machen wir es!«, frohlockt Horatio.

»Kluges Elfer-Kind«, lobt mich Cassandra Dott und Rigby Burton ruft begeistert: »Let's rock!«

»Ähm, ich will ja nicht der Spielverderber sein. Aber es gibt da immer noch das Problem mit den Hunden und dem

Alarmsystem«, merkt Toby Horking an, und das allgemeine Freudengehüpfe endet abrupt.

»Toby hat recht«, stimmt Cassandra zu. »Wir können da nicht so einfach rein. Wir müssen vorher eine Möglichkeit finden, die Lage im Haus auszukundschaften. Uns einen Überblick über das Alarmsystem verschaffen. Und rausbekommen, wo genau er seine Kunstsammlung aufbewahrt und wie sie gesichert ist. – Aber wie?«

»Papa …«, höre ich mich leise sagen. »Er muss für die *Winderbuscher Post* eine Home-Story über Gernot Ratz schreiben. *Der Erfolgsmann privat: ein Mensch wie du und ich.* Das hat Gernot Ratz extra so eingefädelt. Um Papa zu demütigen, weil der einen kritischen Artikel über die geplante Shopping-Mall geschrieben hat. Außerdem denkt Papa, dass Gernot Ratz zwei Mitglieder des Stadtrates besticht, damit sie für den Bau der Mall stimmen, und sucht nach Beweisen dafür. Jedenfalls … Er wird Gernot Ratz wegen dieser Home-Story zu Hause aufsuchen. Vielleicht kann ich ihn irgendwie überreden, mich mitzunehmen. Und während der Vollbeleuchter sich von Papa inmitten seiner wertvollen Wohnungseinrichtung fotografieren lässt, könnte ich versuchen, mich ein bisschen im Haus umzusehen.«

Freudiges, zustimmendes Gemurmel allerorten.

»Sehr gut, Penny«, befindet Cassandra Dott und Rigby Burton reckt den Daumen in die Höhe. »Alle Elfe, Penny. Genau so würde Rory Shy es auch machen!«

Der Elfer-Rat stimmt über meinen Plan ab. Und gibt grünes Licht. Mit elf Ja-Stimmen.

»Drücken wir Penny elf Daumen bei ihrem mutigen Vorhaben«, sagt Horatio mit lauter Stimme. »Wir bleiben alle in Kontakt und halten uns gegenseitig auf dem Laufenden. Penny, sobald du weißt, wann genau dein Vater diesen Termin bei Gernot Ratz hat, lass es uns unverzüglich wissen. – Und damit beende ich die heutige bescheuerte Sitzung. Und lege das Amt des elfwürdigen Vorsitzenden erleichtert nieder – und den *Bescheuerten Hut* endlich ab. Alle Elfe!«

Nachdem sich alle voneinander verabschiedet haben, werfe ich einen kurzen Blick auf die Uhr, stelle erschrocken fest, dass es schon nach eins ist, und frage mich ein wenig beunruhigt, wie ich eigentlich nach Hause gelangen soll.

Da zieht mich Aurora am Ärmel. »Komm, wir nehmen dich mit. Wir sind mit dem Auto da.«

Ich folge den drei Colettis, als sie auf die Straße hinaustreten und auf eine flackernde Straßenlaterne zusteuern, unter der etwas steht, das nur sehr, sehr entfernt an ein Auto erinnert. Weil es immerhin vier Räder hat. Aber um welche Marke und welches Modell es sich handelt, ist beim besten Willen nicht zu erkennen: Auf dem Autodach blüht eine bunte Blumenwiese fröhlich vor sich hin, Türen, Kühlerhaube und Kofferraum sind von saftig grünem Moos bedeckt, die Bremslichter haben die Form roter Herzen, der Kühlergrill sieht aus wie ein lachender Mund und über den Vorderscheinwerfern klebt ein Paar riesiger, künstlicher Wimpern.

»Herr im Himmel!«, entfährt es mir. »Ist das auch *Bescheuerte Kunst?* Hatte Rigby nicht erwähnt, dass wir in der Zehner-Welt möglichst wenig auffallen sollen?«

»Wenn du das Auto schon auffallend findest, dann solltest du erst mal Omas Motorrad sehen«, giggelt Aurora. »Gott sei Dank fährt sie damit nur im Hühnerstall.«

»Rigby hat ja auch prinzipiell recht«, sagt Tizia Coletti und schießt die moosüberwucherte Fahrertür auf. »Aber ab und zu muss man auch mal das Elfer-Kind raushängen lassen! Und wir fahren damit üblicherweise nur nach Einbruch der Dunkelheit. Komm. Spring rein.«

Aurora und ich quetschen uns auf die enge Rückbank, ihre Oma lässt sich ächzend in den Beifahrersitz fallen, Tizia Coletti dreht den moosgrünen Zündschlüssel und gibt Gas.

Das Moos-Auto tuckert zunächst ganz gemütlich durch die Gassen der Altstadt, aber als wir die kurvenreiche Landstraße nach Brixbach erreichen, drückt Auroras Mutter richtig auf die Tube. Die Hecken am Straßenrand fliegen nur so an uns vorbei.

Mir wird ziemlich mulmig zumute. Der Wagen gibt äußerst bedenkliche Geräusche von sich: ein dumpfes, hohles Scheppern und gleichzeitig ein nervenzerfetzendes, metallisches Kreischen, bei dem es einem kalt den Rücken runterläuft. Was aber keine der Colettis zu beunruhigen scheint.

»Ich bete, dass wir mit dieser rasenden Blumenwiese nicht in eine Polizeikontrolle geraten«, sage ich zu Aurora. »Kirsten hätte mir sicher einiges über Regeln zu erzählen, wenn ich mitten in der Nacht von der Polizei nach Hause gebracht würde.«

»Hi, hi«, gluckst Aurora. »Aber stell dir mal die Gesichter der Polizisten vor, wenn sie unsere Blumenwiese rauswinken.«

Das ist zwar nur ein schwacher Trost, bringt mich aber dennoch zum Kichern, und ich sage: »Vor allem stelle ich es mir lustig vor, wenn sie anschließend ihren Bericht darüber schreiben müssen und *Rasende Blumenwiese* in das Formular –«

»NICHT, PENNY! NEIN!«, schreit Aurora mit schreckgeweiteten Augen, wirft sich über mich und hält mir den Mund zu. Im gleichen Augenblick krümmt sich ihre Oma im Beifahrersitz zusammen, als hätte sie der Blitz getroffen, presst die Hände auf die Ohren und stimmt ein hohes, trillerndes Wehklagen an. Tizia Coletti schreit ebenfalls los. Und zwar, als würde sie über offener Flamme geröstet. Sie verreißt das Steuer und verliert die Kontrolle über den Wagen. Wir geraten ins Schleudern, schießen über die Straßenbegrenzung – und landen, mit lachendem Kühlergrill voraus, in einer Hecke. Der Wagen gibt ein letztes metallisches Kreischen von sich, dann geht der Motor aus und die Scheinwerfer erlöschen.

Tizia Coletti sitzt für einen Moment völlig bewegungslos hinter dem Steuer, dann atmet sie tief durch und fragt mit ängstlicher Stimme: »Irgendjemand verletzt?«

Aurora und ihre Oma schütteln den Kopf.

»Ich glaube, bei mir ist auch alles heil«, keuche ich. »Was … was war das gerade? Was ist passiert?«

»Das Wort«, wispert Aurora leise. »Du hast das schlimme Wort gesagt.«

»Welches Wort? Formular?«

»IIIIIEEEEH!« Sofort setzt das Schreien und Wehklagen wieder ein. Tizia und Sofia kreischen panisch und winden sich mit qualverzerrten Gesichtern in ihren Sitzen.

»Ist ja gut. Ist ja gut«, flüstert Aurora und streicht den beiden beruhigend über den Kopf. »Es ist vorbei.«

Ganz allmählich kriegen sich Tizia und Sofia wieder ein, während ich mich noch immer frage, was eigentlich los ist.

»Es gibt da was, das du dringend wissen solltest«, sagt Sofia und atmet dabei so schwer, als hätte sie einen Marathon hinter sich. »Dieses Wort, das du gerade gesagt hast … Du weißt schon: F-o-r-m-u-l-a-r«, buchstabiert sie. »Du darfst es nie in Gegenwart eines Elfer-Kindes aussprechen. Dieses … also, dieses *Ding*, von dem du da gesprochen hast, das ist für Elfer-Kinder ungefähr das, was Knoblauch für Vampire ist.«

»Du und Aurora, ihr seid dagegen noch ziemlich immun«, erklärt Tizia Coletti. »Weil man als Kind so gut wie nie ein F-o-r-m-u-l-a-r ausfüllen muss. Aber bei den erwachsenen Elfer-Kindern ist das anders. Sobald du erwachsen bist, bist du andauernd damit beschäftigt, irgendwelche von den Dingern auszufüllen. Die Zehner stehen auf F-o-r-m-u-l-a-r-e.« Tizia schluckt und sagt mit leiser Stimme: »Das ist so was wie ihre Allzweckwaffe. Damit schützen sie die Zehner Welt. Vor Elfer-Kindern und vor Elfer-Ideen. Wenn du eine schöne Elfer-Idee hast – zum Beispiel, dass du doch Pizza und Waldmeisterbrause in einem Baumhaus verkaufen könntest, dann kannst du das nicht einfach so machen. Dann musst du zuerst auf ein A-m-t. Und Unmengen F-o-r-m-u-l-a-r-e ausfüllen. Wenn du ein Elfer-Kind schachmatt setzen willst, dann halte ihm eins von diesen Dingern vor die Nase. Manche von uns beginnen zu zittern wie Espenlaub, mache fangen an zu weinen und manche fallen schon in einen dornröschenartigen Tiefschlaf, während sie Frage eins lesen. Dann hat sich die gute Elfer-Idee jedes Mal schnell erledigt. Rigby Burton hat mir erzählt, dass sie vierhundert Seiten *Rory Shy* locker aus dem Handgelenk schreibt, aber wenn sie so ein Ding ausfüllen muss, dann sitzt sie da wie das Kaninchen vor der Schlange und kann gar nichts mehr. Also – sprich das schlimme Wort in Zukunft nie mehr aus, wenn Elfer-Kinder in deiner Nähe sind. Bitte!«

»Geht klar«, sage ich leise.

»Mal sehen, ob ich die Blumenwiese wieder ans Laufen kriege.« Tizia unternimmt mehrere Versuche, den Wagen zu starten. Beim elften Mal springt er an, sie setzt vorsichtig auf die Straße zurück, gibt Gas und es geht in Richtung Brixbach.

Fünf Minuten später setzen mich die Colettis vor unserem

Haus ab, warten noch, bis ich in mein Zimmer geklettert bin, hupen kurz und zockeln mit ihrer fahrenden Blumenwiese davon.

17

Ich erwache um elf nach acht, begrüße den jungen Tag, verschiebe das Duschen auf später, steige barfuß und im Pyjama die Treppe runter und marschiere in die Küche. Kirsten ist nicht da. Auf dem Tisch liegt ein Zettel.

Guten Morgen, Liebes.
Ich freue mich so sehr, dass du endlich vernünftig geworden bist. Bin zur Bäckerei, um Brötchen zu holen. Für ein Beste-Freundinnen-Frühstück.
Bussi,
Tante Kirsten
P. S. Wirf doch mal einen Blick in den Katalog für Trachtenmoden, den ich besorgt habe. Vielleicht ist ja was für dich dabei.

Darunter hat sie ein rotes Herzchen gemalt.

Ich riskiere einen flüchtigen Blick auf das Cover des Katalogs, erschauere kurz und lasse ihn flugs im Altpapier verschwinden.

Kaum habe ich mir einen Kakao gemacht, erscheint Kirsten und schiebt ihr Fahrrad durch die Gartenpforte. Mit einem Gesicht wie elf Tage Regenwetter. Irgendwas muss ihr gewaltig die Laune verhagelt haben. Dabei weiß sie doch nicht mal, dass ich schon vor meinem Eintritt in die gesellige Tanzgruppe wieder ausgetreten bin.

Sie schlägt die Haustür hinter sich zu, kommt mit wütenden Schritten durch den Flur gestapft und knallt die Brötchentüte wortlos auf den Tisch. Kirsten hält Launenhaftigkeit für ein Zeichen von Persönlichkeit. Und wenn sie schlechter Laune ist (was ziemlich häufig vorkommt), dann lässt sie jeden in ihrer Umgebung dafür büßen. Auch wenn er rein gar nichts für ihre miese Stimmung kann. Sie läuft, böse vor sich hin grummelnd, vor der Spüle auf und ab und wartet darauf, dass ich frage, was los ist. Den Gefallen tue ich ihr natürlich nicht, sondern schlürfe so seelenruhig an meinem Kakao, als ob nichts wäre.

»Stell dir vor«, schießt es wütend aus ihr heraus. »Ich stehe gerade bei Wilma Rübesam im Laden, da …«

Oh, nein, denke ich. Wilma wird gepetzt haben, dass ich nur noch mit Kleinst-Kleingeld bezahle. Aber ich irre mich.

»… da sehe ich Vikram draußen vorbeifahren«, sagt Kirsten völlig entrüstet. »Auf diesem bescheuerten Hochrad. Und er trug einen Leopardenmuster-Anzug! Und weiße Cowboystiefel! Der Mann muss durchgedrcht sein. Und er sah so *verdammt* glücklich aus. Das hätte er sich bei mir nicht getraut! Dahinter kann nur seine feine neue Freundin stecken. Wenn ich herausbekomme, wer diese Kunstschnepfe ist, dann …«

Halt einfach nach einer rasenden Blumenwiese Ausschau, denke ich, behalte den Gedanken aber schlauerweise für mich und frage stattdessen mit unschuldigem Gesicht: »Hast du Kürbiskernbrötchen mitgebracht?«

Vor elf Tagen waren Pamela Fäller und die Ziburskis mein größtes Problem. Und heute soll ich helfen, die Welt zu retten. Das nenne ich mal eine rasante Entwicklung. Und dazu muss ich nichts weiter tun, als eine magische Karte, die sich in einem hochgesicherten Raum befindet, in meinen Besitz zu bringen.

Na klar, nichts leichter als das! Was kümmern mich Alarmanlagen und bissige Wachhunde? Und kann mir eigentlich jemand verraten, warum ich in einem Anfall völliger Selbstüberschätzung angeboten habe, das Haus von Gernot Ratz auszukundschaften? Als wäre ich gelernte Spionin oder so was. Ich habe den Mund reichlich voll genommen, wird mir klar und ich frage mich verzweifelt, wie ich Papa dazu überreden kann, mich mitzunehmen. Eine Möglichkeit gäbe es da vielleicht …

Kurz nach vier Uhr nachmittags stoppt der rote Mini-Cooper vor dem Gartenzaun und ich laufe runter, um Papa zu begrüßen. Ich sehe auf den ersten Blick, dass sein Treffen in Hüllersberg nicht besonders erfolgreich verlaufen ist. Wenn es bei Tante Kirsten schlecht läuft, wird sie zickig. Papa wird deprimiert.

»Hallo, Penny«, sagt er und lächelt traurig.

»War nicht so der Oberknüller – dein Treffen mit dem ängstlichen Mann vom Bauamt?«, frage ich mitfühlend.

»Nein. Das kann man wirklich nicht behaupten«, seufzt Papa mit resigniertem Blick. »Der Mann weiß mit Bestimmtheit, dass Gernot Ratz damals den Leiter des Bauamtes in Hüllersberg geschmiert hat. Aber er hat leider keinen einzigen handfesten Beweis dafür. Ich bin nicht weiter als vorher.« Er wirft die Reisetasche in die Diele und marschiert gleich ins Arbeitszimmer durch.

Mir ist klar, dass das nicht der günstigste Moment ist, um mein Anliegen vorzubringen – aber ich kann es mir auch nicht leisten, damit zu warten. Wer die Welt retten muss, der hat es mitunter ein bisschen eilig.

»Ähm … ich müsste da mal was mit dir besprechen«, sage ich zaghaft. »Ich habe doch jetzt Ferien und … offen gesagt, ist mir gerade ziemlich langweilig.«

Papa guckt mich ungläubig an und zieht die Stirn kraus. »Langweilig? Dir ist doch sonst nie langweilig.«

»Ja. Aber jetzt schon. Und da habe ich mich gefragt, ob ich nicht so was wie ein Praktikum machen könnte. Bei dir. Und dich mal bei der Arbeit begleiten könnte.«

»Du interessierst dich für Journalismus?« Papa zieht verwundert die Augenbrauen hoch. »Das freut mich wirklich sehr, Penny. Aber ich befürchte, mit elf ist man für ein Praktikum noch zu jung. Und der Gesetzgeber sieht das auch so. Wenn du ein paar Jahre älter bist, kannst du bei der *Winder-*

buscher Post gerne mal ein Schülerpraktikum machen. Aber noch nicht. Tut mir leid. Und wenn dir langweilig ist: Die Brombeerhecke müsste mal gestutzt werden.«

»So langweilig nun auch wieder nicht. Schade, dass es nichts wird mit meinem Praktikum«, sage ich und tue so, als hätte ich mich damit abgefunden.

Aber so schnell gebe ich nicht auf. Wenn *ich* Papa nicht zu diesem Praktikum überreden kann, dann muss es eben jemand anderer tun. Jemand, der Papa so lange und ausdauernd nervt, bis er aus purer Verzweiflung zustimmt. Wer käme dafür wohl infrage?

Kirsten ist damit beschäftigt, das Abendessen vorzubereiten. »Hach«, seufze ich theatralisch, während ich ihr dabei zusehe, wie sie eine Salatgurke in Scheiben schneidet. Und gleich noch mal: »Hach!«

»Was ist los?«, fragt sie mürrisch.

»Seit Kurzem habe ich die Idee, dass ich später gerne Journalistin werden würde. Und deswegen habe ich Papa gefragt, ob ich nicht ein Praktikum bei ihm machen kann. Doch er hat abgelehnt. Schade. Aber da kann man nichts machen. Jetzt muss ich mir irgendeine andere Beschäftigung suchen. Ich habe gesehen, dass gerade ein Zirkus in der Nähe ist. Vielleicht können die jemanden brauchen. Um Pferdeäpfel aus der Manege zu schaufeln oder so.«

Kirsten säbelt sich um Haaresbreite den Daumen ab. *»Zirkus?«*, kreischt sie entsetzt. »Kommt ni-hi-cht infrage!«

Den Kopf entschlossen vorgereckt, rauscht sie an mir vorbei, stürmt ohne anzuklopfen in Papas Arbeitszimmer und schnaubt: »Daniel Reekmann, willst du etwa, dass deine Tochter beim Zirkus landet?«

»Wenn sie möchte«, sagt Papa, ohne vom Monitor aufzublicken.

»Möchtest du vielleicht auch, dass sie in einem Wohnwagen mit fahrendem Volk durch die Lande zieht?«

»Wenn es ihr Spaß macht.«

»Und dass sie irgendwann einen einarmigen Messerwerfer heiratet und mit einer Python um den Hals durch die Manege tanzt?«

»Wenn es ihr gefällt.«

»DANIEL REEKMANN!«, brüllt Kirsten so laut, dass es beinah die Bleistifte vom Schreibtisch weht. »Deine Tochter wird dieses Praktikum bei dir machen! Bevor ihr Leben außer Kontrolle gerät. Endlich interessiert sie sich mal für was halbwegs Vernünftiges und du … Du bist ja wohl der verantwortungsloseste Vater der Welt. Und das warst du schon in deiner Jugend: völlig verantwortungslos. Und jedes Mal, wenn du dich durch dein verantwortungsloses Verhalten in Schwierigkeiten gebracht hattest, durfte ich …« Es folgt eine dreiminütige Schimpfkanonade, während der Papa zusehends kleiner wird und immer tiefer in seinen Stuhl rutscht.

In Minute vier streckt er die Waffen und wispert eingeschüchtert: »Ist ja schon gut. Von mir aus. Dann nehme ich sie eben morgen auf die Arbeit mit. Aber ich kann den Leuten eine Elfjährige ja wohl schlecht als Praktikantin vorstellen.«

»Sag, wie es ist: dass sie deine Tochter ist. Und dass du niemanden gefunden hättest, der auf sie aufpasst.«

»Also schön«, murmelt Papa und ruft: »Penny?«

»Ja?« Ich strecke den Kopf zur Tür hinein und versuche so auszusehen, als hätte ich nicht jedes einzelne Wort ihrer Unterhaltung klar und deutlich gehört.

»Ich, ähm, habe es mir noch mal überlegt«, nuschelt Papa. »Wenn du möchtest, kannst du mich auf die Arbeit begleiten. Aber du bist nur stille Zuschauerin. Klar?«

»Klar wie Klarsichtfolie«, entgegne ich lächelnd. »Ich verspreche dir: Ich werde die schweigsamste Praktikantin sein, die du je hattest. Und wo geht es hin? Welche brandaktuellen Themen beschäftigen die Presse?«

Papa blättert in seinem Kalender und sagt seufzend: »Morgen früh geht es erst mal ins Heimatmuseum. Da wird eine Sonderausstellung eröffnet: *Fürst Hugo und seine elf Ehefrauen.*«

»Hugo der Hässliche war elfmal verheiratet?«

»Yep!«, bestätigt Papa. »Die Damen haben alle ein unschönes Ende gefunden. Nachmittags müssen wir dann zum Vereinsgelände des *FC Winderbusch.* Die haben hundertjähriges Vereinsjubiläum und veranstalten ein Jugend-Fußballturnier.«

Weder Hugos elf Ehefrauen noch ein Fußballturnier sind

das, worauf ich gehofft habe. »Aha?«, sage ich. »Und das … war es dann?«

»Nein. Leider nicht«, stöhnt Papa und guckt dabei, wie jemand, der unschuldig zu einer hohen Gefängnisstrafe verurteilt wird. »Danach müssen wir zu Gernot Ratz. Wegen der Home-Story. *Der Erfolgsmann privat: ein sympathischer Mensch wie du und ich.*«

»Super«, entschlüpft es mir.

»Was?«, fragt Papa und blickt mich erstaunt an.

»Äh … nichts. Ich freue mich nur so auf mein Praktikum. Endlich keine Langeweile mehr. Danke, Papa.«

»Ich bin noch mal kurz weg«, rufe ich, während ich die Kappe aufziehe und aus der Haustür stürme.

»Moment! Wo willst du hin?«, brüllt mir Kirsten hinterher.

»Nur ein bisschen durch die Gegend fahren«, brülle ich zurück und steige auf mein Fahrrad. Vielleicht sollte ich es bei Tante Kirsten auch mal mit Magie versuchen. Ich muss mir nur vorstellen, dass sie mal nicht im Kommandoton spricht. Und es wollen. Und nicht daran zweifeln. Aber in ihrem Fall scheitere ich schon bei Punkt eins: Ich schaffe es nicht mal, mir Kirsten ohne Kommandostimme *vorzustellen.* Weswegen es auch nicht verwunderlich ist, dass sie mir hinterherkommandiert: »Du bist spätestens zum Abendessen zurück! Pünktlich!«

Ich muss ganz dringend an meinen magischen Fähigkeiten arbeiten.

Es hat geklappt! Es hat geklappt! Es hat geklappt!, jubiliere ich innerlich, während ich mich auf den Weg zu Horatios Laden mache, um den Elfer-Kindern die frohe Kunde zu überbringen. Morgen Nachmittag werde ich mit Papa bei Gernot Ratz sein. Und dessen Haus und seine Alarmvorrichtungen ausspionieren. Der Gedanke löst in mir eines der merkwürdigen Zwei-Gefühle-Gefühle aus, wie ich sie ziemlich häufig habe. Für ein Zwei-Gefühle-Gefühl gilt das Gleiche wie für empfindsame Krokusse. Erzählt man jemandem davon, sieht er einen an, als hätte man nicht mehr alle Nadeln an der Tanne. Ständig wird von einem erwartet, dass man für jede Situation das entsprechende Gefühl parat hat. Und zwar immer nur eines. Die Leute tun so, als könnte man nicht mehrere Gefühle gleichzeitig haben. Man hat entweder fröhlich oder traurig zu sein. Und man kann nicht vor etwas einen Riesenbammel haben und gleichzeitig kaum erwarten, dass es endlich losgeht. Man kann nicht gleichzeitig Angst und Vorfreude spüren. Mir geht es aber genau so, wenn ich an meinen bevorstehenden Spionageeinsatz denke. Und wie jedes Mal, wenn zwei gegensätzliche Gefühle in mir aufeinandertreffen, ist es, als wäre alles um mich herum plötzlich elektrisch aufgeladen. Als würde die Luft regelrecht knistern vor Spannung. Wie vor einem Gewitter. Wie muss es sich erst anfühlen, wenn man noch mehr Gefühle gleichzeitig hat? Drei oder vier oder … elf?

Während ich mich der Altstadt nähere, hält mich das aufregende Zwei-Gefühle-Gefühl völlig in seinem Bann – und führt unglücklicherweise dazu, dass ich ein wenig unaufmerksam werde, was die Umgebung betrifft. In diesem Moment verschwende ich keinen Gedanken daran, dass schon hinter der nächsten Ecke das Grauen lauern könnte.

Tut es aber. In Form von Pamela und den Ziburski-Zwillingen!

Als ich aus der Tonnenbergstraße heraus- und in die Wasserturmstraße hineinschieße, muss ich eine Vollbremsung hinlegen, um nicht in sie reinzukrachen. Das Triumvirat des Schreckens! Plus Schlägerkumpane. Sie stehen, auf ihre Räder gelehnt, vor den Schaukästen des Altstadt-Kinos – und gucken mich genauso verdutzt und überrascht an wie ich sie.

Zum Glück schalte ich als Erste und gebe Gummi. Bis sie auf ihre Räder gesprungen sind, habe ich schon zwanzig Meter Vorsprung. Während ich wie eine Verrückte in die Pedale trete, werfe ich immer wieder schnelle Blicke über die Schulter. Die Hohlköpfe holen auf und kommen näher.

»Gib auf, Köpfchen Kurzschluss!«, kreischt Pamela. »Wir kriegen dich sowieso.«

Magie!, poppt es in meinem Kopf auf. Mir kann nur noch Magie helfen!

Ich rase an Fachwerkhäusern und kleinen Vorgärten vorbei in Richtung Fürstenplatz und stelle mir dabei mit aller Kraft vor, dass die Ketten ihrer Fahrräder alle gleichzeitig reißen. Ich will, dass ihre Ketten reißen! Und ich zweifle nicht dran, dass ihre Ketten reißen werden! Bloß nicht zweifeln, Penny!

Gespannt blicke ich über die Schulter zurück – und sehe, wie Alex Ziburski plötzlich über seinen Lenker geschleudert wird und samt Fahrrad auf die Pflastersteine knallt. Wow! Zumindest ein magischer Teilerfolg. Oder ein ganz besonders glücklicher Zufall. Die andern halten erschrocken an und drehen sich zu Alex um, was ich ausnutze, um meinen Vorsprung auszubauen.

»Verdammte Fahrradkette!«, höre ich Alex lauthals schimpfen. »Und ihr Idioten – was steht ihr hier rum und glotzt dämlich? Holt euch das Miststück endlich!«

Als sie die Verfolgung wieder aufnehmen, bin ich bereits weit voraus. Aber los bin ich sie deshalb noch lange nicht. Ich flitze mit dem Rad durch eine schmale Gasse – und habe beinah den Paketboten auf dem Lenker, mit dem ich neulich erst einen Zusammenstoß hatte.

»Hast du es auf mich persönlich abgesehen? Oder hast du allgemein was gegen Paketboten?«, schreit er mir wütend hinterher.

Der Fürstenplatz kommt in Sicht. Dummerweise ist heute kein Wochenmarkt. Keine Buden und Marktstände, zwischen denen ich mich verstecken könnte. Mein Blick fliegt einmal quer über den Platz. Zu der Hugo-Statue. Zu der Bäckerei. *Die Bäckerei …* Eilig verstecke ich mein Rad hinter einem Altpapier-Container und sprinte auf den Laden zu.

»Was willst du denn hier?«, empfängt mich Wilma unfreundlich. »Schokoküsse sind aus. Und hör mit diesem Gekeuche auf. Das ist ja widerlich.«

Ich japse nach Luft und spähe währenddessen nach draußen auf den Fürstenplatz, wo just in diesem Moment Pamela, Alina und die Schlägertypen auftauchen. Hinter der großen Schaufensterscheibe der Bäckerei stehe ich geradezu auf dem Präsentierteller. Ich muss …

»Da! Hinter Ihnen! Im Brotregal!«, kreische ich und deute über Wilmas Schulter. »Eine Maus!«

»Aaaah! Wo ist sie? Wo ist sie?«, schreit Wilma von Panik ergriffen und springt mit einem sportlichen Satz, wie ich ihn ihr niemals zugetraut hätte, auf den Verkaufstresen.

»Sie ist unter den Tresen gerannt«, sage ich und hechte hinter die Kuchentheke, wo ich außer Sicht meiner Verfolger bin. Dann krabble ich auf allen vieren hinter der Theke entlang, spinkse um eine Ecke und sehe Pamela und Alina direkt vor der Schaufensterscheibe stehen. Sie blicken mit großen Augen auf die völlig aufgelöste Wilma, die wie ein bibberndes Häuflein Elend auf der Kuchentheke sitzt. »Kannst du das Mistvieh sehen?«, wispert sie ängstlich.

»Im Moment nicht«, flüstere ich zurück und beobachte währenddessen, was meine Verfolger tun. Alina und Pamela beratschlagen sich kurz mit ihren Schlägerfreunden und kommen, da sie keine Spur von mir entdecken können, zu dem Entschluss, die Verfolgung abzubrechen. Sie steigen auf ihre Räder und fahren langsam davon.

Puh! Das war knapp.

»Was ist? Hast du die Maus endlich? Erledige das fiese Nagetier!«, kiekst Wilma.

»Äh … ja. Hier ist sie«, sage ich, schlage einmal kräftig mit der Faust auf den Boden und gebe dabei ein hohes, panisches Quieken von mir. »Hab sie erledigt. Wollen Sie sie sehen?«

»Um Himmels willen: nein! Schaff das Ding hier raus«, kräht Wilma.

»Ganz wie Sie wollen.« Ich verberge die nicht existierende Maus in meiner hohlen Hand, erhebe mich vom Boden und schiebe mich an der angeekelt blickenden Wilma vorbei zur Tür.

»Du, ähm, du wirst doch niemandem von der Maus erzählen, oder?«, höre ich sie fragen. »Wenn sich erst mal in Winderbusch rumspricht, dass es in der Bäckerei Mäuse gibt, dann …«

»Keine Sorge, ich schweige wie ein Grab. Vorausgesetzt, Sie können sich darauf einlassen, die Schokokuss-Brötchen demnächst immer ganz dicht an meinem Ohr aufplatzen zu lassen. Was halten Sie davon?«

»Abgemacht.« Wilma atmet erleichtert auf.

Um einer weiteren unerfreulichen Begegnung mit den Ziburskis vorzubeugen, nehme ich ein paar Schleichwege zu Horatios Laden und spähe jedes Mal vorsichtig um die Ecke, bevor ich irgendwo einbiege.

Als ich den Trödelladen betrete, ertönt der zwitschernde Türalarm. Horatio Ping, der auf einem Stuhl vor dem Fenster sitzt, schaut kurz auf. Tippi und Hedren recken neugierig die Köpfchen aus seinen Haaren.

»Hallo, Penny. Das ging ja flott. Gibt es Neuigkeiten?«, begrüßt er mich, wirkt dabei aber etwas abwesend. »Noch einen kleinen Moment Geduld«, bittet er. »Bin gleich fertig.«

Horatio erhebt sich von dem Stuhl, rückt ihn ein paar Zentimeter nach links, nimmt wieder Platz und blickt interessiert aus dem Fenster. »Oh, das ist gut«, murmelt er. »Das ist ja richtig ... Hi, hi, hi.« Dann verrückt er den Stuhl erneut, drückt die Nase gegen die Fensterscheibe und jauchzt begeistert: »Und das erst. Das gefällt mir ja mal ganz besonders gut. Ist das abgefahren ...«

Ich trete hinter seinen Stuhl und blicke neugierig aus dem Fenster. Ohne dass ich irgendwas Bemerkenswertes entdecken könnte. »Ähm ... Verrätst du mir, was du da tust?«, frage ich.

»Oh, nichts Besonderes. Ich probiere nur verschiedene Arten von Verrücktheit aus«, teilt Horatio frohgemut mit. »Wenn man mal darüber nachdenkt, bedeutet *verrückt zu sein* doch genau das: dass man den Stuhl, auf dem man sitzt, einfach mal verrückt. Wenn man seinen Stuhl ein Stückchen verrückt, bekommt man dadurch einen neuen Blickwinkel auf die Dinge. Eine andere, ungewohnte Perspektive. Das kann äußert spaßig sein und beschert einem säckeweise neue Einsichten. Aber wenn die Zehner uns Elfer-Kinder als verrückt bezeichnen, dann ist das niemals nett gemeint. Sie fürchten alles Verrückte wie der Teufel das Weihwasser. Weil sie viel zu viel Schiss haben, ihre Stühle auch nur einmal um einen Zentimeter zu verrücken. Weil sie viel zu bequem sind, um den Hintern vom Stuhl zu kriegen. Deshalb sehen sie die Dinge immer nur aus demselben Blickwinkel. Und tun so, als dürfte es keinen anderen geben. *Das* ist wirklich verrückt! Ich danke dem Universum jeden Tag, dass ich ein verrückter Elfer bin und nicht so ein schnarchnasiger Zehner ohne jeden Funken Vorstellungskraft. Das muss doch so was von öde sein …«

In diesem Moment treten Rigby und Cassandra hinter dem grünen Vorhang hervor – was mir die Gelegenheit gibt, Horatios Verrücktheits-Ausführungen zu unterbrechen.

»Es gibt Neuigkeiten«, platzt es aus mir heraus. »Ich konnte Papa dazu überreden, dass er mich morgen zu Gernot Ratz mitnimmt. Dann werde ich dort ein bisschen rumspionieren. – Wobei ich nicht die geringste Ahnung habe, wie ich das eigentlich anstellen soll«, gestehe ich kleinlaut.

»Keine Sorge. Man muss einfach darauf vertrauen, dass einem was einfällt, wenn man erst vor Ort ist«, beruhigt mich Cassandra. »Wenn sich einem eine Möglichkeit bietet, dann sollte man sie ergreifen. Wie man die Sache bewerkstelligt, kann man sich dann immer noch überlegen.«

»Ein paar von uns werden morgen in der Nähe des Hauses Position beziehen, um dir ein bisschen Rückendeckung zu geben«, wirft Horatio ein.

Mir ist zwar reichlich unklar, wie diese Rückendeckung aussehen soll, aber der Gedanke ein paar Elfer-Kinder in meiner Nähe zu wissen, ist trotzdem beruhigend.

Ich höre, wie Rigby einen tiefen Seufzer ausstößt, drehe mich zu ihr um und sehe, dass ihr Blick unentschlossen über den Ständer mit den Secondhand-Klamotten und die Perückenköpfe wandert. »Elfi Andersen?«, murmelt sie in sich hinein. »Nein, keine Lust. Oleg Karenko, vielleicht? Nein, der ist mehr was für den Winter. Ellen de Kerk, eventuell? Nein, die war ich schon so oft in letzter Zeit.« Rigby blickt mich an, deutet auf den Kleiderständer und zuckt ratlos mit den Schultern. »Wer soll ich morgen nur sein? Ich habe einfach viel zu wenig Persönlichkeiten. Ich brauche dringend ein paar neue.«

18

Man muss einfach darauf vertrauen, dass einem was einfällt, wenn man erst vor Ort ist. Cassandra hat gut reden. Sie ist ja nicht diejenige, die sich was einfallen lassen muss.

Ich bin wegen meines bevorstehenden Spionageeinsatzes so aufgeregt, dass ich die halbe Nacht lang wach liege und mich von einer Seite auf die andere wälze. Was zur Folge hat, dass ich am nächsten Morgen mit dunklen Augenringen am Frühstückstisch erscheine und mich zusammenreißen muss, um nicht über meinem Marmeladenbrötchen wegzuschnarchen.

Im Vergleich zu Papa sehe ich aber geradezu blendend aus. Er ist leichenblass und versprüht so viel Lebensenergie wie ein grippekranker Zombie. Die anstehende Home-Story ist ihm sichtbar auf den Magen geschlagen. Er kriegt keinen Bissen runter.

»Ihr seht aus, als hättet ihr euch was eingefangen«, sagt Kirsten mit besorgtem Blick und legt Papa und mir die Hand auf die Stirn. »Hmm … Fieber habt ihr jedenfalls nicht. Wisst ihr was? Ich schmiere euch schnell ein paar Käsetoasts. Die machen euch wieder fit!«

Augenblicklich schießt das Leben in mich zurück. »Müssen wir nicht schnellstens los, um rechtzeitig zur Ausstellungseröffnung im Heimatmuseum zu kommen?«, sage ich, springe auf die Füße und werfe Papa einen *Nichts-wie-raus-hier*-Blick zu.

»Oh, ja. Es ist schon allerhöchste Zeit. Zu spät für Käsetoast«, stimmt er mir eifrig nickend zu und wir flüchten Hals über Kopf aus der Küche.

Kirsten blickt uns fassungslos hinterher. »Aber … Käse ist doch so wichtig wie Vitamin C!«

Das Winderbuscher Heimatmuseum liegt am Rand der Altstadt und ist ein kleines, modernes Gebäude mit flachem Dach und viel Glas. Als ich aus dem Wagen steige, versichere ich mich mittels eines schnellen Rundumblicks, dass weder Pamela noch die Ziburskis in der Nähe sind. Niemand zu sehen. Die Sicherheitslage ist entspannt. Außerdem würden sie sich sowieso nicht trauen mich anzugreifen, solange Papa in der Nähe ist …

Zur Eröffnung der Sonderausstellung *Hugo zu Winderbusch und seine elf Ehefrauen* ist jede Menge Winderbuscher Lokalprominenz erschienen. Zuerst gibt es Sekt und Orangensaft, dann ein Grußwort von Hans-Jörg Klömpkens, dem Bürgermeister, und dann einen kurzen Einführungsvortrag der Museumsdirektorin. Dabei erfahre ich, dass sich Hugo zehn seiner Ehefrauen auf äußerst rabiate Weise entledigt hat. Nicht mithilfe eines Scheidungsanwaltes, sondern mittels seiner Streitaxt. Womit Hugo der Hässliche nicht gerechnet hatte, war, dass seine elfte Gattin (Hulda die Heftige) auch mit einer Axt umgehen konnte. Weswegen sie den aufbrausenden Hugo als Einzige seiner Frauen überlebte.

Hugos Original-Axt ist das Prunkstück der Ausstellung und in einer großen, beleuchteten Vitrine zu bewundern. Bürgermeister und Museumsdirektorin lassen sich von Papa vor dem schaurigen Exponat ablichten und lächeln dabei um die Wette.

Es folgt eine Mittagspause, in der mich Papa zur *Pizzeria da Mario* einlädt. Hugos unappetitliche Scheidungen haben mir den Appetit nicht verderben können. Heißhungrig stürze ich mich auf meine Pizza Funghi, während Papa nur lustlos in seinem Salat rumstochert. Der anstehende Besuch bei Gernot Ratz scheint ihm immer größeres Ungemach zu bereiten, je näher er rückt.

Aber zunächst geht es ja noch zum Winderbuscher Stadion, wo es über das Vereinsjubiläum des FC Winderbusch und das Jugendfußballturnier zu berichten gilt. Wobei das, was die Winderbuscher sehr optimistisch als Stadion bezeichnen, eigentlich nur ein Fußballplatz mit drei Stehrängen ist. Als wir ankommen, spielt gerade die C-Jugend des FC Winderbusch gegen die des VfL Tennscheid.

Papa interviewt den Vereinsvorsitzenden, einen kleinen Mann mit Kugelbauch, der so langsam spricht, als wollte er seine Umgebung in Tiefschlaf versetzen. Umständlich erzählt er Anekdoten über irgendwelche legendären Spieler des FC Winderbusch, die alle Namen wie *Hartmut »Eisen-*

fuß« Kowalski oder *Friedel »Blutgrätsche« Krämers* haben. Um nicht von einem Gähnanfall hinweggerafft zu werden, wende ich meine Aufmerksamkeit von dem schnarchnasigen Vereinsvorsitzenden ab und dem Spiel zu.

Ich bin nicht gerade eine Fußball-Expertin, aber selbst ich erkenne, dass die Mannschaft des FC Winderbusch ziemlich unter Druck steht. Der VfL Tennscheid ist klar überlegen und fährt einen Angriff nach dem nächsten. Die Winderbuscher können sich überhaupt nicht mehr aus der Verteidigung befreien. Dass sie noch kein Tor kassiert haben, ist einzig ihrem Torwart zu verdanken, der sich wie ein Verrückter in die gegnerischen Flanken wirft, einen scharfgeschossenen Freistoß in letzter Sekunde mit den Fingerspitzen über die Latte lenkt und sich tollkühn vor die Füße heranstürmender Angreifer stürzt.

Elf Spieler!, durchfährt mich plötzlich eine Erkenntnis. Eine Fußballmannschaft hat elf Spieler. Was ziemlich verwunderlich ist in einer Welt, in der alles auf die Zehn ausgerichtet ist. Warum elf und nicht zehn Spieler?

Zunehmend interessiert verfolge ich das Spiel, insbesondere die spektakulären Rettungstaten des Winderbuscher Torhüters. Wer immer auch bestimmt hat, dass ein Team elf Spieler hat – es muss ein Elfer-Kind gewesen sein. Erscheint eine Fußballmannschaft nicht beinah wie ein Modell für die Welt, von der Rigby Burton gesprochen hat? Eine Welt für Zehner *und* Elfer? Zehn Feldspieler – und ein Torhüter. Und den unterscheidet so einiges von seinen Mitspielern. Er darf den Ball als Einziger mit der Hand berühren, sein Trikot hat eine andere Farbe als die seiner Teamkameraden und er hat gänzlich andere Aufgaben: durch seinen Strafraum zu fliegen, Schüsse aus nächster Nähe abzuwehren und sich Kopf voran einem Gegner vor die Füße zu werfen. Wofür man schon ziemlich verrückt sein muss. Und sagt man nicht genau das über Torhüter: dass sie alle ein bisschen verrückt sind? Das Tollste an der Sache ist aber: Die zehn Feldspieler wissen, dass sie den Verrückten brauchen. Ohne Torhüter braucht man gar nicht erst anzutreten. Vielleicht kann er nicht so gut dribbeln wie ein Stürmer und nicht so punktgenau passen wie ein Mittelfeldspieler. Dafür kann aber keiner der Feldspieler einen Volleyschuss aus fünf Metern aus dem Winkel kratzen. Gewinnen können sie nur gemeinsam. Zu elft.

Gerade angelt sich der Winderbuscher Torwart einen Eckball des Gegners, macht einen weiten Abschlag und leitet damit einen schnellen Konter ein: Der Ball fällt einem Stürmer direkt vor die Füße, mit einer kurzen Drehung lässt er zwei Tennscheider Verteidiger aussteigen, sprintet los und zieht ab. Der Ball schlägt im rechten Torwinkel der Tennscheider ein. 1:0 für Winderbusch!

»Ich bin mit dem Interview durch. Machen wir uns auf zu dem *sympathischen Erfolgsmann«*, höre ich Papa in resigniertem Ton sagen. Sein Gesicht sieht ganz grau und eingefallen aus.

Ich nehme seine Hand, drücke sie fest und sage leise: »Sieh

es doch mal positiv: Vielleicht ist Gernot Ratz … *ein glücklicher Umstand.*«

»Ein glücklicher Umstand?« Papa blickt mich an, als würde er an meinem Geisteszustand zweifeln. »Netter Versuch, deinen gebeutelten Vater zu trösten, Penny. Aber wenn Gernot Ratz ein glücklicher Umstand ist, dann ist eine Grippe-Epidemie ein großer Spaß.« Mit hängenden Schultern trottet er auf den Mini-Cooper zu.

Die Besuche im Museum und beim FC Winderbusch waren nur so was wie die Trailer vor dem Hauptfilm. Der beginnt erst in diesem Moment.

Das Haus von Gernot Ratz liegt in einem kleinen Villenviertel in Tennscheid, direkt am Waldrand. Eine schmale, mit Linden bestandene Allee bildet die einzige Zufahrt zu der Nobelsiedlung.

Als wir uns unserem Ziel nähern, spüre ich, wie mein Zwei-Gefühle-Gefühl immer stärker wird. Die Angst, die sich anfühlt, als würde sich eine Würgeschlange um meinen Hals winden. Und eine Spannung und Aufregung und Vorfreude, die mein Herz schlagen lassen, als würde ein elfarmiger Drummer ein Solo darauf trommeln.

Du musst dich beruhigen, Penny, beschwöre ich mich selbst und nehme ein paar lange, tiefe Atemzüge.

»Da vorne ist es«, sagt Papa, deutet auf das protzigste Haus der Straße, parkt den Wagen aber zweihundert Meter von dem Grundstück entfernt. »Ich muss noch mal kurz frische Luft schnappen, ehe ich mit diesem Unsympathen rede«, erklärt er.

Das Grundstück von Gernot Ratz wird von einem zwei Meter hohen, geschmiedeten (und vergoldeten!) Metallzaun umgeben. An die Rückseite schließt ein Waldstück an. Die Fenster des Hauses sind sämtlich geschlossen und durch (ebenfalls vergoldete) Gitter geschützt. Nur eine winzige Luke im Dach des Hauses ist geöffnet. Überall sind Kameras angebracht. Kurz gesagt: Das Haus sieht aus wie ein sehr teures vergoldetes Gefängnis.

Gegenüber dem Anwesen von Gernot Ratz ist ein kleiner Park, und während wir über den breiten Bürgersteig auf das Grundstück zulaufen, fällt mir ein Paar ins Auge, das auf einer Parkbank sitzt und wie wild knutscht. Alice und Johnny Tessler! Meine Rückendeckung. Sie machen allerdings nicht den Eindruck, als würden sie besonders viel von ihrer Umgebung mitbekommen. Aber sie sind nicht alleine. Ein paar Meter entfernt steht Toby Horking und tut so, als würde er mit einer Kamera Vögel im Park fotografieren. Und die Frau, die uns auf dem Bürgersteig entgegenkommt, hat eine nicht zu leugnende, wenn auch nur entfernte Ähnlichkeit mit Rigby Burton. Sie trägt eine täuschend echte, blonde Lockenperücke, ein mit bunten Schmetterlingen bedrucktes Sommerkleid und Ohrringe in Form von Efeublättern.

Rigby zwinkert mir verstohlen zu. Kaum ist sie an uns vorbei, stoppen ihre Schritte und sie ruft uns hinterher: »Daniel Reekmann? Sie sind doch Daniel Reekmann. Der Journalist von der *Winderbuscher Post*. Nicht wahr?«

»Äh, ja?«, sagt Papa, dreht sich um und wirft ihr einen überraschten Blick zu.

»Ich habe Sie gleich wiedererkannt«, sagt Rigby lächelnd. »Von dem kleinen Bild, das immer über Ihren Artikeln abgedruckt ist. Obwohl Ihnen das Foto überhaupt nicht gerecht wird. In Wirklichkeit sehen Sie viel besser aus.«

Hallo? Ich gucke wahrscheinlich ziemlich dumm aus der Wäsche. Was geht denn jetzt ab?

Papa wird ein bisschen rot, kratzt sich am Hals und murmelt verlegen: »Ach, das Foto ist nur ... das ist ... also, das ist ...«

»Ich bin Annafried Gripsholm«, unterbricht Rigby sein Gestammel, macht einen Schritt auf ihn zu, reicht ihm lachend die Hand und blickt ihm tief in die Augen. Dabei gelingt ihr das bravouröse Kunststück, *noch* reizender als Tizia Coletti auszusehen.

Papa lächelt verlegen zurück. Und zwar auf eine Art, auf die ich ihn schon lange nicht mehr habe lächeln sehen. Keines seiner traurigen Lächeln. Sondern ein irgendwie *erfreutes* Lächeln. Es ist auch ein ausgesprochen dämliches Lächeln. Aber selbst ein dämliches Lächeln ist um Klassen besser als ein trauriges.

»Ich wohne noch nicht lange in Winderbusch, aber ich möchte sagen, wie sehr ich Ihren Mut und Ihre Zivilcourage schätze«, beteuert Rigby-Annafried. »Sie sollten wissen, dass ich Ihren Kampf gegen diese schreckliche Shopping-Mall voll und ganz unterstütze, Herr Reekmann.«

»Ähm, vielen Dank«, stottert Papa und betrachtet konzentriert seine Schuhspitzen. »Ich befürchte allerdings, dass dieser Kampf ein Kampf gegen Windmühlen ist.«

»Vielleicht geschieht ja ein kleines Wunder«, sagt Rigby-Annafried und lächelt ihm zu. »Glauben Sie an Wunder, Herr Reekmann?«

»Also … ich … ich weiß nicht so recht …«

Sie beugt sich zu seinem Ohr und flüstert: »Sie sollten daran glauben.« Dabei lässt sie blitzschnell – ohne dass Papa es bemerkt – etwas Grünes aus ihrer Hand in seine Jackentasche gleiten. »Auf Wiedersehen, Herr Reekmann. Es hat mich sehr gefreut.«

»Mich, ähm, mich auch, Frau Gripsholm.«

»Nennen Sie mich Annafried«, haucht Rigby.

Papa nickt und grinst noch eine Nummer dämlicher als vorhin. Dann läuft er rot an, nuschelt »Wiedersehen« und geht mit merkwürdig roboterhaften Schritten davon. Wie ferngesteuert.

»Mist! Mein Schnürsenkel ist gerissen. Geh schon mal vor«, rufe ich ihm nach, knie mich hin und tue so, als würde ich an dem Schnürsenkel rumknoten. »Was sollte das denn gerade, Rigby? Hast du da eben Papa angeflirtet?«, wispere ich ihr zu.

»Das war nicht Rigby. Das war Annafried Gripsholm. Sie flirtet gerne. Ist doch was Schönes. Und ich hatte den

Eindruck, dass dein Vater es auch zu mögen schien. Du nicht auch?«

»Was hast du ihm da in die Jackentasche gesteckt?«

Rigby-Annafried wirft mir einen verschwörerischen Blick zu und flüstert: »Einen winzigen grünen Umschlag, in dem sich der Speicherchip einer Kamera befindet. Du hast mir doch erzählt, dass dein Vater nach Beweisen dafür sucht, dass Gernot Ratz zwei Stadtratsmitglieder besticht. Toby, die Tesslers und ich drücken uns schon ein paar Stunden hier rum. Um die Lage zu sondieren. Dabei haben wir natürlich jede Menge Fotos von dem Haus und dem Grundstück gemacht. Und von zwei Besuchern, die Gernot Ratz vor etwa einer Stunde hatte! Auch wenn dein Vater nicht an Wunder glaubt – dieser Chip wird ihm wie eines erscheinen. Und jetzt viel Glück, Penny. Wir sehen uns heute Abend um elf Uhr elf. Dann kannst du Bericht erstatten. Die Colettis holen dich ab.«

Kaum hat Papa den goldfarbenen Klingelknopf am Eingangstor des Grundstücks gedrückt, kommen zwei Schäferhunde um eine Hausecke geschossen, springen am Zaun hoch und bellen uns wütend an.

Die Haustür öffnet sich, Gernot Ratz erscheint im Rahmen und brüllt: »Odin! Freya! Aus!« Sofort stellen die Hunde ihr Gebell ein und trotten mit eingezogenen Schwänzen hinter das Haus zurück. »Kommen Sie! Kommen Sie schon rein«, fordert der Vollbeleuchter Papa auf. »Keine

Sorge. Die Hunde gehorchen mir aufs Wort. Kommen Sie schon.«

Als wir über einen Plattenweg auf das Haus zulaufen, halte ich Ausschau nach weiteren Kameras und zähle vier Stück. Außerdem sind neben den Steinplatten zahlreiche Sensoren angebracht. Offenbar Bewegungsmelder, die im Moment aber nicht scharf geschaltet sind.

»Was ist das denn?«, fragt Gernot Ratz, zeigt dabei mit dem Finger auf mich und guckt angewidert.

Wer ist das!, denke ich. *Wer! Kriegst du das irgendwann in deinen Quadratschädel rein? Und außerdem bist du mir schon mal begegnet, du Vollhonk.*

»Ähm, die Babysitterin hat kurzfristig abgesagt«, nuschelt Papa. »Und da musste ich meine Tochter …«

Na klar. Als ob eine Elfjährige einen Babysitter brauchte, wenn Papi mal ein paar Stunden außer Haus ist. Aber Gernot Ratz schluckt die Geschichte.

»Hätten Sie mal Ihre Schwester mitgebracht. Die wäre mir lieber gewesen«, befindet der Vollbeleuchter und lacht dröhnend. Offenbar hält er seinen flachgeistigen Spruch für witzig. Leute, die über ihre eigenen Witze lachen, tun das immer *dröhnend.* Damit auch jeder merkt, dass es ein Witz war. »Von mir aus kann sie mit reinkommen«, sagt er und bedenkt mich mit einem drohenden Blick. »Aber du fasst nichts an!«

Er führt uns in ein riesiges Wohnzimmer – und mich überkommt augenblicklich das Gefühl, im Thronsaal von

Prinz Protz zu stehen. Tische, Sofas, Schränke, Vorhänge, Tapeten, Teppiche, Bilderrahmen – es gibt nichts in diesem Raum, das nicht vergoldet oder wenigstens goldfarben ist. Und an sämtliche Möbel und Einrichtungsgegenstände sind kleine goldene Kärtchen geheftet. Einen Moment lang frage ich mich, was das soll, bis ich sehe, dass auf den Kärtchen der Anschaffungspreis der jeweiligen Objekte festgehalten ist. Damit auch der ignoranteste Besucher begreift, inmitten welch unermesslichen Reichtums er sich hier bewegt. Um es mal mit Horatios Worten zu sagen: *Was für eine arme Zehner-Aktion!*

Immerhin besitzt Gernot Ratz die Höflichkeit, uns Platz und etwas zu trinken anzubieten. Kaum sitzen Papa und ich auf der ausladenden goldenen Couch (€ 14 500,-), stellt er eine Wasserflasche und zwei Gläser vor uns auf den goldenen Couchtisch (€ 8 200,-) und kommandiert: »Los! Probieren Sie mal!«

Papa schenkt sich etwas Mineralwasser ein und probiert einen kleinen Schluck.

»Und?«, fragt Gernot Ratz und sieht ihn erwartungsvoll an.

»Es ist, äh, gut«, sagt Papa. »Bisschen salzig, vielleicht.«

»Salzig? Herrgott, was sind Sie denn für eine traurige Erscheinung? Sie haben doch keine Ahnung«, knurrt Gernot Ratz. »Ich bin an der Firma beteiligt, die dieses Wasser abfüllt. Es ist nicht salzig. Es ist großartig. Es ist fantastisch. Es ist das großartigste Wasser der Welt. Das haben mir viele, viele Leute bestätigt. Wichtige Leute. Sehr wichtige Leute.«

»Von mir aus«, murmelt Papa in sich hinein, als sein Blick an der gegenüberliegenden Wand verharrt. Dort hängen jede Menge Geweihe und andere Jagdtrophäen (natürlich alle vergoldet), unterhalb davon drei Fotos in goldfarbenen Rahmen, die drei Damen mit Schmollmund zeigen. Eine Blonde, eine Brünette und eine Rothaarige. Alle drei mit überdimensional aufgespritzten Lippen.

»Meine Ex-Frauen«, sagt der Vollbeleuchter, als er Papas erstaunten Blick bemerkt. »Bin dreimal geschieden.«

»Axt oder Anwalt?«, entschlüpft es mir, Gott sei Dank so leise, dass es Gernot Ratz entgeht.

»Und warum sind an die Fotos Ihrer Ex-Frauen auch Preisschilder angeheftet?«, fragt Papa mit gerunzelter Stirn.

»Das sind die Abfindungen, die sie mich gekostet haben. Scheidungen sind eine kostspielige Angelegenheit. Aber das war es wert.« Der Vollbeleuchter grinst breit. »Jetzt ist Gernot Ratz wieder auf dem Markt. Nach jeder Scheidung habe ich mir vorgenommen, mal langsamer zu machen, aber es ist, wie es ist: Gernot Ratz mag die Ladies und die Ladies mögen Gernot Ratz. Ha, ha, ha. Bei der Gelegenheit: Sie müssen mir die Telefonnummer Ihrer attraktiven Schwester geben, bevor Sie gehen. Wie hieß sie noch gleich? Karin? Kerstin?«

»Könnten wir jetzt vielleicht anfangen?«, sagt Papa genervt.

»Machen Sie zuerst mal ein paar Fotos von mir!«, kommandiert Gernot Ratz und kämmt sich mit einem goldenen Kamm sein dünnes, goldblond gefärbtes Haar quer über den Schädel. »Am besten hier vorne, vor der Vitrine mit meinen Golfpokalen. Wussten Sie, dass ich ein fantastischer Golfer bin? Das sagt jeder.« Der Vollbeleuchter zieht den Bauch ein, wirft sich in die Brust und schraubt sich ein künstliches Lächeln ins Gesicht, während Papa mit lustlosem Gesicht Aufnahmen von ihm macht.

Abgesehen davon, dass ich draußen die Kameras und Bewegungssensoren geortet habe, ist mein Spionageeinsatz bisher ein Schlag ins Wasser. Und das wird er auch bleiben, wenn ich nicht bald mal aus dieser goldenen Wohnzimmer-Grabkammer rauskomme. Ich muss mir einen Überblick über die Räumlichkeiten verschaffen. Ich muss wissen, wo es in den Keller geht. Zu der Kunstsammlung. Und mit welchen Sicherheitssystemen sie geschützt ist. Wir müssen irgendwie aus diesem Wohnzimmer raus.

»Also, ich weiß ja nicht«, bemerke ich in vorlautem Ton. »Ich würde mich an Ihrer Stelle nicht vor einem Haufen Golfpokale ablichten lassen.«

»Penny! *Stille Zuschauerin* hatten wir vereinbart«, ermahnt mich Papa.

Gernot Ratz blickt mich derweil grimmig an und knurrt: »Ah, ich sehe schon. Du bist eine ganz Neunmalkluge. Und wieso sollte ich mich deiner Meinung nach nicht vor den Pokalen fotografieren lassen?«

Du irrst dich. Ich bin eine Elfmalkluge, denke ich und sage: »Wenn ich es richtig verstanden habe, wollen Sie doch als ein *sympathischer Mensch wie du und ich* rüberkommen. Wie viele sympathische Dus und Ichs kennen Sie, die Golfpokale bei sich rumstehen haben? Sie sollten sich bei irgendwas fotografieren lassen, das jedermann tut. In der Küche, beim Kochen, beispielsweise.«

»Ähm … ja. Die Idee hatte ich natürlich auch schon längst. Wollte ich als Nächstes vorschlagen. Los! Kommen Sie mit in die Küche.«

Ich folge Papa und Gernot Ratz durch den Flur und checke dabei die Lage. Links von mir führt eine Treppe mit goldenem Geländer nach unten. Das muss der Zugang zum Keller sein!

Die Küche steht dem Wohnzimmer in nichts nach: vergoldete Spüle, vergoldete Kochinsel, vergoldeter Kühlschrank, vergoldete Mikrowelle … Gernot Ratz stellt eine goldbeschichtete Pfanne auf den Herd, greift sich einen Kochlöffel, tut für die Kamera so, als wäre er fleißig am Brutzeln, und grient dabei in die Linse.

»Viel besser! Sympathisch wie du und ich«, kommentiere ich ungefragt, während ich fieberhaft überlege, wie ich ihn dazu bringen kann, uns den Keller zu zeigen.

»Okay. Das dürfte reichen«, sagt Papa und stellt das Fotografieren ein.

Lass dir was einfallen, Penny! Schnell!

Wie bereits erwähnt, gibt es zwei Möglichkeiten, wenn

man auf die Schnelle einen Einfall braucht: total grottig oder aber mal so richtig gut. Meine Handtuch-Pantomime war ein Griff ins Klo, aber die Idee, die im Moment in meinem Kopf Gestalt annimmt, ist hundertelfprozentig eine der besseren Sorte! Cassandra hatte recht: Man muss einfach nur darauf vertrauen, dass einem im entscheidenden Moment was einfällt.

»Wenn die Leute erst mal sehen, wie sympathisch Sie sind, hört bestimmt auch dieses Gerede auf«, sage ich mit unschuldiger Miene und beobachte gespannt, wie er reagiert.

»Penny! *Stille Zuschauerin!«* Papa wirft mir erneut einen mahnenden Blick zu.

Aber Gernot Ratz hat den Köder bereits geschluckt. »Gerede? Welches Gerede?«, fragt er und blickt mich argwöhnisch an.

»Na, Sie wissen schon. Was sich die Leute so erzählen. In Winderbusch wird halt gerne getratscht.«

»Und *was* erzählen sich die Leute?«

Na, bitte! Er zappelt am Haken. Ich muss die Angelschnur nur noch einholen. »Neulich in der Bäckerei hat jemand behauptet, dass Sie überhaupt nicht so viel Geld hätten, wie Sie immer behaupten.«

»Alles nur erfunden! Die sind doch alle nur neidisch. Das sind infame Lügen!«, brüllt Gernot Ratz und läuft vor Ärger rot an. Ganz nach Plan.

»Habe ich mir auch gesagt«, versichere ich mit treuen Augen. »Auch als jemand angezweifelt hat, dass es die Kunstsammlung, von der Sie immer erzählen, wirklich gibt. Weil sie ja noch nie jemand gesehen hat.«

Ich kann von seinem Gesicht ablesen, wie seine Vorsicht mit seiner Eitelkeit kämpft – und wie die Eitelkeit siegt. »Ich werde diesem Lügenvolk das Maul stopfen!«, zischt er böse und befiehlt: »Los! Mitkommen! Ich will, dass Sie Fotos von mir und meiner Sammlung machen. Das wird diesen unfairen, bösartigen Verleumdungen für immer ein Ende bereiten.«

Er ist dermaßen aufgebracht – ich glaube nicht, dass ihm bewusst ist, dass er noch immer die goldene Schürze trägt. Mit wütenden Schritten stapft er die Treppe zum Keller hinab. Vor Aufregung und Freude über meinen geglückten Schachzug schlägt mir das Herz bis zum Hals.

Am Fuß der Treppe befindet sich eine schwere Stahltür. Rechts daneben ein kleines Metallschild mit Zahlentasten.

»Drehen Sie sich um«, sagt Ratz zu Papa – aber nicht zu mir. Mir stockt der Atem. Genau darauf habe ich spekuliert: dass ihn seine Wut unvorsichtig werden lässt. Er ist zwar noch vorsichtig genug, Papa zu sagen, dass der sich umdrehen soll. Aber mich hält er für keine Gefahr. Weil er zu der Sorte Vollbeleuchter gehört, die Kinder prinzipiell für beschränkt hält und glaubt, dass sie sowieso nichts mitbekämen. Er hängt nicht nur am Angelhaken, er filetiert sich gerade selbst.

Ich beobachte aus dem Augenwinkel, welchen Code er eintippt: viermal die 1. Oh, Mann! Die Kombination hat er wahrscheinlich gewählt, weil er sich für eine Super-1 hält. Es ertönt ein leises Summen – und die Metalltür schwingt auf.

Ich fasse es nicht. Ich kenne den Zugangscode! Ich kann kaum glauben, wie einfach das war, und stimme innerlich ein triumphierendes Elfer-Jubelgeheul an!

Aber nur einen Lidschlag später endet meine Jubelarie abrupt – und mir rutscht das Herz in die Hose: Wir stehen vor einer zweiten Tür! Die Sammlung ist doppelt gesichert. Und diesmal gibt es kein Tastenfeld. Nur eine Kamera!

»Gesichtserkennung«, sagt Ratz zu Papa. »Das Großartigste, was es auf dem Markt gibt. Hier kommt keiner rein, der nicht Gernot Ratz ist.« Er reckt seinen Quadratschädel vor, grinst in die Kamera, eine Computerstimme sagt: *»Zugang gewährt«* und die Türe öffnet sich.

Es fühlt sich an, als hätte jemand einen Kübel mit Eiswasser über mir ausgekippt. *Gesichtserkennung* ... Hier kommen wir niemals rein. Keine Chance. Jegliche Hoffnung entweicht aus mir wie Luft aus einem Fahrradreifen, und ich nehme alles nur noch verschwommen und wie durch einen dichten Nebel hindurch wahr. Der Kellerraum quillt beinah über vor wertvollen Kunstwerken: groß- und kleinformatige Gemälde an den Wänden, alte Kupferstiche, Statuetten, Bronzeskulpturen ... An jedem Kunstobjekt klebt ein kleines, goldglänzendes Preisschildchen.

»Ich stelle mich hier vorne hin und Sie fotografieren mich so, dass man möglichst viel von dem ganzen Kunstkrempel sieht. Klar, Freundchen?«, sagt Gernot Ratz zu Papa.

Während er sich in Pose wirft und ablichten lässt, wandert mein Blick suchend über die Kunstgegenstände – und erspäht nach ein paar Sekunden das, wonach ich Ausschau halte. Die elfte Karte! Die Karte mit dem geöffneten Tor. Sie steckt in einem schmalen, goldfarbenen Rahmen und steht ganz hinten in einem Regalfach, halb verdeckt von einer goldenen Schmuckdose. Offenbar gehört die Elfer-Karte – obwohl der Vollbeleuchter eine Million Euro für sie gezahlt hat – zu den weniger wertvollen und repräsentativen Stücken der Sammlung. Wahrscheinlich würde Gernot Ratz nicht einmal bemerken, wenn sie plötzlich nicht mehr da wäre.

Einen Moment lang spiele ich mit dem verwegenen Gedanken, sie unauffällig unter meine Jacke zu schieben und mitgehen zu lassen. Oder sie einfach zu greifen und rauszustürmen. Aber natürlich hat Cassandra recht: Diebstahl ist ein Verbrechen. Man kann die Welt nicht zum Besseren verändern, indem man ein Verbrechen begeht. Außerdem käme ich keine zehn Meter weit, ohne dass sich die Hunde in meine Waden verbeißen würden.

»Das reicht«, sagt der Vollbeleuchter, nachdem Papa mehrere Fotos gemacht hat. »Über Ihrem Artikel will ich ein schönes, großes Foto von mir und der Kunstsammlung sehen. Dann hat es ein Ende mit den ganzen Lügen, die über mich verbreitet werden.« Damit führt er uns aus dem Keller, schließt die beiden Stahltüren und dirigiert uns wieder in Richtung Wohnzimmer.

Mir ist zum Heulen zumute. An der Gesichtserkennung kommen wir niemals vorbei. Es gibt keine Chance für die Elfer-Kinder, jemals an die Karte mit dem geöffneten Tor zu gelangen! Am liebsten würde ich einfach rausstürzen – aber natürlich kann ich Papa nicht hängen lassen. Er muss ja noch immer das Interview mit Gernot Ratz führen.

Dazu kommt es dann aber doch nicht …

Kaum sitzen wir wieder auf der protzigen Couch im Wohnzimmer, nimmt Papa ein Aufzeichnungsgerät aus der Tasche, stellt es auf den Tisch und drückt auf *Aufnahme.*

»He, was machen Sie da, Freundchen?«, moppert Gernot Ratz.

»So läuft das«, entgegnet Papa. »Ich stelle Ihnen ein paar Fragen und zeichne unser Gespräch auf. Das Ganze benutze ich dann als Ausgangsbasis für die Home-Story.«

Gernot Ratz greift mit finsterem Gesicht nach dem Diktafon und stellt es wieder aus. »Hier fragt niemand was. Verstanden? Die Schreibarbeit können Sie sich sparen. Ich habe meine Presseabteilung schon mal einen Text verfassen lassen. Der Text ist großartig. Einer der großartigsten Texte, die je geschrieben wurden. Sie können ihn für Ihren Artikel so übernehmen, wie er ist. Wortwörtlich.« Damit drückt er Papa zwei dicht beschriebene Seiten in die Hand.

Papa blickt ungläubig auf den Text und liest halblaut: »*Gernot Ratz, der Erfolgsmann privat – Ein sympathischer Mensch wie du und ich – Von unserem Reporter Daniel Reekmann.*

Seit wenigen Monaten hat Winderbusch einen neuen Bürger, auf den es zu Recht stolz sein kann: Gernot Ratz, der großartigste Bauunternehmer der Gegenwart. Und wahrscheinlich auch der Vergangenheit und der Zukunft. Und aller Zeiten überhaupt. Was Gernot Ratz anfasst, wird zu Gold. Weswegen ganz Winderbusch es kaum erwarten kann, dass die von ihm geplante Shopping-Mall endlich Wirklichkeit wird.

Was viele seiner zahlreichen Bewunderer und Bewunderinnen nicht wissen, ist, dass Gernot Ratz trotz seiner unzähligen geschäftlichen Erfolge privat ein sympathischer Mensch wie du und ich geblieben ist. Der frisch geschiedene, attraktive Enddreißiger …«

Papa hebt den Kopf und blickt Gernot Ratz mit fassungsloser Miene an. »Attraktiver Enddreißiger? Haben Sie Ihre Geburtstage in den letzten zwanzig Jahren verschlafen?«

»Jetzt werden Sie mal nicht frech, Freundchen!«, poltert der Vollbeleuchter los. »Wenn meine Presseabteilung schreibt, dass ich Ende dreißig bin, dann bin ich Ende dreißig!«

Papa steht von der Couch auf und sagt in bestimmtem Ton: »Ich schreibe meine Artikel selbst. Und so eine dreiste Lobhudelei wird bestimmt nicht mit meinem Namen darüber erscheinen.«

Gernot Ratz grinst fies und zischt: »Der Artikel wird genau so erscheinen. Habe ich schon mit Ihrem Chefredakteur besprochen. Der ist zum Glück um einiges vernünftiger als

Sie. Er hat verstanden, dass dieses Schmierblatt dichtmachen kann, wenn *Ratz-Immobilien* keine Werbeanzeigen mehr schaltet. Dieser Artikel wird erscheinen! Und wenn nicht Ihr Name darübersteht, dann eben ein anderer. Ich habe Ihrem Chefredakteur nahegelegt, Sie zu feuern, wenn Sie Zicken machen. Haben wir uns verstanden, Freundchen?«

Papa ist aschfahl, seine Lippen zittern. »Ich bin Journalist«, sagt er so langsam, als müsste er es einem Vierjährigen erklären. »Ich halte mich an Fakten. Und wenn die *Winderbuscher Post* dieses lobhudelnde Geschmiere abdruckt, dann hat das mit Journalismus nichts mehr zu tun. In dem Fall sollte ich tatsächlich besser kündigen.« Er greift sich das Diktafon. »Komm, Penny! Wir gehen.«

Augenblicklich stellt sich bei mir ein Drei-Gefühle-Gefühl ein: Ich bin so unglaublich stolz auf Papa, dass ich ihm um den Hals fallen könnte. Und so unfassbar wütend auf den Vollbeleuchter, dass ich ihm am liebsten auf den goldenen Teppich spucken würde. Was ich nur nicht tue, weil ich wegen der Sache mit der Gesichtserkennung – und damit kommen wir zu Gefühl Nummer drei – selbst zum Spucken zu niedergeschlagen bin.

19

Es folgt die deprimierendste Autofahrt meines Lebens. Wäre Papa nicht Papa, sondern Tante Kirsten, dann würde er jetzt lauthals über Gernot Ratz und seinen Chefredakteur schimpfen und ihnen die Pest an den Hals wünschen. Aber weil Papa Papa ist, sagt er keinen Ton. Während er den Wagen mit Leichenbittermiene in Richtung Brixbach steuert, stiert er geknickt vor sich hin und sieht trauriger aus, als ich ihn je gesehen habe.

Ich wünschte, ich könnte irgendetwas Tröstendes sagen, aber ich bin wegen der Sache mit der Gesichtserkennung selbst so niedergeschmettert, dass ich keinen Ton rauskriege. Es ist ein schöner, warmer Abend und normalerweise würde ich es genießen, mit Papa durch die sommerliche Landschaft zu brummen, doch es fühlt sich an, als würde eine dicke schwarze Wolke über dem Mini-Cooper hängen und mit uns reisen.

Jedem halbwegs einfühlsamen Menschen würde auffallen, in welcher desolaten gefühlsmäßigen Verfassung wir uns befinden. Aber das gilt natürlich nicht für Tante Kirsten.

Als wir zu Hause ankommen, steigt sie gerade auf ihr Fahrrad und empfängt Papa und mich mit einem aufgeregten Wortschwall: »Ihr kennt doch meine Freundin Carola? Ich muss so-fo-hort zu ihr. Irgendwas stimmt nicht mit ihr. Redet völlig wirres Zeug. Gerade hat sie mich angerufen und mir erzählt, sie hätte Vikram in einer fahrenden Blumenwiese gesehen. Dabei hat der Arzt Carola doch diese Tabletten verschrieben … Ich weiß noch nicht, wann ich zurück bin. Fürs Abendessen sind Fertig-Pizzen in der Tiefkühltruhe. *Fahrende Blumenwiese* … Carola muss völlig durchgedreht sein.« Damit stemmt sie sich in die Pedale und rauscht von dannen.

Gepriesen sei die fahrende Blumenwiese! Alleine schon dafür, dass sie mir Kirsten vom Leib hält. Einen ihrer ermüdenden Vorträge über Regeln oder soziale Beziehungen hätte ich jetzt nicht auch noch ertragen können.

»Soll ich uns zwei Pizzen in den Ofen schieben?«, frage ich vorsichtig an, aber Papa schüttelt den Kopf und nuschelt: »Danke. Mir ist der Hunger vergangen. Außerdem habe ich keine Zeit zum Essen. Ich darf jetzt erst mal meine Kündigung schreiben.« Traurig schlurft er ins Arbeitszimmer und schließt die Tür hinter sich.

Ich nehme mir eine Pizza aus der Kühlung und schiebe sie in den Umluftherd. Richtigen Appetit habe ich auch nicht, aber ich brauche ganz dringend ein bisschen Pizzaduft-Trost: *Keine Sorge. Alles wird gut.*

Aber es gibt Tage, da hilft nicht einmal Pizzaduft. Nichts ist gut!

Gesichtserkennung. Hier kommt keiner rein, der nicht

Gernot Ratz ist. Wie soll ich das nur den anderen Elfer-Kindern beibringen?

Gerade als ich die Pizza aus dem Ofen nehmen will, höre ich einen überraschten Freudenjauchzer, dann einen lauten Knall und einen erstickten Schmerzensschrei, gefolgt von einem Fluch: »Autsch! Verdammt!«

»Papa! Was ist los?«, rufe ich erschrocken und renne ins Arbeitszimmer.

»Nichts passiert. Keine Sorge. Alles in Ordnung. Bin nur vor lauter Überraschung mit dem Stuhl nach hinten gekippt.« Papa richtet sich und seinen Stuhl vom Boden auf – und strahlt mich an wie ein Weihnachtsbaum. »Es ist unglaublich ... Gerade eben, als ich die Jacke ausgezogen habe, habe ich gemerkt, dass in der Tasche dieser Umschlag steckte.« Er hält das kleine grüne Kuvert in die Höhe, das Rigby-Annafried ihm untergeschoben hat.

Der Speicherchip! Den hatte ich völlig vergessen.

»In dem Umschlag war ein Chip«, eröffnet mir Papa aufgekratzt. »Ich habe ihn in meine Kamera eingelegt und mir die Bilder aufs Laptop geladen. Und jetzt, sieh dir das an!«

Ich gehe um den Schreibtisch herum, blicke auf den Monitor und sehe ein gestochen scharfes Foto, auf dem Gernot Ratz zwei Besucher an seiner Haustür empfängt: einen glatzköpfigen und einen schnurrbärtigen Mann. Die beiden Mitglieder des Stadtrates, die mit ihm in der Pizzeria waren und angeblich noch *unentschlossen* sind, ob sie für oder gegen den Bau der Shopping-Mall stimmen wollen. Das Bild ist mit Datum und Zeitangabe versehen.

»Das nächste Bild ist zwanzig Minuten später aufgenommen worden«, sagt Papa und klickt ein anderes Foto an. Es zeigt, wie sich die beiden Stadträte von Gernot Ratz verabschieden. Beide halten nun schwarze, schmale Aktenkoffer in der Hand.

»Jede Wette, dass in den Koffern Bargeld ist. Gernot Ratz hat sie bestochen!« Papa ist vom Jagdfieber gepackt. Seine Augen funkeln. Er kratzt sich aufgeregt am Hals und sagt: »Natürlich sind diese Fotos kein Beweis. In den Koffern könnte alles Mögliche sein. Aber kommenden Mittwoch ist die Stadtratssitzung, bei der über den Bau der Mall entschieden wird. Die Sitzung ist öffentlich. Wenn ich die beiden dort mit den Fotos konfrontiere, müssen sie sich dazu äußern. Vielleicht knickt einer von ihnen ein und gibt zu, geschmiert worden zu sein. Das wäre …« Papa unterbricht sich und runzelt die Stirn. »Ich frage mich nur, wer die Fotos geschossen hat. Und wie der grüne Umschlag in meine Jackentasche …« Dann geht ihm ein Licht auf. »Diese Frau. Annafried Gripsholm. Sie muss das gewesen sein. Aber … warum tut sie das?«

»Na, weil sie dir helfen will. Hat sie nicht gesagt, dass sie deinen Kampf gegen die Mall unterstützt? Außerdem schien sie dich sehr sympathisch zu finden.« Ich lege den Kopf zur Seite und blicke Papa prüfend an. »Und irgendwie hatte ich das Gefühl, dass du sie auch sympathisch fandest.«

»Ähm, ja, sie scheint, ähm, ganz nett zu sein«, nuschelt er verlegen, weicht meinem Blick aus und kratzt sich am Hals.

»Ganz nett?«, bohre ich gnadenlos weiter. »Als du mit ihr gesprochen hast, hast du gegrinst wie ’ne Grinsekatze auf Lachgas.«

Papa läuft rot an (das habe ich bei ihm noch nie gesehen), sein Blick streift das Porträtfoto von Mama, das auf seinem Schreibtisch steht, und er murmelt: »Gegrinst? Nein, nein. Das war nur, weil mich die Sonne …«

»Papa?« Ich nehme Mamas Porträt in die Hand (auf dem Bild trägt sie die grüne Samtkappe), lege die Arme um meinen Vater und beuge mich zu seinem Ohr. »Mama und ich, wir würden dir gerne was sagen: Mama möchte nicht, dass du für den Rest deines Lebens traurig bist. Und ich auch nicht. Sie möchte, dass du dein Leben weiterlebst. Und sie lässt dir sagen, dass du dich nicht schuldig fühlen musst, wenn du eine Frau sympathisch findest. Und ich mag es auch viel lieber, wenn du fröhlich bist. Und nicht mehr traurig.«

Ich sehe, wie Papa schlucken muss. So als hätte er einen dicken Kloß im Hals. Langsam hebt er den Kopf und öffnet den Mund, um etwas zu sagen – dann schnüffelt er in die Luft und zieht die Stirn kraus. »Was riecht hier so verbrannt? Da kommt Rauch aus der Küche!«

»Oh, nein! Pizza-Alarm«, schreie ich, spurte los und versuche zu retten, was zu retten ist. Das ist nicht mehr viel: Die Pizza ist den Hitzetod gestorben und so schwarz und dermaßen *knusprig*, dass sie höchstens noch Tante Kirsten schmecken würde. Ich öffne das Fenster, damit der Rauch abziehen kann, bitte die verkohlte Pizza um Entschuldigung für meine Schusseligkeit, halte eine kurze, aber bewegende Grabrede und beerdige die sterblichen Pizza-Überreste im Mülleimer.

An guten Tagen ist das Leben so lecker wie eine Pizza mit Knoblauch und scharf, an schlechteren Tagen ist es wie eine Pizza ohne alles. Und dann gibt es noch die ganz schlechten Tage, an denen alles schiefläuft, was schieflaufen kann. Tage, die wie verkohlte Tiefkühlpizzen sind.

Und das ist einer von ihnen.

Während ich die Stufen zu meinem Zimmer hochsteige, höre ich Papa im Arbeitszimmer fröhlich vor sich hin pfeifen.

Wie schön. Wenigstens einer von uns hat wieder gute Laune.

Mir graut regelrecht vor dem Treffen des Elfer-Rates. Bei dem Gedanken, den Elfer-Kindern von der Sache mit der Gesichtserkennung zu berichten, krampft sich mir der Magen zusammen. Warum muss ausgerechnet ich ihnen diese niederschmetternde Nachricht überbringen? Es gibt keine Möglichkeit, an die elfte Karte zu gelangen. Und dabei geht es um so viel mehr als nur um eine Karte. Den ganzen Abend über muss ich daran denken, was Rigby gesagt hat: *Gelingt es uns, die Welt zu verändern, können wir sie zu einem besseren Ort machen. Schlagen wir fehl, sehe ich für die Zukunft schwarz. Für die Elfer-Kinder. Und für alle anderen.*

So wie es aussieht, wird unsere Zukunft schwärzer als eine verkohlte Tiefkühlpizza!

Genau um halb elf blinken ein Stück die Straße runter zwei Autoscheinwerfer auf. Die Colettis!

Ich springe in den Kirschbaum und klettere abwärts. Dabei muss ich vorsichtig vorgehen: Tante Kirsten ist bisher nicht von ihrer Nervensägen-Freundin zurück, aber Papa ist noch wach. Und ich muss mich genau vor dem Fenster seines Arbeitszimmers vorbeihangeln. Aber meine Vorsicht ist überflüssig: Papa sitzt mit abwesendem Blick an seinem Schreibtisch und schnuppert versonnen an dem grünen Briefumschlag von Rigby-Annafried. Wahrscheinlich könnte in diesem Moment eine ganze Gorilla-Horde durch den Baum klettern – er würde es nicht mitkriegen.

Ich laufe um das Haus herum, durchquere eilig den Vorgarten, renne die Straße entlang und auf den moosbewachsenen Wagen zu.

Aurora, Tizia und Sofia blicken mich mit erwartungsvollen Gesichtern an, als ich in die mobile Blumenwiese steige, aber bei meinem Gesichtsausdruck ist ihnen sofort klar, dass ich schlechte Neuigkeiten habe. Stockend berichte ich von der Kamera und der Gesichtserkennung. »Da kommen wir niemals rein. Es ist vorbei«, ende ich und lasse den Kopf hängen.

Einen Moment lang herrscht betrübte Stille in dem kleinen Auto, dann spüre ich, wie Aurora meine Hand drückt. »Es ist nicht vorbei, solange es nicht vorbei ist«, sagt sie trotzig. »Es ist nur vorbei, wenn man aufgibt. Und wenn ein Problem auftritt – egal wie unüberwindlich es auch scheint –, darf man nicht das Handtuch werfen. Man muss sich einfach noch ein bisschen mehr anstrengen und sich überlegen, wie man das Problem löst.«

Es fällt mir schwer, ihren Optimismus zu teilen. »Tante Kirsten behauptet auch immer, dass es für jedes Problem eine einfache Lösung gibt«, seufze ich. »Aber – «

»Es *gibt* für jedes Problem eine einfache Lösung«, unterbricht mich Sofia Coletti. »Aber das ist immer die falsche. Eine einfache Lösung ist was für Zehner.«

»Das sehe ich auch so«, pflichtet Tizia ihr bei. »Wir brauchen keine einfache Lösung. Wir brauchen so was wie eine elffache Lösung.« Auroras Mutter sieht in den Rückspiegel und wirft mir einen aufmunternden Blick zu. »Und wir werden eine elffache Lösung finden. Weil wir Elfer-Kinder sind! Es gibt keinen Grund, den Kopf hängen zu lassen, Penny.« Damit tritt sie entschlossen aufs Gas und die rasende Blumenwiese jagt in Richtung Altstadt durch die Nacht.

Ich kann mir zwar nicht im Geringsten vorstellen, wie eine *elffache* Lösung aussehen soll, aber der Umstand, dass alle drei Colettis so zuversichtlich sind, lässt auch in mir wieder ein winziges Hoffnungsfünkchen aufglühen.

Wir sind gerade auf die Landstraße nach Winderbusch aufgefahren, als uns ein Fahrrad entgegenkommt: Kirsten!

»Das ist meine Tante«, wispere ich und ziehe den Kopf ein.

»Wirklich?« Tizia Coletti lächelt in sich hinein – und drückt genau in dem Moment auf die Hupe, als Fahrrad und Auto auf gleicher Höhe sind. *Mööp. Mööp.*

Kirsten reißt ungläubig die Augen auf, blickt unserer rasenden Blumenwiese mit entsetztem Gesicht hinterher – und landet vor lauter Schreck im Straßengraben.

»Keine Sorge. Sie steht schon wieder auf den Beinen«, giggelt Auroras Mutter nach einem kurzen Blick in den Außenspiegel. »Tja, so ist das. Wenn man nicht an das Unwahrscheinliche glaubt, haut es einen aus dem Sattel, wenn es einem begegnet. Man sollte besser mit rasenden Blumenwiesen rechnen. Besonders nachts. Auf dunklen Landstraßen.«

Als wir bei Horatio ankommen, haben sich die anderen schon in dem grünen Raum hinter dem Laden versammelt. Rigby und Cassandra trinken Waldmeisterbrause, die Tesslers produzieren Treibstoff, Toby Horking sitzt in einem Sessel und murmelt Zahlenfolgen vor sich hin, Horatio versucht gerade den Nymphensittichen eine Opernarie beizubringen und Cornelius hat den Finger im Ohr und ist mal wieder auf der Suche nach einem Skarabäuskäfer.

Während ich ihnen stockend Bericht erstatte, beobachte ich genau, was in ihren Gesichtern vorgeht. Ich sehe ihre freudige Überraschung, als ich von dem Zahlencode erzähle, und die riesige Enttäuschung, als ich letztlich zu der Kamera und der Gesichtserkennung komme.

Aber dennoch sind die Elfer-Kinder nicht so niedergeschlagen, wie ich erwartet habe. Eher nachdenklich. Und Horatio wirkt regelrecht kampfeslustig. »Ich würde sagen, die Lage ist hoffnungslos, aber nicht ernst, äh … andersrum natürlich. Das mit der Gesichtserkennung ist allerdings 'ne wirklich harte Nuss. Da weiß ich jetzt auf Anhieb auch nicht so genau …«

»Wir sollten systematisch vorgehen«, sagt Cassandra. Ihr langes weißes Haar ist heute Abend zu zwei Zöpfen geflochten. Sie erhebt sich aus ihrem Ohrensessel und beginnt mit langsamen Schritten vor dem Kamin auf und ab zu laufen. »Arbeiten wir die Probleme Punkt für Punkt ab. Da wären zunächst einmal die Hunde. Dann die Kameras und Bewegungssensoren. Und selbst wenn man die überwinden könnte, stellt sich noch immer die Frage, wie man ins Haus gelangt. Die Fenster im Erdgeschoss und im ersten Stock sind alle vergittert. Die einzige Möglichkeit, ins Haus zu kommen, ist eine kleine Dachluke neben dem Schornstein, die immer geöffnet ist und wohl auf den Dachboden führt. Aber die ist so winzig, dass …« Cassandras Blick bleibt an mir hängen. »… dass gerade mal eine durchschnittlich große Elfjährige da durchpasst.«

»Die Wachhunde bellen los, sobald sich jemand dem Grundstück in einem Umkreis von weniger als fünf Metern nähert«, sagt Alice Tessler und ihr Mann Johnny ergänzt: »Das haben wir in den vergangenen Tagen ausprobiert, als wir das Haus beobachtet haben. Möchte gar nicht wissen, was die Hunde tun, wenn jemand versucht, über den Zaun zu steigen. Dann hat man die beiden sofort am Arsch hängen.«

»Es gibt rund um das Haus zehn Kameras, die alles aufzeichnen, was auf dem Grundstück geschieht«, erklärt Toby Horking. »Vier davon alleine an der Vorderseite. Sie sind so angebracht, dass es keine toten Winkel gibt. Und die Bewegungssensoren reagieren auf die kleinste Bewegung oder Erschütterung. Vor drei Tagen habe ich ein kleines Experiment gestartet und einen Ping-Pong-Ball auf die Steinplatten vor dem Haus geworfen. Das hat gereicht, um einen Alarm auszulösen. Drei Minuten später waren zwei Männer von einem Sicherheitsdienst zur Stelle. Sowohl die Kameras wie auch die Bewegungssensoren sind mit der Zentrale einer Security-Firma verbunden.«

»Hunde, Kameras, Bewegungsmelder. Das wird schwierig, aber das sind alles lösbare Probleme«, fasst Cassandra zusammen. »Wenden wir uns zunächst diesen lösbaren Problemen zu, bevor wir uns mit den scheinbar unlösbaren beschäftigen. Über die Sache mit der Gesichtserkennung machen wir uns später Gedanken.«

»Schön. Legen wir los«, kräht Horatio mit freudig kieksender Stimme, und Tippi und Hedren zwitschern aufgedreht. »Jetzt ist Denkarbeit angesagt. Und dass mir bloß keiner mit einem vernünftigen Vorschlag kommt. Was wir brauchen, sind verrückte Vorschläge und Ideen! Elfer-Ideen! Dann mal los!«

20

In den folgenden drei Stunden herrscht in dem grünen Raum hinter dem Laden eine Atmosphäre wie bei einer Mathe-Arbeit. Einer Mathe-Arbeit mit besonders kniffligen Aufgaben, bei denen sogar die Klassenbesten ins Schwitzen kommen. Cassandra sitzt mit geschlossenen Augen und gefalteten Händen in ihrem Sessel und lässt ihre Gedanken wandern, Cornelius Pings polierte Glatze ist vor lauter Denkanstrengung tiefrot angelaufen, die drei Colettis diskutieren leise flüsternd miteinander, Horatio verrückt immer wieder seinen Sessel, Toby murmelt leise vor sich hin und Alice und Johnny Tessler sind tief in Gedanken versunken und haben, zum ersten Mal, seit ich sie kenne, das Knutschen eingestellt. Aber der zündende Gedanke will sich bei keinem von ihnen einstellen. Bei mir leider auch nicht.

Wie können wir es bewerkstelligen?, denke ich. *Wie kommen wir an die Karte?* Jedes Mal, wenn ich glaube, eine halbwegs brauchbare Idee zu haben, stellt sich heraus, dass es einen Haken gibt. Einen Haken, der gleich die ganze Idee unbrauchbar macht.

Zunächst werden noch jede Menge Vorschläge geäußert. So wie Horatio es sich auserbeten hat, ist keiner davon auch nur ansatzweise vernünftig. Sondern völlig verrückt. Leider aber auch völlig undurchführbar. Wollte man das durchziehen, was Cornelius Ping vorschlägt, brauchte man dazu einen Braunkohlebagger, elfhundert Liter grün gefärbtes Mineralwasser und mindestens elftausend dressierte Skarabäuskäfer. Und der Vorschlag von Sofia Coletti scheitert schon daran, dass man dazu kurzzeitig die Schwerkraft der Erde aufheben müsste. Alice Tessler macht einen Vorschlag, der ihren Mann in höchste Begeisterung versetzt. Aber als sie beginnt, die Einzelheiten ihres Plans zu schildern, bremst Cassandra sie aus. »Darf ich dich daran erinnern, dass Minderjährige zugegen sind?«, sagt sie. »Und außerdem: Wo sollen wir auf die Schnelle elf Tonnen Erdbeeren, elfhundert Liter Champagner und elftausend Becher Schokoladenpudding herbekommen?«

Mit der Zeit werden die Wortmeldungen immer seltener und zwei Stunden später hängen alle bloß noch schweigend ihren Gedanken nach. Die angespannte Stille wird nur ab und an von einem Tschiepen der Nymphensittiche unterbrochen. Oder von einem leisen Gluckern, wenn jemand einen Schluck Waldmeisterbrause trinkt.

Irgendwann überkommt mich auch der Durst. Ich schlendere in die Küche hinüber und nehme mir eine Brause aus dem Kühlschrank – als ich plötzlich Rigbys Stimme hinter mir höre.

»Hat dein Vater den Chip gefunden?«

»Ja. Er war vor Freude völlig aus dem Häuschen«, antworte ich. »Wenn er mithilfe der Fotos beweisen kann, dass

Gernot Ratz die beiden Stadträte bestochen hat, dann wird es keine Shopping-Mall in Winderbusch geben.«

»Dein Vater hat jede Hilfe verdient. Er ist mutig und er kämpft für eine gute Sache. Er ist ein guter Mann«, sagt Rigby leise.

»Ich habe das Gefühl, er würde sich gerne mal mit Annafried Gripsholm treffen und sich bei ihr bedanken«, werfe ich in beiläufigem Ton ein.

»Oh, wie schade«, sagt Rigby. »Annafried Gripsholm musste ich leider in den vorzeitigen Ruhestand schicken. Irgendwie ist mir die blonde Lockenperücke in den Wäschetrockner geraten … Aber vielleicht möchte er ja mal Ellen de Kerk kennenlernen. Ich bin sicher, er könnte sie gut leiden.«

»Und was ist mit Rigby Burton?«, frage ich und blicke sie herausfordernd an. »Würde Rigby Burton es auch in Erwägung ziehen, sich mit ihm zu treffen?«

»Schwer zu sagen. Rigby entscheidet alles ganz spontan«, sagt Rigby grinsend – und wir kichern beide gleichzeitig los und stoßen mit der Brause an.

»Ist ja schön, dass ihr euch so freut«, dringt Horatios Stimme in die Küche. »Aber hier sitzt ein Haufen Bekloppter und versucht, eine bescheuerte Idee zu entwickeln. Könntet ihr also bitte ein bisschen leiser kichern?«

»Du hast heute Abend noch keinen einzigen Vorschlag gemacht«, flüstere ich Rigby leise zu. »Dabei bist du doch die Expertin für knifflige Fälle. Ich frage mich schon die ganze Zeit, was Rory Shy tun würde. Wenn das ein Fall wäre, den er lösen müsste. *Der Fall der verlorenen 11.* Was würde Rory tun?«

Rigby setzt die grüne Brauseflasche vom Mund ab und ihr Gesicht nimmt einen nachdenklichen Ausdruck an. »Eine gute Frage«, murmelt sie. »Was würde Rory Shy tun? Wie würde er diesen Fall lösen?« Einen Moment lang steht sie völlig unbeweglich da, dann fährt sie auf dem Absatz herum, stürmt zwischen den anderen Elfer-Kindern hindurch, greift sich eine Kladde, wirft sich in ihren Sessel – und beginnt wie eine Verrückte zu schreiben. Sie schreibt und streicht wieder durch, schreibt erneut, reißt Seiten aus der Kladde, zerknüllt sie und wirft sie auf den Boden, kaut nachdenklich auf ihrem Stift rum, schreibt weiter, streicht wieder ganze Seiten, und so weiter und so weiter … Und zwar über Stunden hinweg.

Die übrigen Elfer-Kinder geben das eigene Nachdenken einer nach dem anderen auf. Stattdessen starren alle wie gebannt auf Rigby, die aber so in ihre Arbeit vertieft ist, dass sie es überhaupt nicht bemerkt.

Ich bin es nicht gewohnt, die ganze Nacht über wach zu sein. Egal wie sehr ich dagegen ankämpfe, immer wieder fallen mir die Augen zu. Irgendwann übermannt mich die Müdigkeit vollends.

Ich werde erst wieder wach, als ich in dem aufblasbaren Sessel nach vorne rutsche und dieser daraufhin ein lang gezogenes Pupsgeräusch von sich gibt. Ich reibe mir den Schlaf aus den Augen, sehe, dass Cornelius Ping ebenfalls eingeduselt ist (er hat dabei einen Finger im Ohr und schnarcht leise), und registriere, dass draußen bereits der Morgen heraufdämmert.

Genau in dem Moment, in dem die ersten Sonnenstrahlen die schmutzigen Fenster des Ladens durchdringen und auf den Teppich mit den wimmelnden 11en fallen, schlägt Rigby die Kladde plötzlich zu. Mit nachdenklichem Gesicht geht sie zum Kamin hinüber und streicht mit den Fingern über die blinkende Plastik-11, dann hebt sie den Kopf und sagt in ernstem Ton: »Penny hat mich vorhin gefragt, was Rory Shy in dieser Situation tun würde. Wie es ihm gelingen könnte, an die elfte Karte zu kommen.« Sie macht eine Pause und lässt ihren Blick langsam über die Elfer-Kinder wandern, die alle hoffnungsvoll die Köpfe recken. »Ich habe darüber nachgedacht und leider muss ich euch sagen … dass Rory Shy diesen Fall nicht lösen könnte. Für Rory gäbe es keine Möglichkeit, an die Karte zu gelangen.«

So ähnlich muss es sich anfühlen, wenn man an einem Strand steht und hoffnungsvoll dem Sonnenaufgang entgegensieht – aber die Sonne erscheint nicht. Und stattdessen rauscht eine riesige, eiskalte Welle über einen hinweg und reißt einen von den Füßen. Die Hoffnung, die eben noch zu spüren war, ist mit einem Schlag verpufft. Alle machen lange Gesichter. Den Colettis steigen Tränen in die Augen und ich fühle mich, als hätte mir jemand einen Leberhaken versetzt.

»Aaaber …«, höre ich Rigby sagen – und augenblicklich flackert neue Hoffnung in mir auf. »Ihr solltet euch klarmachen, *warum* Rory Shy diesen Fall nicht lösen kann.«

Rigby blickt über die grünen Brillengläser hinweg auf die Elfer-Kinder und verkündet: »Rory könnte nicht an diese Karte gelangen, weil er immer alleine arbeitet. Er hat niemanden, der ihm hilft. Aber wir sind zu elft. Und zu elft können wir es schaffen! Wenn jeder seinen Teil dazu beiträgt.« Ein feines Lächeln spinnt sich um Rigbys Lippen. »Ich habe einen Plan. Und der ist so bescheuert und verrückt, dass er glatt aufgehen könnte. Aber zuerst muss ich wissen, ob …« Sie greift nach ihrer Kladde, schlägt sie auf und blickt fragend zu Aurora. »Ich kenne kein Elfer-Kind, das so einfühlsam ist wie du«, sagt sie. »Niemanden, der so gut erspüren kann, was Menschen und Tiere und Pflanzen fühlen. Und umgekehrt spüren andere Wesen, dass du sie verstehst. Dass sie dir vertrauen können. Dass du ihre Freundin bist. Traust du dir zu, das Vertrauen der beiden Wachhunde zu gewinnen? Sie zu deinen Freunden zu machen?«

Aurora schluckt. »Das wird schwierig. Sie sind darauf abgerichtet, Menschen als Feinde zu sehen. Ihr Vertrauen zu gewinnen braucht Zeit. Wenigstens ein paar Tage.«

»Die Zeit hast du«, sagt Rigby. »Mein Plan sieht vor, dass wir am kommenden Mittwoch zuschlagen. Am späten Nachmittag. Dann wird Gernot Ratz nicht zu Hause, sondern im Rathaus sein. An dem Nachmittag findet nämlich die Ratssitzung statt, bei der über die Shopping-Mall entschieden wird. Das ist die Gelegenheit für uns.« Rigby wendet sich Tobias Horking zu und sagt: »Toby, du kannst dir sicher schon denken, worin deine Aufgabe besteht.«

»Ich hoffe mal stark, dass es nicht um Bockspringen oder Reck-Turnen geht«, entgegnet Toby und wird unter seinem Topfschnitt ein bisschen rot. »Sondern, dass meine mathematischen Fähigkeiten gefragt sind.«

»So ist es«, bestätigt Rigby. »Zur Vorbereitung unseres Vorhabens brauchen wir unbedingt deine Rechenkünste.«

»Kein Problem.« Toby wirkt sichtlich erleichtert und atmet auf.

»Kommen wir zu dir, Horatio.« Rigby wendet sich dem Trödelhändler zu und deutet auf das Vogelnest auf seinem Kopf. »Wenn ich vorhin gesagt habe, dass wir es schaffen können, weil wir zu elft sind, war das vielleicht nicht ganz korrekt. Denn wir sind elf Elfer-Kinder plus zwei Nymphensittiche. Du hast ihnen doch vorhin beigebracht, diese Vogelfänger-Arie zu pfeifen, nicht wahr?«

»Äh, ja«, murmelt Horatio. »Die Arie des Papageno. Aus *Die Zauberflöte.* Von Mozart.« Kaum hat er es ausgesprochen, als Tippi und Hedren die Köpfe aus seinem Haar recken und fröhlich drauflos tirilieren.

»Dieses kleine Kunststück wird uns sehr nützlich sein«, befindet Rigby. »Meinst du, du könntest ihnen noch ein weiteres Kunststück beibringen? Ein kleines Flug-Kunststück?«

»Klar«, antwortet Horatio und sein blaues und sein grünes Auge strahlen freudig. »Tippi und Hedren stehen auf Kunststücke. Und den Gefallen tun sie mir sicher gerne. Schließlich sind sie nicht nur meine Untermieter, sondern auch meine Freunde. Und sie können den fiesen Ratz genauso wenig leiden wie ich.«

»Und was machen *wir?«*, fragen Alice und Johnny Tessler wie aus einem Mund.

»Oh, nichts andres als sonst auch«, bescheidet ihnen Rigby lächelnd. »Ihr müsst euch nur ganz dolle liebhaben. Zum richtigen Zeitpunkt.«

»Das dürften wir hinkriegen«, lacht Johnny.

»Aber wir sollten vorsichtshalber sofort mit dem Training beginnen«, schlägt Alice vor, fährt ihrem Mann zärtlich mit der Hand über die Wange, beugt sich zu ihm vor und …

»Könntet ihr den Trainingsbeginn vielleicht noch ein bisschen verschieben?«, meldet sich Cassandra zu Wort. Dann blickt sie zu Rigby hinüber und fragt: »Und welche Aufgabe hast du mir zugedacht?«

»Du bildest mit Tizia und Cornelius die Abteilung VAV.«

»VAV?« Cassandra zieht erstaunt die Augenbrauen hoch.

»Das steht für Verarschung, Ablenkung und Verwirrung«, erklärt Rigby und nimmt Auroras Mutter ins Visier. »Tizia, wir brauchen deine rasende Blumenwiese.«

Tizia nickt, und ich frage mich zunehmend beunruhigt, welche Rolle Rigby *mir* eigentlich bei ihrem Plan zugedacht hat. Aber bei mir sind wir noch lange nicht.

»Cornelius, du hast doch auch ein Auto. Diesen alten Pritschenwagen, oder?«, fragt Rigby Horatios glatzköpfigen Cousin.

Der guckt sie mit großen Augen an. »Schnittchen jagen? Warum sollte ich Schnittchen jagen? Die werden doch schon fertig serviert. Und meinst du jetzt Käseschnittchen oder –«

»Nicht Schnittchen jagen. PRITSCHENWAGEN!«, brüllt Rigby in sein Ohr. »Du hast doch deinen Pritschenwagen noch, oder?«

Cornelius schüttelt bedauernd den Kopf. »Nein, tut mir leid, ich hab nur so einen alten Pritschenwagen.«

»Sag ich doch«, schreit Rigby.

»Aber der ist abgemeldet«, erklärt Cornelius und bohrt mit dem Finger im Ohr. »Steht seit ein paar Jahren nur noch bei mir im Hof rum. Früher habe ich ihn immer gebraucht, um das Lama und das Krokodil zu transportieren. Das war, bevor ich die Vögel und die Skarabäuskäfer hatte.«

»Wir brauchen den Wagen. Du musst ihn wieder anmelden!«, erklärt ihm Rigby lautstark.

»Krankmelden? Wieso? Mir geht's doch gut.«

»ANMELDEN! Den Pritschenwagen. Du musst ihn wieder anmelden«, schreit Rigby. »Du musst aufs Straßenverkehrs…« In letzter Sekunde unterbricht sie sich. »Aufs Straßenverkehrs-a-m-t.«

»Wohin?«

»STRAßENVERKEHRSAMT!«, brüllt Rigby entnervt, woraufhin alle Elfer-Kinder erschrocken die Augen aufreißen, sich die Ohren zuhalten und schrille Entsetzensschreie ausstoßen.

»Ist ja schon gut«, moppert Cornelius, nachdem sich alle wieder beruhigt haben. »Du musst hier nicht irgendwelche schlimmen Wörter rumbrüllen, Rigby. Bin ja schließlich nicht taub. Und wozu genau brauchen wir den Pritschenwagen?«

»Du musst damit … Ach, weißt du: Ich werde es dir nachher aufschreiben. Ich glaube, das ist sicherer.«

»Hast du mir auch irgendeine tragende Rolle zugedacht?«, meldet sich Sofia Coletti zu Wort. »Oder bin ich bloß die nette Oma, die alle mit Waldmeisterbrause und Pizza empfängt, wenn sie müde und erschöpft von ihrem Abenteuer zurückkehren?«

»Oh, nein. Du hast eine außerordentlich tragende Rolle, Sofia«, sagt Rigby. »Du wirst uns trainieren!« Sie dreht den Kopf und lächelt mir zu. »Mich – und Penny.«

Mir fällt alles aus dem Gesicht. »Trainieren?«, entfährt es mir überrascht. »Worin?«

»Hast du es etwa vergessen?«, sagt Rigby und ihr Lächeln wird zu einem breiten Grinsen. »Sofia Coletti war mal die beste Hochseilartistin der Welt.«

Hochseil? Ich fühle mich, als wäre ich gegen eine Wand gelaufen. Rigbys Plan sieht vor, dass sie und ich – wahrscheinlich in schwindelerregender Höhe – über ein dünnes Seil balancieren? Mir wird ziemlich mulmig zumute. Die Vorstellung, eine Hochseilartistin zu sein, fand ich immer toll, aber meine praktische Erfahrung auf diesem Gebiet tendiert gegen … na ja, null.

»Keine Angst. Du kriegst das hin«, ermutigt mich Rigby. »Und außer dir kann es kein anderer machen. Du bist die Einzige, die durch die schmale Luke im Dach passt. Und du kennst dich im Haus aus.«

»Verstehe«, sage ich leise. »Aber … aber warum musst *du* ein Hochseiltraining machen? Warum musst du auch aufs Seil?«

»Ist das nicht offensichtlich?«, sagt Rigby amüsiert. »Wegen der Gesichtserkennung. Ich werde nächsten Mittwoch Gernot Ratz sein!«

Baff vor Erstaunen starre ich sie an – so wie alle anderen Elfer-Kinder auch, aber bevor ich mir den Kopf darüber zerbrechen kann, was *genau* Rigby eigentlich plant, fährt sie auch schon fort: »Mein Plan ist wie eine kleine Geschichte. Aber er wird nicht ohne Elfer-Magie gelingen.« Sie nimmt in dem Fernsehsessel Platz, schiebt ihre grüne Brille die Nase hoch und atmet einmal tief durch.

Und dann schildert sie uns alle Einzelheiten ihres Plans …

21

In den folgenden Tagen verwandelt sich Horatios Trödelladen in ein Planungs- und Trainingszentrum für die Operation *Verlorene 11.* Damit wir ungestört bleiben, hat Horatio einen selbst gekrakelten Zettel in die Tür geklebt:

Verehrte Kundschaft! Wegen akuter Arbeitsunlust (und weil ich das warme Wetter so schlecht vertrage) lege ich zurzeit einen Kurzurlaub in Grönland ein. Sollten Sie in dieser Zeit dringend Trödel, Krimskrams oder Raritäten benötigen – suchen Sie doch bitte auf Ihrem Speicher danach. Herzlichst

Ihr ergebener Horatio Ping

Jedes Mal, wenn ich den Laden betrete, ist Horatio damit beschäftigt, mit Tippi und Hedren die Papageno-Arie zu üben. Ab und zu verschwinden er, Tobias Horking und die Vögel aber auch durch den Geheimgang nach unten, in die Kanalgewölbe. Toby immer mit einer Stoppuhr bewaffnet, Horatio mit einem silberglänzenden Reif. »Da unten haben die Sittiche ausreichend Platz, ihr Flugkunststück zu üben, ohne dass jemand was davon mitbekommt«, erklärt er mir.

In dem Raum hinter dem grünen Vorhang sieht es aus wie in einer Turnhalle. Der Boden ist mit dicken Schaumstoffmatten ausgelegt. Sofia Coletti steckt in einem dunkelgrünen Gymnastik-Dress – und scheucht Rigby und mich durch die Gegend wie ein Feldwebel. Am ersten Trainingstag lässt sie uns unzählige Male über einen schmalen Schwebebalken laufen. So lange, bis wir es mit geschlossenen Augen hinkriegen.

»Immer schön an die Elfer-Magie denken!«, kommandiert sie. »Stellt euch vor, dass ihr problemlos über den Balken laufen könnt. Ihr müsst über den Balken laufen wollen. Und nie daran zweifeln, dass es euch gelingt.«

Es gelingt uns sogar recht gut – aber am nächsten Tag ist der Schwebebalken verschwunden. Stattdessen ist zwei Meter unter der Decke ein dünnes Seil gespannt. »Nie nach unten sehen oder daran denken, dass man stürzen könnte«, erklärt uns Sofia. »Immer geradeaus blicken und das Ziel im Auge behalten!«

Ein Seil ist was völlig anderes als ein Schwebebalken, wird mir schnell klar. Gerät man auf dem Balken außer Tritt, hat man die Chance, sich wieder zu fangen. Weil der Balken ein Balken ist. Starr und unbeweglich. Passiert einem das Gleiche auf dem Seil, hat man sofort verkackt. Das Seil beginnt zu zittern und gerät in Schwingung – und das war es dann. Ich komme während des gesamten Trainings nie weiter als bis zur Hälfte des Seils.

»Das schaffe ich nie«, stöhne ich, nachdem ich zum ungefähr einhundertelfen Mal in die Schaumstoffmatten gekracht bin.

»Doch. Du schaffst es irgendwann«, baut mich Sofia auf. »Wenn du es wirklich willst. Etwas zu wollen heißt nicht, einfach dazustehen und zu denken *Ich will!*. Etwas zu wollen bedeutet, dass man bereit ist, sich dafür zu plagen. Und das bedeutet: üben, üben, üben. Und sich nicht von Rückschlägen entmutigen lassen.« Und damit scheucht sie Rigby und mich zurück aufs Seil.

Am nächsten Tag habe ich Muskelkater an jedem einzelnen Muskel meines Körpers.

Aurora bekomme ich kaum zu Gesicht. Sie ist jeden Tag draußen, schleicht um das Haus von Gernot Ratz herum und versucht sich mit den Hunden anzufreunden. Den Tesslers hat Cassandra nahegelegt, ihr *Liebhab-Training* an einen Ort zu verlegen, an dem ihnen niemand zusieht. Nur sporadisch tauchen Alice und Johnny im Laden auf, um über ihre Fortschritte zu berichten.

Papa ist voll und ganz darauf konzentriert, sich auf die entscheidende Stadtratssitzung am kommenden Mittwoch vorzubereiten. Ihm fällt überhaupt nicht auf, wie häufig ich außer Haus bin. Aber es ist nicht alleine die anstehende Sitzung, die ihn beschäftigt. »Ich wollte rausfinden, wo diese Annafried Gripsholm wohnt«, sagt er eines Abends. »Um mich bei ihr zu bedanken. Aber in Winderbusch ist nirgendwo eine Annafried Gripsholm gemeldet. Merkwürdig …«

»Vielleicht ist sie in einen Wäschetrockner geraten«, entschlüpft es mir.

»Was?«

»Ach, nichts. Warte ab! Du wirst ihr schon wieder begegnen. Wahrscheinlich dann, wenn du überhaupt nicht damit rechnest. Kopf hoch, Papa.«

Tante Kirsten und ihrem Jagdhundinstinkt entgeht natürlich nicht, dass ich kaum noch zu Hause bin. Vor ein paar Tagen hat sie darüber gemeckert, dass ich zu viel lese und nie einen Fuß vor die Tür setze, aber dass ich neuerdings so häufig abwesend bin, schmeckt ihr auch nicht. »Du bist ja nur noch unterwegs«, beschwert sie sich beleidigt. »Dabei hatten wir doch geplant, etwas zusammen zu unternehmen.«

Ich habe schon geahnt, dass so was kommen wird – und mir vorsorglich eine Notlüge zurechtgelegt. Wollte Kirsten nicht unbedingt, dass ich mich öfter mit Hendrike treffe?

»Ich treffe mich jeden Tag mit Hendrike. Sie ist aus dem Urlaub zurück«, behaupte ich. Der erste Teil ist natürlich gelogen, aber dass Hendrike aus dem Urlaub zurück ist, stimmt.

Gestern Abend, als ich von Horatios Laden nach Hause geradelt bin, habe ich sie gesehen. Vor dem kleinen Büdchen in der Schneidergasse. Mit Pamela, den Ziburski-Zwillingen und ihren Schlägerkumpanen. Alle haben sich gerade über irgendeinen pseudo-witzigen Spruch von Alex Ziburski beölt – nur Hendrike nicht. Ihr schien der Spruch eher peinlich zu sein. Glücklicherweise habe ich den Trupp erspäht, bevor sie mich gesehen haben. Ich habe umgehend kehrtgemacht, einen weiten Bogen geschlagen und bin am Wasserturm vorbei nach Hause gefahren.

Damit Kirsten gar nicht erst auf die Idee kommt, nach Einzelheiten meiner Treffen mit Hendrike zu fragen, starte ich umgehend ein Ablenkungsmanöver. »Hast du Vikram mittlerweile mal erreicht?«, frage ich in unschuldigem Ton.

»Nein«, knurrt sie. »Soll er doch glücklich werden mit seiner Kunstschnepfe. Die gibt ihm sowieso den Laufpass, wenn sie erst merkt, wie bescheuert er ist.«

Das sehe ich zwar völlig anders, spare mir aber jeden Kommentar. »Und wie geht es deiner Freundin Carola?«, frage ich. »Hoffentlich wieder besser. Mann, wer fahrende Blumenwiesen sieht, der sollte wirklich dringend mal zum Arzt.«

»Ähm, ja, ja«, nuschelt Kirsten, wird ganz verlegen, dreht sich eilig weg und reibt so konzentriert an einem Soßenfleck auf dem Herd rum, als wollte sie gleich die ganze Küche wegschrubben.

Am späten Montagnachmittag um 17:11 schaffe ich es zum ersten Mal, unfallfrei von einem Ende des Seils bis zum anderen zu laufen. Und Rigby gelingt kurz darauf das gleiche Kunststück.

»Sehr gut«, lobt Sofia Coletti. »Wer über ein fünf Meter langes Seil laufen kann, der kann auch über ein elf Meter langes laufen. Notfalls sogar über ein elf Kilometer langes. Hervorragende Leistung, Mädels. Gönnt euch ’ne Pause – schlürft eine Brause!«

Rigby und ich nehmen uns zwei Fläschchen aus dem Kühlschrank, gehen nach vorne und beobachten Horatios Chorprobe mit den Sittichen – als ein klappriges Gefährt mit knatterndem Auspuff die Elfergasse hochzockelt und direkt vor dem Laden parkt.

»Das ist Cornelius’ Pritschenwagen. Er hat es offenbar geschafft, ihn wieder anzumelden«, erklärt Rigby.

Unmittelbar darauf steigen Tizia Coletti und Cornelius Ping aus dem rostigen Gefährt. Bei Cornelius’ Anblick durchfährt mich ein Schreck: Er ist leichenblass und so schwach, dass er sich kaum auf den Beinen halten kann. Tizia legt seinen Arm um ihre Schulter und schleppt ihn die Stufen zum Laden hoch.

»Schnell!«, ruft sie. »Er braucht sofort Waldmeisterbrause. Zur Not intravenös!«

Cassandra nimmt den am ganzen Körper zitternden Cornelius in Empfang und schleppt ihn hinter den Vorhang.

»Was ist mit ihm passiert?«, frage ich Tizia.

»Seine Augen haben das Grauen gesehen. Wir waren dort. Ihr wisst schon …«, berichtet sie stockend. »Auf dem Straßenverkehrs-a-m-t. Um den Pritschenwagen wieder anzumelden. Und da haben sie ihn gezwungen, ein F-o-r-m-u-l-a-r auszufüllen. Ach, was rede ich. Nicht eines. Dutzende! Er wäre beinah kollabiert. Fast hätte ich eine Mund-zu-

Mund-Beatmung machen müssen. Aber Cornelius hat tapfer durchgehalten. Der Wagen ist wieder angemeldet!«

»Nach ein paar Litern Brause geht's ihm wieder besser«, beruhigt uns Horatio. »Und seinen Skarabäuskäfern wahrscheinlich auch.«

Obwohl ich auf dem Seil immer sicherer werde, steigt meine Nervosität mit jeder Minute, die der Mittwoch näher rückt.

Am Dienstagnachmittag gibt es so was wie eine Generalprobe, bei der wir die gleichen Klamotten tragen, die wir auch morgen anziehen werden. »Es ist wichtig, dass ihr wisst, wie es sich anfühlt, in dieser Kleidung über das Seil zu laufen«, hat Sofia uns erklärt.

Ich stehe, angetan mit Chucks, Jeansjacke und grüner Kappe, unter dem Seil und warte ungeduldig auf Rigby. Die treibt sich noch vorne im Laden rum, in dem Gang mit den Secondhand-Klamotten und Perücken.

»Wo bleibst du, Rigby?«, rufe ich.

»Komme gleich.«

Das hat sie vor elf Minuten schon mal behauptet. Seufzend lasse ich mich auf einer Trainingsmatte nieder – als mein Blick an Rigbys grüner Kunstledertasche hängen bleibt, aus der eine dünne Schreibkladde ragt. Nicht die grüne, in der sie die Notizen zu unserem Plan festgehalten hat. Diese hier ist schwarz. Neugierig ziehe ich die Kladde aus der Tasche. *Rohfassung Rory Shy Band 12* lese ich. Einen Moment lang bleibt mir die Luft weg: eine neue *Rory Shy*-Geschichte!

Wühlt man in den Sachen seiner Freunde rum? Natürlich nicht. Aber hier geht es um Rory Shy. Um ein neues Rory-Abenteuer, das noch niemand auf der Welt zu Gesicht bekommen hat. Welcher Rory-Fan würde da nicht schwach werden? Verstohlen blicke ich mich um. Niemand beobachtet mich. Mit einem Gefühl, als würde ich ein frisch entdecktes Pharaonengrab betreten, schlage ich die Kladde auf. Da ertönt hinter mir eine dröhnende Stimme.

»Finger weg, Freundchen!«

»Aaaah!« Ertappt fahre ich herum – und stoße den nächsten schrillen Schrei aus. Vor mir steht Gernot Ratz!

»Steck die Kladde sofort zurück!«, kommandiert er. »Da hat noch keiner drin zu lesen. Dieses Buch wird großartig. Ich bin ein fantastischer Autor. Ich bin der fantastischste Autor der Welt. Das sagen alle! Sogar meine Presseabteilung.«

»Oh mein Gott … Rigby! Erschreck mich nie wieder so. Das ist …« Ich starre sie an wie hypnotisiert. Rigby trägt einen blauen Anzug, einen blauen Schlips – und das Gesicht von Gernot Ratz. Das über den Kopf gekämmte, dünne blonde Haar, die Kühlschrank-Zähne … Sie hat sich sogar Wattebäusche in die Wangen gesteckt, um die gleichen Hamsterbäckchen zu haben wie der Vollbeleuchter. Rigby ist eine Meisterin der Maske. Und das nicht nur, weil sie mit Verkleidungen, Perücken und Schminke umzugehen weiß. Viel unheimlicher ist, dass sie auch so redet, guckt und sich bewegt wie Gernot Ratz.

»Das ist echt gruselig«, wispere ich.

»Fühlt sich auch ziemlich gruselig an«, befindet sie und setzt ihre grüne Brille auf die Nase von Gernot Ratz – was so bescheuert aussieht, dass ich kichern muss.

»Legen wir los«, sagt Gernot-Rigby und klettert auf das Hochseil.

Auch in ihrer Ratz-Verkleidung gelingt es Rigby mühelos, über das Seil zu balancieren. Ich habe zwei kleine Wackler, schaffe es aber ebenfalls ohne Sturz von einem Ende des Seils zum anderen. Alles gut, könnte man meinen.

Bis uns auffällt, dass es da ein klitzekleines Detail gibt, das wir leider völlig unterschätzt haben. Das Detail beträgt genau 1 111 111,11 Euro. Die Summe, die wir Gernot Ratz für die Karte bezahlen müssen.

Horatio hat das Geld aus einem Versteck in den unterirdischen Kanälen geholt und in einen Rucksack gepackt. 1 111 111,11 Euro wiegen eine Menge. Für mich wiegen sie definitiv zu viel. Und Rigby, die ja schon ihre Ratz-Verkleidung tragen muss, bringt der Rucksack so aus dem Gleichgewicht, dass sie bei jedem Versuch, das Seil zu überqueren, in die Schaumstoffmatten kracht.

»Ich hab's schon immer gesagt«, kräht Horatio, der sich das Ganze mit gerunzelter Stirn ansieht. »Zu viel Geld ist nur überflüssiger Ballast.«

»Warum habe ich nicht früher an diesen verdammten Rucksack gedacht?«, ärgert sich Sofia Coletti.

»Bis morgen kriege ich es hin«, sagt Rigby trotzig.

»Nein. Das ist mir zu unsicher«, sagt Sofia. »Kleine Planänderung: Ich komme auch mit. Ich nehme den Rucksack.«

»Aber …«

»Ich habe mein halbes Leben ein paar Meter über dem Boden verbracht«, erklärt Sofia in bestimmtem Ton. »Für mich ist es kein Problem, mit dem Rucksack über das Seil zu laufen. Auf Wunsch schlage ich dabei noch einen Salto oder singe die ersten beiden Strophen von *Penny Lane.* Mach euch da mal keine Gedanken.«

»Aber … hast du nicht gesagt, du hättest schon Kreislaufprobleme, wenn du nur zu schnell aus dem Bett steigst?«, gebe ich zu bedenken.

»Na und? Nehm ich morgen einfach mal die elffache Dosis Kreislauftropfen. Keine Widerworte. Ich komme mit!«

Später am Abend finden sich alle Elfer-Kinder zu einer letzten Besprechung im Laden ein.

»Aurora, wie sieht es mit den Hunden aus?«, fragt Rigby, die die Vollbeleuchter-Maskerade Gott sei Dank wieder abgelegt hat.

»Es sind sehr böse und wütende Hunde«, sagt Aurora. »Aber sie sind nur so böse, weil Gernot Ratz sie schlecht behandelt. Sie spüren, dass ich ihnen wohlgesonnen bin, und vertrauen mir. Wenn ich in ihrer Nähe bin, werden sie sich ruhig verhalten.«

»Alice und Johnny, wie läuft es bei euch?«

»Läuft wie geschmiert«, sagen die Tesslers wie aus einem Mund und bedenken sich dabei mit schmachtenden Blicken.

»Tippi und Hedren sind auch einsatzbereit«, lässt Horatio verlauten und Toby Horking ergänzt: »Ich habe genau durchgerechnet, wann sie was tun müssen.«

»Sehr gut«, sagt Rigby. »Tizia? Cassandra? Cornelius? Ihr wisst, was ihr zu tun habt?«

Die beiden Frauen nicken, aber Cornelius guckt ganz unbeteiligt und bohrt in seinem Ohr rum.

»Cornelius!«, brüllt Rigby. »Ist dir klar, wie dein morgiger Einsatz aussieht?«

»Wie ein borkiger Schweinsspatz aussieht? Woher soll ich das wissen? Hab so ein Vieh noch nie gesehen.«

»Morgiger Einsatz«, schreit ihm Rigby ins Ohr. »Weißt du, was du zu tun hast, Cornelius?«

»Na, klar. Frag das doch direkt«, entgegnet Cornelius beleidigt. »Und schrei mir nicht so ins Ohr. Die Skarabäuskäfer schlafen schon.«

Rigby atmet tief durch. »Dann wäre ja alles geklärt. Wir treffen uns morgen Nachmittag. Im Wäldchen hinter dem Ratz-Grundstück. Punkt elf nach drei geht es los. Versucht ein bisschen zu schlafen. Bis morgen. Alle Elfe!«

22

Nachts habe ich einen schrecklichen Albtraum: Ich laufe auf einem dünnen goldenen Seil über einen Abgrund, auf dessen Boden unzählige, grün blinkende Plastik-11en stehen. Urplötzlich höre ich einen gewaltigen, dumpfen Knall, so als würde ein riesiges Tor zuschlagen, und im selben Moment gehen die blinkenden 11en in Feuer auf und verwandeln sich in verkohlte Tiefkühlpizzen. Entsetzt starre ich in den Abgrund, als mich eine Windböe erfasst. Ich rudere verzweifelt mit den Armen, kippe zur Seite – und stürze mit einem langgezogenen Schrei in die Tiefe.

Eine Elftelsekunde bevor ich auf dem Boden aufschlage, schrecke ich zitternd und schweißgebadet aus den Kissen auf.

Der Wecker zeigt elf vor sieben. Nur ein Traum, versuche ich mich zu beruhigen. Das war nur ein Traum. Das hat nichts zu bedeuten. Nachher wird alles glatt gehen! Ganz bestimmt. *Alles wird gut.*

Ausgerechnet heute regnet es Bindfäden. Auf der Veranda hinter dem Haus bilden sich im Laufe des Vormittags große Pfützen. Die Stunden ziehen sich wie Kaugummi. Und mit jeder zäh verrinnenden Minute wird mein Zwei-Gefühle-

Gefühl aus Angst und Hoffnung stärker. Es fühlt sich an, als wären meine Fingerspitzen elektrisch geladen.

Papa geht es ähnlich wie mir. Auch wenn er nicht über ein Seil laufen, sondern nur zu einer Stadtratssitzung muss. Er tigert unruhig durch sein Arbeitszimmer und kratzt sich so lange, bis sein Hals tomatenrot ist. Rigby-Annafrieds Fotos von den bestechlichen Ratsherren hat er ausgedruckt und vielfach kopiert, um sie allen Teilnehmern und Zuschauern der Ratssitzung in der entscheidenden Sekunde in die Hand drücken zu können – und so den Bau der Shopping-Mall zu verhindern.

»Ich muss nur den richtigen Moment abpassen«, macht er sich immer wieder Mut.

Kurz nach halb drei ist es endlich so weit. Papa schnappt sich den Umschlag mit den Kopien und zieht in die Schlacht.

»Viel Glück!«, wispere ich ihm ins Ohr, als ich ihn zum Abschied umarme. »Das wird schon.«

»Danke, Penny.« Er atmet tief durch und eilt durch den Vorgarten davon.

Kaum ist der rote Mini-Cooper am Ende der Straße verschwunden, mache ich mich ebenfalls auf die Socken. Ich ziehe meine Jeansjacke über, schiebe mir die grüne Kappe auf den Kopf und bin schon auf dem Weg zur Tür – als hinter mir eine vorwurfsvolle Stimme ertönt: »Was willst du denn draußen? Bei dem Regen? Ich dachte, wir nutzen den Nachmittag, um mal ein paar gemeinsame Unternehmungen zu planen.«

»Würde ich ja gerne, Kirsten. Aber heute ist doch Mittwoch. Du erinnerst dich? Die Therapiegruppe für ungesellige Kinder? Du wolltest doch, dass ich da hingehe, oder?«

»Ähm, ja … natürlich«, murmelt sie.

»Dann bis später«, sage ich und springe aus der Tür. »Ich werde die ungeselligen Kinder von dir grüßen.«

Die Colettis warten an der Straßenecke auf mich. Ich werfe mich auf den Rücksitz der rasenden Blumenwiese und Tizia steuert den Wagen in Richtung Tennscheid. Die Colettis sind genauso angespannt wie ich. Niemand spricht ein Wort. Wir fahren um Tennscheid herum und nehmen eine schmale baumbestandene Landstraße, bis wir schließlich zu einem Waldstück gelangen, an dem Sofia, Aurora und ich aus dem Auto steigen.

»Ich muss zu Cornelius und Cassandra. Die haben schon Position bezogen«, sagt Tizia. »Euch viel Glück. Alle Elfe!« Damit wendet sie den Wagen, hupt uns noch einmal aufmunternd zu und ist kurz darauf hinter der nächsten Kurve verschwunden.

Wir schlagen uns etwa zehn Minuten lang durch dichtes Gestrüpp, während der Regen über uns auf das Blätterdach des Waldes trommelt, und erreichen schließlich eine große Linde, zwanzig Meter hinter dem Grundstück von Gernot Ratz. Rigby, Horatio, Toby und die Tesslers erwarten uns bereits. Tippi und Hedren halten ein Schläfchen in Horatios

Haaren. Rigby trägt wieder ihr gruseliges Gernot-Ratz-Gesicht, den blauen Anzug – und dazu ihre grüne Brille.

»Gernot Ratz ist zur Stadtratssitzung. Ist vor einer halben Stunde in seiner goldlackierten Karre davongerauscht«, informiert sie uns und wirft einen schnellen Blick auf ihre Armbanduhr. »Elf nach drei. Wir haben keine Zeit zu verlieren. Alle Elfe! Aurora, du zuerst.«

Aurora nickt und huscht zwischen den Bäumen davon. Als sie sich der Rückseite des Grundstücks nähert, kommen die Hunde zum Zaun gerannt und stimmen lautstarkes Gebell an. Ich sehe, wie Aurora beruhigend auf sie einredet – bis sie das Bellen nach einiger Zeit einstellen, sich auf alle Viere legen und sich von ihr, durch den Zaun hindurch, streicheln lassen. Aurora blickt zu uns hinüber und reckt den Daumen in die Höhe.

»Okay. Als Nächstes müssen wir die Überwachungskameras ausschalten«, flüstert Rigby. »Alice, Johnny? Seid ihr bereit?«

»Aber so was von bereit«, haucht Alice Tessler und schmiegt sich an ihren Mann. »Lass uns Liebeswölkchen machen, Johnny.« Die beiden beginnen so heftig zu knutschen, dass sogar die grünen Lindenblätter kurzzeitig rot anlaufen. Die Nymphensittiche stoßen anerkennende Pfiffe aus.

»Ähm, gönnen wir Alice und Johnny doch etwas Privatsphäre«, schlägt Horatio vor und wir wenden uns dezent ab und blicken auf die Rückseite des Ratz-Grundstücks – bis eine kleine, rosa Wolke über unseren Köpfen auftaucht und in Richtung des Hauses weht. Dann noch eine und noch eine und noch eine … Zehn rosa Wölkchen schweben langsam auf das Grundstück zu.

»Stellt euch vor, dass sie genau vor die Kameras segeln«, wispert Rigby. »Wir müssen es nur wollen. Und nicht daran zweifeln, dass es klappt.«

Angestrengt kneife ich die Augen zusammen und konzentriere mich auf die rosa Wölkchen. So wie die anderen Elfer-Kinder auch. Und ob es nun Elfer-Magie oder nur ein besonders günstiger Wind ist: nach und nach verteilen sich die Liebeswölkchen um das Haus herum und schieben sich vor die Linsen der Überwachungskameras.

»Sehr gut«, lobt Rigby. Wir drehen uns zu den Tesslers um, über deren Köpfen ein elftes rosa Wölkchen schwebt.

»Ähm, ihr könnt jetzt aufhören«, sagt Horatio.

»Nein, nein«, protestieren Alice und Johnny zwischen zwei Küssen. »Wenn wir aufhören, fallen die Wölkchen in sich zusammen. »Wir machen fleißig weiter und ihr lasst euch so viel Zeit, wie ihr braucht.«

»Also schön«, sagt Toby Horking, der beim Anblick der knutschenden Tesslers knallrot angelaufen ist. »Kommen wir zu dem Seil.« Er deutet auf einen dicken Lindenast in etwa drei Metern Höhe, an dem das Ende eines dünnen Seils festgezurrt ist. Das andere Ende, an dem ein breiter silberner Reif befestigt ist, hält Toby in Händen. »Ich habe genau berechnet, wie dick und lang das Seil sein muss, damit es euch trägt und die richtige Spannung hat«, erklärt er. »Tippi und Hedren werden diesen Reif in ihre Schnäbel nehmen und auf das Haus zufliegen. Wenn sie mit der gleichen Geschwindigkeit wie beim Training fliegen, brauchen sie exakt 11,11 Sekunden, bis sie über dem Schornstein sind. In dem Moment beginnt Horatio, die Zauberflöten-Arie zu pfeifen. Die Sittiche stimmen ein, der Reif fällt aus ihren Schnäbeln und legt sich um den Schornstein. Wenn alles so läuft wie bei unseren Proben.«

»Legt los, Freunde der Oper«, sagt Horatio, woraufhin Tippi und Hedren aus seinen Haaren aufsteigen und den Silberreif mit ihren Schnäbeln packen. Ein paar Sekunden lang flattern sie auf der Stelle, bis Toby Horatio zunickt und einen Knopf auf seiner Stoppuhr drückt.

»Abflug!«, kommandiert Horatio und die Vögel steigen samt Ring in die Höhe, ziehen dabei das Seil hinter sich her und schießen durch den strömenden Regen blitzschnell auf das Haus zu. Das Seil spannt sich in der Luft, die Sittiche schlagen immer schneller mit den Flügeln, überfliegen den hohen Zaun und halten auf den Schornstein zu.

»Jetzt«, sagt Toby zu Horatio, der augenblicklich die Vogelfänger-Arie zu pfeifen beginnt. Genau in dem Moment, als Tippi und Hedren über dem Schornstein sind. Die beiden tirilieren fröhlich zurück, der Reif gleitet aus ihren Schnäbeln, segelt nach unten und fällt genau um den gemauerten Schornstein. Volltreffer! Das Seil ist gespannt! Die Nymphensittiche fliegen eine Kurve, kommen laut tschiepend auf uns zugeschossen, vollziehen eine rasante Notlandung in Horatios Haaren – und gönnen sich erst mal ein Schläfchen.

»Ja! Geschafft!« Wir klatschen uns freudig ab, aber Rigby dämpft unsere Zuversicht.

»Der schwierigste Teil kommt noch«, sagt sie. Ich finde es noch immer extrem verstörend, ihre Stimme zu hören, dabei aber in das Gesicht von Gernot Ratz zu blicken. »Gehen wir den Plan noch mal durch: Penny, du balancierst als Erste über das Seil, kletterst durch die enge Dachluke auf den Speicher und öffnest das große Schiebefenster am anderen Ende des Daches. Da klettern Sofia und ich dann durch. Wir schleichen uns in den Keller, öffnen die Tür mit dem Zahlencode, dann halte ich meine Gernot-Ratz-Visage in die Gesichtserkennungskamera, wir stellen den Rucksack mit dem Geld ab, schnappen uns die Elfer-Karte – und ziehen Leine. Wenn alles nach Plan verläuft, brauchen wir für die ganze Aktion keine elf Minuten.«

»Ihr müsst so schnell wie möglich sein«, sagt Horatio. »Denn es gibt eine Unwägbarkeit: Es könnte sein, dass Gernot Ratz hier schneller wieder aufkreuzt, als uns lieb ist. Kommt ganz darauf an, wie die Stadtratssitzung verläuft. Wenn Pennys Vater ihn mit den Bestechungs-Fotos konfrontiert, wird er wahrscheinlich erst mal alles abstreiten, ihren Vater als Lügner bezeichnen und mit Klage drohen. Aber wenn die beiden bestochenen Stadträte angesichts der belastenden Fotos einknicken und die Bestechung zugeben – dann wird es richtig eng für Ratz. Könnte sein, dass er dann

Hals über Kopf aus der Sitzung flüchtet und hier auftaucht. Für den Fall halten sich Cassandra, Tizia und Cornelius bereit.« Horatio deutet auf einen hohen Baum in dem Park gegenüber des Hauses. »Sieh genau hin«, sagt er zu mir.

Ganz oben in der Baumkrone sehe ich Cassandra hocken. »Da hat sie den perfekten Rundumblick«, erklärt Horatio. »Bis zur Landstraße hin. Sollte die goldene Kutsche von Gernot Ratz auftauchen, sieht sie ihn schon, wenn er noch drei Kilometer vom Haus entfernt ist.«

Ich recke den Kopf vor und kneife verwundert die Augen zusammen. »Trägt sie etwa den *Bescheuerten Hut?*«

»Ja. Damit Tizia und Cornelius besser sehen können, wenn sie das verabredete Zeichen gibt«, antwortet Toby Horking. »Sobald Ratz in Sicht kommt, wippt sie mit dem Hut. Das ist das Signal für Cornelius. Er steht mit dem Pritschenwagen auf einem kleinen Zufahrtsweg, etwa zweihundert Meter vor dem Haus. Sobald er von Cassandra das Zeichen bekommt, wird er den Pritschenwagen auf der Lindenallee quer stellen und die Straße blockieren. Sodass Gernot Ratz nicht durchkann. Und Tizia wird mit ihrer Blumenwiese das Gleiche tun und die Straße hinter ihm dichtmachen. Damit er nicht zurückfahren und von der anderen Seite her an das Haus gelangen kann. Dann haben wir ihn in der Falle. Ewig werden sie ihn natürlich nicht aufhalten können. Aber zwei bis drei Minuten könnte es euch verschaffen.«

»Und noch was«, ergänzt Rigby. Der Regen hat ihr dünnes blondes Ratz-Haar platt an den Kopf geklatscht. »Sollte irgendwas schiefgehen, sollten wir einen Alarm auslösen oder sollte irgend so ein Sicherheitsmensch hier auftauchen, dann nehmen wir die Beine in die Hand und sehen zu, dass wir schnellstens Land gewinnen. Dann sprinten wir in alle Richtungen davon. Und zwar jeder für sich. Das ist unauffälliger. Wir schlagen uns einzeln durch und treffen uns alle in Horatios Laden. Verstanden?«

Alle nicken. Horatio übergibt Sofia den Rucksack mit dem Geld. Sie schnallt ihn sich um und will gerade in die Linde klettern, als sie kurz ins Taumeln gerät und sich an dem Stamm des Baumes abstützen muss. »Oh, Mist! Hab doch glatt meine Kreislauftropfen vergessen«, keucht sie, zieht ein kleines braunes Fläschchen aus ihrer Jacke, setzt es an den Mund und trinkt es bis auf den letzten Tropfen aus. »Ah, schon viel besser«, befindet sie – und schwingt sich energievoll ins Geäst. Gernot-Rigby und ich folgen Sofia und kraxeln nach oben, bis wir schließlich eng aneinandergedrängt auf dem starken Ast stehen, an dem das Seil verankert ist.

»Bereit, Penny?«, fragt Sofia und legt mir die Hände auf die Schultern. »Und denk dran: Nie nach unten sehen!«

Ich nicke stumm, ziehe meine Kappe tief ins Gesicht und setze den linken Fuß vorsichtig auf das Seil. Ich stelle mir vor, wie ich sicher bis zum Dach balanciere. Ich will über dieses Seil laufen. Und ich habe keinen Zweifel daran, dass ich es schaffen werde.

Es wird jede Menge Elfer-Magie brauchen, um heil bis aufs Dach zu gelangen, wird mir schon nach den ersten, zögerlichen Schritten klar. Das ist was völlig anderes als im Training. Hier gibt es keine Schaumstoffmatten. Wer hier fällt, fällt hart. Am meisten macht mir aber der Regen zu schaffen. Er durchnässt meine Kleidung und lässt sie so schwer werden, dass es sich anfühlt, als würde ich einen Sack Steine mit mir schleppen. Und er macht das Seil glatt und rutschig und damit jeden Schritt zu einem Risiko.

Nicht nach unten schauen, sage ich mir ein ums andere Mal, während ich mich langsam und vorsichtig vorwärtsbewege.

Ich bin kurz vor der Grundstücksgrenze, als es passiert: Aus dem Augenwinkel blicke ich ganz kurz nach rechts, zu Aurora und den Hunden, und dieser winzige Moment der Unaufmerksamkeit genügt, um mich aus dem Gleichgewicht zu bringen. Mein Fuß rutscht vom Seil, ich schreie auf, rudere mit den Armen durch die Luft – im letzten Augenblick bekommt meine Rechte das Seil zu fassen.

Rigby und Sofia geben erstickte Schreie von sich und blicken mit schreckgeweiteten Augen zu mir herüber.

Ich hänge an dem dünnen Seil wie ein Räucherschinken über der Metzgertheke. Mein Herz schlägt schneller als eine übergeschnappte Bass-Drum. *Du schaffst das, Penny. Du musst es nur wollen.* Meine linke Hand schließt sich ebenfalls um das Seil. Dann ziehe ich mich mit dem anstrengendsten Klimmzug meines Lebens nach oben. Meine Arme zittern wie verrückt. Es fühlt sich an wie eine Ewigkeit, bis es mir irgendwie gelingt, den linken Fuß auf das Seil zu bekommen.

In Zeitlupengeschwindigkeit richte ich mich auf, breite die Arme aus – und laufe, wie in einer Trance, die letzten Meter über das Seil. Erleichtert, aber auch völlig entkräftet, bleibe ich einen Moment lang im strömenden Regen auf den Dachschindeln liegen.

Weiter, Penny! Ächzend erhebe ich mich, rutsche auf dem Hintern zu der kleinen Dachluke hinüber und zwänge mich durch die enge Öffnung. Meine Chucks landen auf den Dielen des Dachbodens.

Meine Augen brauchen ein paar Sekunden, um sich an das Dämmerlicht auf dem Speicher zu gewöhnen. Und als sie das getan haben, fällt mir zunächst die Kinnlade runter, bevor mich ein Lachanfall ereilt, der gar nicht mehr aufhören will: Die meisten Leute verstauen auf ihren Dachböden irgendwelchen alten Krempel, aber Gernot Ratz hat auf seinem Speicher so was wie eine Gernot-Ratz-Gedenkstätte errichtet. Die Wände sind mit großformatigen Ratz-Fotos tapeziert. Gernot Ratz beim Golfen, bei Vertragsabschlüssen und Mall-Eröffnungen, mit seinen drei Ex-Frauen … Immer mit einem breiten Vollbeleuchter-Grinsen. Es gibt Unmengen Urkunden für *den Unternehmer des Jahres, den sympathischsten Unternehmer, den Unternehmer mit dem schönsten Haar …* Es gibt sogar ein paar Ratz-Statuen. Und es gibt einen riesigen Spiegel. Wahrscheinlich steht er stundenlang davor und erzählt sich, was für ein Super-Typ er ist.

Noch immer kichernd husche ich zu dem Schiebefenster,

öffne es und winke Rigby und Sofia zu mir heran. »Kommt! Die Luft ist rein.«

Sofort setzt sich Rigby in Bewegung und balanciert in ihrer Ratz-Verkleidung über das Seil. Zweimal schwankt sie etwas, schafft es aber, das Haus ohne größere Probleme zu erreichen. Und Sofia zeigt, dass sie nichts verlernt hat. Mit dem schweren Rucksack auf dem Rücken trippelt sie so sicher und leichtfüßig über das Seil, als wäre sie auf einem Schaufensterbummel. Die beiden krabbeln über das Dach, kommen durch das Schiebefenster geklettert – und brechen beim Anblick des Ratz-Dachboden-Tempels beinah vor Lachen zusammen.

»Heiliger! Der Mann ist so 'ne arme Zehner-Wurst«, befindet Sofia und wischt sich eine Lachträne aus dem Auge.

»Wir haben keine Zeit«, mahnt Rigby-Gernot. Eilig huschen wir eine Stiege hinab ins Obergeschoss, dann schleichen wir über eine breite Treppe runter ins Erdgeschoss und an der Küche und dem großen Wohnzimmer vorbei.

»Oh, Mann. Hier sieht es ja aus wie in der Grabkammer von Pharao Geschmacklossos«, kommentiert Rigby den Gold-Overkill.

Ich führe die beiden in den Keller, bis vor die erste Stahltür, und will gerade den Zugangscode in das Tastenfeld eingeben, als hinter mir ein beängstigendes, gluckerndes Geräusch zu hören ist. Erschrocken fahre ich herum. Das laute Gluckern kommt aus den Gedärmen von Sofia Coletti. Sie hat die Hände gegen den Bauch gepresst und guckt ziemlich verwirrt. »Oh nein«, stöhnt sie. »Das darf doch nicht wahr sein. Ich befürchte, ich habe …« Hektisch zieht sie das braune Fläschchen aus der Tasche und starrt zerknirscht auf das Etikett. »Hab aus Versehen statt der Kreislauftropfen schon wieder ein Abführmittel genommen!«, seufzt sie. Schon dringt das nächste Gluckern aus ihrem Bauch.

»Noch ein Grund mehr, sich zu beeilen«, sagt Rigby und blickt mich auffordernd an.

Hastig gebe ich den Zahlencode ein, die Tür schwingt auf und zwei Sekunden später stehen wir vor der zweiten Tür. Die Gesichtserkennung.

Rigby hält ihre Gernot-Ratz-Visage in die Kamera.

»Zugang nicht gestattet«, ertönt eine Computerstimme.

»Was?«, entfährt es Rigby verdattert. »Aber …«

»Die Brille«, wispere ich. »Du trägst noch immer die grüne Rigby-Brille.«

»Oh …«, macht sie, nimmt die Brille ab und stellt sich erneut vor die Kamera.

»Zugang nicht gestattet.«

Wir blicken uns ratlos an.

»Versuch es mal mit so einem richtig blöden Vollbeleuchter-Grinsen«, schlage ich vor.

Rigby grinst so ratzig, dass sich mir die Nackenhaare aufrichten.

»Zugang gewährt.«

Die Türe öffnet sich. Ich stürme quer durch die Kunstsammlung, zu dem Regal mit der Karte, ziehe sie hinter der goldenen Schatulle hervor und halte sie freudestrahlend in die Höhe. »Hier ist sie! Die Karte mit dem geöffneten Tor. Die verlorene 11!«

Einen Moment lang herrscht ein andächtiges Schweigen, bevor Rigby leise sagt: »Wer die 11 ins Spiel bringt, der verändert das Spiel. Der ändert die Regeln. Heute ist der Tag, an dem wir die 11 ins Spiel bringen. Und die Welt verändern.«

Der eigentliche, ähm, *Verkauf* der Karte geht dann völlig unspektakulär und in weniger als elf Sekunden über die Bühne: Sofia stellt den Rucksack mit den 1 111 111,11 Euro auf dem Boden ab. Ich nehme die Elfer-Karte aus dem Rahmen – und das war es.

Hastig schleichen wir die Treppen zum Dachboden hoch und schwingen uns durch das Schiebefenster aufs Dach. In diesem Moment höre ich wütendes Hupen, das Knallen einer Autotür und lautes Geschrei. Mein Kopf fährt herum und ich sehe den goldfarbenen Wagen von Gernot Ratz auf der Lindenallee stehen. An der Weiterfahrt gehindert von Cornelius' altem Pritschenwagen, der quer auf der Straße steht.

»Sieh mal an. Er ist verdammt früh dran«, befindet Rigby. »Sieht aus, als wäre die Stadtratssitzung nicht besonders gut für ihn gelaufen.«

Gernot Ratz hüpft wie ein solariumgebräuntes Rumpelstilzchen um den Pritschenwagen rum, schlägt wütend gegen die Autoscheiben und brüllt: »Wegfahren! Ich muss hier durch. Fahr diese Schrottkiste endlich weg, du Idiot!«

Aber natürlich kann man jemanden, der Skarabäuskäfer in den Ohren beherbergt, anschreien, wie man will. Der hört nix. Cornelius sitzt mit unbeteiligter Miene hinter dem Steuer und pult sich in aller Seelenruhe im Ohr.

»Machen wir, dass wir wegkommen. Geh du als Erste«, sagt Rigby zu Sofia, deren Gedärme schon wieder bedrohlich gluckern und knurren. »Klingt, als wäre es ziemlich eilig bei dir.«

Auroras Oma nickt, sprintet, eine Hand gegen den Bauch gepresst, über das Seil, wird auf der anderen Seite von Horatio, Toby und den Tesslers in Empfang genommen – und verschwindet eiligst hinter einem Busch.

Rigby geht als Zweite und erreicht die Linde ebenfalls ohne Probleme.

Als ich auf das Seil steigen will, wird mir bewusst, dass ich die Elfer-Karte noch immer in der Hand halte. Das ist zu riskant, schießt es mir durch den Kopf. Noch mal so ein unglücklicher Beinah-Absturz wie vorhin – und die Karte ist futsch. Ich will sie aber auch nicht in die Hosen- oder Jackentasche stecken. Da würde sie völlig zerknittern. Also nehme ich meine Kappe ab, lege die Karte hinein und ziehe die Schirmmütze wieder auf den Kopf. Unter der Kappe ist die verlorene 11 sicher aufgehoben. Und eine Mütze aus grünem Samt finde ich als Transportbehältnis für eine magische Karte äußerst angemessen.

Bedächtig setze ich den Fuß auf das Seil.

Drei Schritte lang geht alles gut. Aber dann …

Diesmal ist es nicht meine Schuld. Ich blicke nicht nach unten oder zu Aurora – es ist ein leichter Windstoß, der mich ganz kurz aus der Balance bringt. Ich schaffe es, mich auf dem Seil zu halten, aber da spüre ich, wie mir die Kappe vom Kopf rutscht …

Das ist einer der Momente, die einem wie eine Ewigkeit erscheinen. Entsetzt starre ich der Samtkappe hinterher, die zusammen mit der Elfer-Karte unendlich langsam zu Boden trudelt. Und gerade, als sie auf die Steinplatten trifft, bricht die Hölle los: Die Bewegungsmelder schlagen Alarm und eine durchdringende, schrille Sirene kreischt los. So laut, dass es in den Ohren schmerzt. Ich sehe, wie Gernot Ratz aufhört, um den Pritschenwagen zu toben, verwirrt aufblickt, goldene Luxuskutsche Luxuskutsche sein lässt und in Richtung Haus losstürmt.

Ich zögere keine Sekunde. Ich kann die magische 11 nicht hier lassen! Und Mamas Samtkappe auch nicht! Ich schließe die Augen, drücke mich mit den Füßen vom Seil ab – und lande unsanft in einem Busch. Während ich mich aus dem Geäst befreie, höre ich Aurora schreien: »Penny! Die Hunde! Sie drehen wegen der Sirene durch. Ich kann sie nicht länger beruhigen.« Sie wird von wütendem Gebell unterbrochen.

Ich schaffe es, auf die Füße zu kommen, und sehe die Hunde auf mich zujagen. Ich springe vor, greife mir Mütze und Karte und frage mich panisch: wohin? Nicht zur Straße. Da laufe ich Gernot Ratz in die Arme. Bleibt nur der

Weg über den Zaun. Aber der ist zwei Meter hoch. *Vorstellen! Wollen! Nicht zweifeln!* Ich nehme zwei Schritte Anlauf, lege einen Sprung hin wie ein gedoptes Eichhörnchen – und es gelingt mir irgendwie, mich über die metallene Umgrenzung zu ziehen und auf der anderen Seite zu landen, bevor die Schäferhunde den Zaun erreichen.

Ich renne los. Egal wohin. Nur weg vom Haus.

In der Ferne ist eine Polizeisirene zu hören. Ich blicke über die Schulter zurück und sehe, dass sich die rosa Liebeswölkchen vor den Kameras auflösen. Die Elfer-Kinder spritzen davon und ergreifen die Flucht. Jeder in eine andere Richtung. Jeder für sich. So wie Rigby es vorgegeben hat.

»Wir haben sie! Wir haben die magische 11!«, rufe ich Aurora zu, die an mir vorbei in Richtung der Tennscheider Landstraße rennt. Sie bleibt kurz stehen, lächelt glücklich, hebt den Daumen und schreit: »Wir sehen uns! Mit der 11! In Horatios Laden!«

Aurora stürzt davon, während ich immer tiefer in den Wald laufe. Ich weiß nicht, wie lange. Völlig fertig stolpere ich irgendwann auf eine kleine Lichtung, wo ich erschöpft auf den moosigen Boden sinke. Ich lege mich auf den Rücken, blicke in den Himmel, dann ziehe ich die 11 unter meiner Kappe hervor, betrachte die Karte mit dem geöffneten Tor und spüre, wie ein Lächeln über mein Gesicht zieht.

Wir haben sie.

Wir bringen die elfte Karte ins Spiel.

Wir verändern die Welt.

23

Nachdem ich eine Viertelstunde durch den Wald geirrt bin, stoße ich auf einen Wanderpfad, den ich kenne, gelange so zur Tennscheider Landstraße – und habe unverschämtes Glück: Etwa zweihundert Meter die Straße runter ist eine Bushaltestelle. Hier hält der Überlandbus, der über Niederstein nach Winderbusch fährt. Geradewegs zum Fürstenplatz. Ich renne zu der Haltestelle, werfe einen Blick auf den Fahrplan und sehe, dass der Bus in elf Minuten eintreffen müsste.

Elf Minuten kamen mir noch nie so lang vor. Ich kann es nicht erwarten, endlich in Horatios Laden zu kommen.

Der Bus erscheint pünktlich, ich zahle bei der Fahrerin mit Kleingeld, das ich aus meinen Taschen zusammengesammelt habe, gehe durch und mache es mir ganz hinten auf der letzten Bank bequem.

Während der Bus über die kurvige Landstraße brummt, betrachte ich erneut die Karte mit dem geöffneten Tor. *Die 11 öffnet Tore. Tore zu neuen Gedanken und neuen Ideen. Wenn die 11 ins Spiel kommt, verändert sich alles.*

Wie wird diese Veränderung vonstattengehen?, frage ich mich. Was genau wird passieren, wenn die 11 mit den übrigen zehn Karten vereint wird? Wird sich die Zehner-Welt auf einen Schlag verändern und von heute auf morgen zu einer Elfer-Welt werden? Oder wird es langsam geschehen? Schritt für Schritt? Und woran wird man diese Veränderungen bemerken?

Als der Bus die Altstadt erreicht, stecke ich die Karte wieder unter die Kappe und gehe in Richtung Ausstieg. Da sehe ich durch das Fenster die Ziburski-Clique! Sie stehen mit ihren Rädern vor der Eisdiele. Ich gehe augenblicklich auf Tauchstation und bete, dass sie mich nicht gesehen haben.

Aber meine Gebete werden nicht erhört.

Der Bus fährt die Haltestelle am Fürstenplatz an, die Türen öffnen sich und ich springe ins Freie. Sofort geht mein Blick zur Eisdiele – und mein Magen krampft sich zusammen.

Sie *haben* mich gesehen! Und kommen in Höchsttempo mit ihren Rädern auf mich zugeschossen.

Ich renne in einem Affenzahn los – aber diesmal habe ich keine Chance. In der Mitte des Fürstenplatzes holen sie mich ein und bilden mit ihren Rädern einen Kreis um mich: Alex, Alina, Pamela, ihre Schlägerkumpel – und Hendrike. Ich sitze in der Falle.

»Sieh mal einer an: Frau Doktor Durchgeknallt. Na, so ein glückliches Zusammentreffen«, sagt Alina mit drohendem Unterton, und ihr Bruder grinst auf eine besonders bösartige und Unheil verkündende Weise.

Pamela Fäller steigt von ihrem Rad, tritt in das Innere des Fahrrad-Kreises und kommt drohend auf mich zu.

»Was habt ihr mit ihr vor?«, höre ich Hendrike mit ängstlicher Stimme fragen. »Das … das ist nicht mehr lustig.«

»Schnauze, Weichei!«, fährt Alina sie an.

Pamela baut sich direkt vor mir auf, spuckt aus, grinst breit und sagt: »Mach dich auf die Abreibung deines Lebens gefasst, Köpfchen Kurzschluss!« Ansatzlos schießt ihre rechte Hand vor und fegt mir die grüne Kappe vom Kopf.

Die Kappe wirbelt durch die Luft, die Karte fällt heraus und beide landen genau vor Pamelas Füßen. Ich springe vor, um mir die Elfer-Karte zu greifen – aber Pamela verpasst mir einen so heftigen Boxhieb in den Magen, dass mir für einen Moment schwarz vor Augen wird. Sie trampelt auf der Kappe herum, als wäre die ein Fußabtreter, dann angelt sie sich die Karte und lacht hämisch.

»Seht mal: Köpfchen Kurzschluss trägt Spielkarten unter ihrer Mütze spazieren. Hast du vielleicht auch noch irgendwo ein weißes Kaninchen versteckt?«

Die anderen stehen, auf ihre Fahrradlenker gestützt, da und begeiern sich über ihre dämliche Bemerkung.

»Hört zu«, stottere ich in flehendem Ton. »Diese Karte … kann die Welt verändern. Sie zu einer besseren Welt machen. Sie ist …«

»Mann, du hast echt einen gewaltigen Sockenschuss«, unterbricht mich Pamela, lacht auf – und zerreißt die Karte in unzählige kleine Fetzen, die durch die Luft wirbeln und sich auf dem schlammigen Boden verteilen.

Ich erstarre zu Stein. Alles um mich herum verschwimmt

und ich habe das Gefühl, in ein riesiges dunkles Loch gesaugt zu werden, ohne das Geringste dagegen tun zu können. Es ist, als wäre die Zeit stehen geblieben. Ich kann nicht glauben, dass das gerade wirklich passiert ist.

Die 11 ist zerstört! Für immer. Und mit ihr alle Elfer-Hoffnung. Es wird keine neue Welt geben!

Tränen schießen mir in die Augen. Ich bin nicht zur kleinsten Bewegung fähig. Nicht zur geringsten Reaktion. Wie durch einen Schleier sehe ich, dass Pamela ihre Hände zu Fäusten ballt, und höre sie sagen: »Wird höchste Zeit, dass jemand die Bekloppttheit aus dir rausprügelt, Köpfchen Kurzschluss!«

Ich versuche nicht mal, ihr auszuweichen. Es ist egal, ob ich Schläge kriege. Alles ist egal! Alles, was gezählt hat, war die Karte. Aber es gibt keine Karte mehr!

Pamela bleckt die Zähne und holt aus – als mehrere Dinge gleichzeitig geschehen: Hendrike tritt mit dem Fuß gegen das Rad von Alina, woraufhin diese samt Fahrrad zur Seite stürzt und den neben ihr stehenden Schlägertypen mit sich reißt, der dadurch wiederum Alex Ziburski zu Fall bringt. Der gesamte Hohlkopf-Verein geht wie eine Reihe Dominosteine zu Boden. Verdattert blickt Pamela über ihre Schulter. Ich erwache schlagartig aus meiner Salzsäulen-Erstarrung und verpasse ihr einen Stoß vor die Brust, der sie so überrascht, dass sie ebenfalls im Matsch landet.

»Spring auf, Penny! Auf meinen Gepäckträger. Schnell!«, schreit Hendrike und legt sich in die Pedale.

Sie strampelt, als wollte sie einen neuen Fahrrad-Geschwindigkeitsrekord aufstellen. Ich klammere mich an ihr fest, und als wir den Rand des Fürstenplatzes erreichen, sind die Ziburskis und ihre Freunde noch immer damit beschäftigt, Gliedmaßen und Fahrradlenker zu entwirren.

Hendrike gibt alles. Schnell wie der Wind jagen wir eine schmale Gasse runter, schießen um eine Ecke, fahren beinah den Paketboten um, der uns wütend hinterherbrüllt, und gelangen schließlich auf den kleinen Platz mit dem Brunnen.

»Ich glaube, wir haben sie abgehängt«, keucht Hendrike. »Aber wohin? Wo sollen wir jetzt hin, Penny?«

»Wir müssen zur Elfergasse.«

»Elfergasse? Noch nie gehört. Wo soll die denn sein?«

»Ähm, zur Eulergasse, meine ich natürlich.«

»Ah. Alles klar.«

Drei Minuten später erreichen wir die Ecke zur Eulergasse und ich steige vom Gepäckträger.

Hendrike wirkt mit einem Mal sehr verlegen, bis ich leise sage: »Danke. Danke, Hendrike.«

»Oh, Penny. Es tut mir alles so leid«, schießt es aus ihr heraus. »Ich war so eine Idiotin. Ich verstehe überhaupt nicht, wie ich mich auf diese Schwachköpfe einlassen konnte. Ich habe schon nach einem Tag gemerkt, was für Schwachmaten sie sind. Aber da konnte ich nicht mehr … Ich wollte doch nur …« Sie verstummt und wird rot. »Meinst du … meinst du, wir können wieder Freundinnen sein, Penny? So wie früher?«

Ich lächele sie an, aber ich befürchte, dass mein Lächeln so traurig aussieht wie das von Papa. Es gibt so vieles, das ich Hendrike gerne sagen würde: wie sehr ich mich freue, dass sie, als es darauf angekommen ist, die richtige Entscheidung getroffen hat, wie dankbar ich ihr für meine Rettung vor diesen Schlägern bin und dass ich natürlich glaube, dass wir wieder Freundinnen sein können. Aber nie mehr so wie früher. Wir müssen eine andere Art von Freundschaft finden. Wir sehen die Welt nicht mehr auf die gleiche Weise. Hendrike hört in dem Gluckern von Wasser nur ein Geräusch, ich höre eine Sprache. Und dennoch können wir Freundinnen sein. Für Zehner ist es leicht, mit Zehnern befreundet zu sein. Und Elfer-Kinder fühlen sich am wohlsten, wenn sie mit anderen Elfer-Kindern zusammen sind. Weil sie gleich empfinden und die Welt gleich sehen. Eine Freundschaft zwischen Menschen, die die Welt verschieden sehen, ist sehr viel schwieriger. Es ist eine Freundschaft, um die man unaufhörlich kämpfen muss. Und man kämpft, indem man dem anderen zuhört. Und seine Sicht der Dinge als das akzeptiert, was sie ist: seine Sicht der Dinge.

All das und noch so viel mehr würde ich Hendrike gerne sagen – aber dazu ist jetzt nicht die Zeit. Ich muss zu den Elfer-Kindern, um ihnen die schlechteste aller möglichen Botschaften zu überbringen: dass die magische Elf zerstört ist. Dass unsere Mission fehlgeschlagen ist. Dass die Welt eine

Zehner-Welt bleiben wird. Dass alles umsonst war. Und dass es meine Schuld ist.

Diese Karte hat Jahrhunderte unbeschadet überstanden. Und ich habe sie mir abnehmen lassen. Einen Meter vor der Ziellinie.

Ohne dass ich etwas dagegen machen kann, strömen mir plötzlich Tränen über die Wangen.

»Penny?«, sagt Hendrike erschrocken. »Alles in Ordnung?«

»Nein«, antworte ich mit erstickter Stimme und falle ihr weinend um den Hals.

»Kann ich … dir irgendwie helfen, Penny?«

»Nein. Leider nicht, Hendrike.« Ich wische mir die Tränen aus dem Gesicht und versuche zu lächeln. »Und natürlich können wir wieder Freundinnen sein. Aber – jetzt habe ich dringend was zu erledigen. Und das muss ich alleine tun.«

»Sehen wir uns demnächst, Penny?«

»Ja. Ich melde mich bei dir. Versprochen. Und vielen Dank für deine Rettungsaktion. Pass auf, dass du den Hohlköpfen nicht begegnest. Nimm vorsichtshalber den Weg am Wasserturm vorbei und mach einen großen Bogen um die Schneidergasse und den Fürstenplatz.«

»Bis bald, Penny. Viel Glück bei dem, was du tun musst. Was immer es auch ist.« Hendrike steigt in die Pedale, winkt mir noch einmal zu und ist kurz darauf verschwunden.

Mit schleppenden Schritten kämpfe ich mich die Elfergasse entlang. Das ist der schwerste Weg, den ich je gehen musste.

Ich quäle mich die Stufen zu Horatios Laden hoch, öffne die Tür – und höre hinter dem grünen Vorhang Musik, fröhliches Stimmengewirr und das Klackern von aneinanderstoßenden Brauseflaschen. Natürlich!, durchfährt es mich. Aurora hat ihnen gesagt, dass ich die Karte habe. Sie glauben, der große Moment stünde unmittelbar bevor, und feiern bereits ausgelassen.

Vor dem Vorhang bleibe ich kurz stehen, atme tief durch – und trete ein.

»Penny! Da bist du ja!«, kräht Horatio fröhlich.

Aber als ich den Kopf hebe und die Elfer-Kinder in mein verheultes Gesicht blicken, verstummen sämtliche Gespräche auf einen Schlag. Horatio reißt den Tonarm vom Plattenspieler und die Musik erstirbt.

»Was ist passiert?«, fragt Rigby Burton.

Das Schweigen ist das Schlimmste. Das Schweigen, das sich über die Elfer-Kinder legt, nachdem ich erzählt habe, was mit der magischen Karte geschehen ist. Alle sitzen da und starren resigniert vor sich hin: Horatio, Rigby, Toby, Cassandra, Cornelius. Die Tesslers sind leichenblass. Aurora, Tizia und Sofia weinen auf eine schreckliche, lautlose Weise, die mir beinah das Herz zerreißt. Die Sittiche blicken traurig und geben keinen Pieps von sich.

»Es war nicht deine Schuld. Das darfst du dir nicht einreden«, versucht mich Rigby zu trösten, als sie die Sprache wiedergefunden hat.

Aber ich bin untröstlich. Ich stehe mit hängenden Schultern da und blicke betreten auf den Teppich mit den wimmelnden 11en, während die immer gleichen marternden Gedanken durch meinen Kopf jagen: Du hast es versaut, Penny! Es gab einen wunderbar bescheuerten Elfer-Plan. Und jeder hat seine Aufgabe erfüllt. Nur du nicht.

Mein Blick wandert zu der Wand mit dem Kartenspiel und bleibt an dem leeren elften Rahmen hängen. Die Welt wird eine Zehner-Welt bleiben. Eine Welt, die von Zehnern für Zehner gemacht wird. Eine Welt, in der es Elfer-Kinder schwer haben. Eine Welt, die jeden für verrückt erklärt, der behauptet, es gäbe mehr als das, was man sehen und anfassen kann. In der verrückte Gedanken keinen Platz finden. In der es keine bescheuerten Ideen und spontane Gesangseinlagen und Tänzchen auf der Straße geben darf. Eine Welt, die eine Nummer zu klein ist. Eine Welt ohne Elfer-Magie. Dabei ist Elfer-Magie so einfach.

Vorstellen. Wollen. Nicht zweifeln.

Alles kann alles sein und alles, was geschehen kann, kann geschehen. Man muss es sich nur vorstellen. Man muss es wollen. Man darf nicht daran zweifeln, dass es gelingt.

Mit einem Mal stutze ich. *Vorstellen. Wollen. Nicht zweifeln. Vorstellen. Wollen. Nicht zweifeln.*

Es ist, als würde sich in meinem Kopf eine Schallplatte

drehen und die Worte unaufhörlich wiederholen: *Vorstellen. Wollen. Nicht zweifeln.*

Und dann durchschießt mich ein völlig bescheuerter Gedanke. Vielleicht ist es ein Geistesblitz, den Mama geschickt hat. Vielleicht auch nur eine bekloppte Elfer-Idee, aber …

Ich fahre herum und stürme durch den Vorhang in den Laden.

»Penny!«, rufen mir Rigby und Cassandra nach. »Wo willst du hin?«

Mein Blick fliegt über Horatios Trödel. Ein Kartenspiel! Ich brauche ein Kartenspiel. Irgendeins. Völlig egal, welches. Und ich weiß, wo ich schon mal eins gesehen habe. Da vorne. In dem Regalfach mit der Wasserpfeife. Ein altes Fußballer-Quartett.

Eilig greife ich nach der Karte, die ganz oben auf dem kleinen Stapel liegt. *Lukas Podolski.* Der tut es.

Ich renne, die Karte in der Hand, zurück und präsentiere sie den verdutzt blickenden Elfer-Kindern, indem ich sie hoch in die Luft recke.

»Wisst ihr, was das ist?«, frage ich aufgeregt.

»Öhm … Lukas Podolski?«, sagt Aurora in zweifelndem Ton.

»Nein. Also … auch. Ja. Aber vor allem ist es … das ist die elfte Karte!«

Wenn einen sogar Elfer-Kinder, die von sich selbst behaupten, verrückt zu sein, anstarren, als hätte man einen Kurzschluss im Kleinhirn, will das schon was heißen.

»Mir ist gerade klar geworden, dass … Jede Karte kann die Elfer-Karte sein!«, sprudelt es aus mir heraus. »Es kommt überhaupt nicht auf die Karte an. Es kommt auf uns an. Versteht ihr? Es gibt keine Karte, die über magische Kräfte verfügt. Sie ist magisch, wenn wir daran glauben, dass sie magisch ist. Wer immer dieses Kartenspiel gemacht hat, ihm war es nicht wichtig, dass wir eine bestimmte Karte finden. Vielleicht hat er sogar eingeplant, dass sie zerstört wurde. Ihm war nicht diese spezielle Karte wichtig. Ihm war wichtig, dass wir etwas verstehen: Alles kann alles sein. Und jeder kann die Welt verändern. Wenn er sich eine andere Welt vorstellen kann. Wenn er eine andere Welt will. Und niemals daran zweifelt, dass es eine andere Welt geben wird. Und das gilt auch für die verlorene 11. Wir können diese Karte zu einer magischen Karte machen. Jetzt!«

Einen Moment lang herrscht atemlose Stille, dann springt Rigby vor, reißt den leeren Glasrahmen von der Wand, steckt die Podolski-Karte in den Rahmen und hängt sie zu den anderen Karten zurück.

»Kommt her«, sagt sie und alle versammeln sich schleunigst vor der Wand und blicken auf die Karten. Zehn geschlossene Burgtore und ein lachender Lukas Podolski.

»Fasst euch bei den Händen«, flüstert Tizia Coletti. »Und jetzt: Schließt die Augen. Stellt euch vor, dass dies die Karte mit dem geöffneten Tor ist. Dass es die magische 11 ist.«

Ich konzentriere mich so stark, dass ich beinah zu atmen vergesse. Aber ganz allmählich verwandelt sich die Karte vor meinem inneren Auge. Das Bild von Lukas Podolski wird verschwommen und verblasst immer mehr, verändert sich langsam – und wird ganz allmählich zu der Burg mit dem geöffneten Tor.

»Jetzt braucht es unseren ganzen Willen!«, höre ich Cassandra mit entschlossener Stimme sagen. »Wir müssen es wollen. Wir müssen ganz unbedingt wollen, dass diese Karte die magische Elf ist. Mit ganzem Herzen!«

Ich will es! Ich will es!, denke ich. *Ich will, dass dies die magische Karte ist! Ich will, dass sich die Welt verändert. Ich will, dass sie zu einer Welt für Zehner und Elfer wird!*

Rigby und Aurora, die rechts und links von mir stehen, drücken meine Hände so fest, dass es beinah wehtut.

»Nicht zweifeln!«, sagt Rigby. »Wenn wir gleich die Augen öffnen, wird vor uns die Karte mit dem geöffneten Tor zu sehen sein. Ihr müsst fest daran glauben!«

»Okay?«, fragt Horatio mit krächziger Stimme. »Ich werde jetzt einen Countdown runterzählen. Und dann werden wir alle gleichzeitig die Augen öffnen. Also: elf, zehn, neun, acht, sieben, sechs, fünf, vier, drei, zwei, eins – jetzt!«

Ich reiße die Augen auf – und blicke auf die Karte mit dem geöffneten Tor. Die Kinnlade klappt mir runter.

Im selben Moment bricht um mich herum unbeschreiblicher Elfer-Jubel los! Alle fallen sich um den Hals, springen wie wild auf den Sesseln herum, Alice und Johnny knutschen jeden freudig ab, der in ihre Nähe gelangt, Tippi und Hedren zwitschern lauter als ein ganzer Vogelschwarm und

Cornelius Ping hüpft so ausgelassen umher, dass ihm die Käfer aus den Ohren purzeln.

Wir haben es geschafft!
Wir haben die 11 ins Spiel gebracht.
Wir verändern die Regeln!
Wir verändern die Welt!

Ein paar Stunden später herrscht noch immer überschäumende Feierlaune. Die Waldmeisterbrause fließt in Strömen, Horatio spielt unentwegt seine Top-Eleven-Songs, alle tanzen, singen, reden durcheinander und stoßen immer wieder laute Freudenschreie aus: »Alle Elfe! Alle Elfe! Alle Elfe!«

Erschöpft von dem ganzen Getanze und Rumgehüpfe, lasse ich mich für einen Moment in dem grünen, aufblasbaren Pups-Sessel nieder und beobachte die anderen: Toby Horking, der sich freudestrahlend mit Aurora, Tizia und Sofia unterhält. Cassandra und Rigby, die sich glücklich in den Armen liegen, Horatio und sein Cousin Cornelius, die sich damit abwechseln, den *Bescheuerten Hut* zu tragen und vor dem Kamin Pogo tanzen.

Der traurigste Tag in meinem Leben war der Tag, an dem Mama gestorben ist. Der glücklichste Tag in meinem Leben ist dieser. Heute ist der glücklichste Tag meines Lebens.

Eigentlich müsste ich längst zu Hause sein. Aber Tizia Coletti hat das für mich geregelt. Sie hat Papa angerufen, gesagt, sie sei die Mutter meiner neuen Freundin Aurora, darum gebeten, dass ich noch ein wenig bei Aurora bleiben darf, und Papa versprochen, dass sie mich sicher nach Hause bringen wird.

Papa hat sofort zugestimmt. Wahrscheinlich hätte er so ziemlich allem zugestimmt – weil er auch in absoluter Feierlaune ist.

»Die Mall wird nicht gebaut!«, hat er mir am Telefon aufgekratzt berichtet. »Als ich mit den Fotos ankam, war den beiden Stadträten sofort klar, dass es nichts bringen würde zu leugnen. Sie haben die Bestechung zugegeben – und Gernot Ratz ist Hals über Kopf geflüchtet. Die Polizei ermittelt bereits wegen Bestechung gegen ihn.«

»Ich freue mich so, Papa! Bis nachher!«

Ich weiß gar nicht, wie viel Waldmeisterbrause ich schon getrunken habe. Aber ich habe noch immer Durst.

»Gib mir doch bitte auch noch eine Brause«, höre ich Rigby sagen, als ich den Kühlschrank öffne. »Heute haben wir allen Grund zum Feiern. Die Welt wird sich verändern. Und du hast dazu beigetragen, Penny. Zu einem Elftel!«

Ich nehme zwei Flaschen aus der Kühlung, öffne sie, stoße mit Rigby an und sage: »Aber woran werde ich es erkennen? Woran sehe ich, dass sich die Welt wirklich verändert? Wird sie auf einen Schlag bunt? Werden sich alle von jetzt auf gleich völlig anders verhalten?«

Rigby schüttelt den Kopf und lächelt. »Nein. So verändern sich Dinge nicht. Sie verändern sich langsam. Zuerst nur im Kleinen. Vielleicht wirst du bemerken, dass sich ein Zehner plötzlich anders verhält. Dass er etwas Ungewöhnliches tut. Etwas Elferhaftes. Wenn das geschieht, kannst du sicher sein, dass die Welt begonnen hat, sich zu verändern. Veränderung beginnt mit den kleinen Dingen. Aber wenn sie erst einmal begonnen hat, dann ist sie nicht mehr aufzuhalten. Achte auf die kleinen Zeichen, Penny!«

24

Die Colettis liefern mich genau um 23:11 zu Hause ab. Kirsten öffnet mir die Tür und kriegt den Mund nicht mehr zu, als sie sieht, wie eine rasende Blumenwiese vor unserem Haus wendet und langsam davonfährt. »Ich … ich sehe in letzter Zeit seltsame Sachen«, stottert sie und wirkt dabei extrem verwirrt. »Ich glaube … ich sollte mich hinlegen und mal richtig ausschlafen.« Was sie auch umgehend tut.

Ich marschiere in Papas Arbeitszimmer. Er ist noch immer in Feierstimmung und völlig überdreht. Überschwänglich drückt er mich und berichtet aufgeregt: »Als ich die Fotos gezeigt habe, hat Gernot Ratz lauthals rumgebrüllt, das wären nur Fälschungen. Aber die beiden Stadträte sind eingeknickt und haben zugegeben, dass sie sich von ihm haben bestechen lassen. In dem Moment ist er regelrecht in sich zusammengefallen und einfach abgehauen. Wahrscheinlich um Beweise für alle möglichen Bestechungen, die er schon begangen hat, zu vernichten. Aber die Polizei ist schnell hinterher und hat ihn in Untersuchungshaft genommen, ehe er irgendwas zur Seite schaffen konnte.«

»Klingt gut«, sage ich und erinnere mich an die Polizeisirene, die ich gehört habe, als ich nach unserer Elfer-Aktion in den Wald gerannt bin.

»Und weißt du, was die Härte ist?«, sagt Papa. »Sie haben sein Haus durchsucht und dabei im Keller einen Rucksack mit Bargeld gefunden. Genau 1 111 111,11 Euro. Ratz hat versucht, sich rauszureden und behauptet, er hätte keine Ahnung, woher das Geld stammt. Aber das nimmt ihm natürlich keiner ab.«

»Ist ja ganz unglaublich«, sage ich und versuche möglichst überrascht auszusehen.

»Und zum Schluss das Allerallerbeste«, kündigt Papa breit grinsend an. »Mein Chefredakteur hat mich angebettelt, meine Kündigung zurückzunehmen und mir eine dicke Gehaltserhöhung versprochen, wenn ich bleibe. Weil er natürlich weiß, dass eine Schlagzeile wie *Journalist der Winderbuscher Post deckt Bestechungs-Skandal auf,* die Auflage der Zeitung in die Höhe treiben wird. Aber der kann mich mal. Eine große überregionale Tageszeitung hat auch von der Sache Wind bekommen und mir eine Stelle angeboten. Ich kann schon nächste Woche dort anfangen.« Papa blickt mich freudig an. »Und wie war dein Tag? War es nett bei deiner Freundin Aurora?«

»Oh, ja«, antworte ich und lächle dabei in mich hinein. »Das war es.«

»Gönnen wir uns zum Abschluss dieses erfolgreichen und schönen Tages doch eine Waldmeisterbrause«, schlägt er vor, zaubert zwei grüne Fläschchen aus seinem Schreibtisch hervor, öffnet sie und drückt mir eines davon in die Hand.

In meinem Bauch gluckert bereits ein ganzer See aus Waldmeisterbrause – aber natürlich stoße ich mit Papa auf seinen Erfolg an.

»Das alles habe ich nur dieser mysteriösen Annafried Gripsholm zu verdanken«, murmelt er und wird ein bisschen rot. »Ohne ihre Fotos hätte Gernot Ratz noch immer eine große Schnauze. Ich würde mich so gerne bei ihr bedanken. Wenn ich nur wüsste, wo sie wohnt …«

»Ähm … mal was ganz anderes«, sage ich. »Ich habe dir doch erzählt, dass ich neue Freunde gefunden habe. Und ich würde gerne mit ihnen meinen elften Geburtstag feiern. Also … nachfeiern. Hier. Bei uns zu Hause.«

»Wie schön«, sagt Papa etwas überrascht. »Ich bin gerne bereit, deine Party mit einer kleinen Summe zu sponsern. Ach, was soll's? Ruhig auch mit einer großen Summe. An wie viele Gäste hattest du denn gedacht?«

»Also: Da wären zunächst mal meine neuen Freunde. Das sind zehn Leute. Und dann natürlich noch Hendrike. Und … Vikram.«

»Vikram?«, sagt Papa und zieht die Stirn kraus. »Ich weiß nicht, ob das eine gute Idee ist. Kirsten ist noch immer ziemlich sauer auf ihn, wegen seiner neuen Freundin. Und wenn sie sauer ist … Erinnerst du dich an ihren Geburtstag vor zwei Jahren? Als sie eine Bowle-Schüssel nach Vikram geworfen hat, weil er kein Partyhütchen aufsetzen wollte?«

»Ja. Deswegen hatte ich die Idee, dass … dass Kirsten überhaupt nicht hier ist, wenn die Fete stattfindet.«

»Kirsten lässt sich doch keine Party entgehen«, entgegnet Papa. »Du weißt, wie gerne sie alles organisiert. – Und wir können sie ja schlecht einschläfern lassen.«

»Nein. Vielleicht gäbe es aber auch eine sanftere Methode, sie loszuwerden. Ich hätte da eine Idee …«

»Ein Wochenende in einem Wellness-Hotel? Für mi-hi-ch?«, staunt Kirsten, als Papa und ich ihr am nächsten Morgen am Frühstückstisch einen Gutschein überreichen. »Aber das ist ja … das ist ja so lieb von euch. Und schon an diesem Wochenende?«

»Wir haben doch mitbekommen, welchen Stress du in letzter Zeit wegen der Sache mit Vikram hattest«, sagt Papa, ohne sie anzusehen. »Penny und ich dachten, dass es dir guttun würde, mal ein Wochenende auszuspannen. Der Gutschein ist für zwei Personen. Damit du ein bisschen Gesellschaft hast. Du könntest deine Freundin Carola mitnehmen.«

»Die kann sicher auch ein bisschen Erholung brauchen. Scheint nervlich ja ziemlich angegriffen zu sein«, beteuere ich in mitfühlendem Ton. »Wer rasende Blumenwiesen sieht …«

»Ähm, ja. Ja, genau«, nuschelt Kirsten verlegen, bedankt sich noch einmal überschwänglich und greift nach ihrem Smartphone. »Carola? Du glaubst ni-hi-cht, was gerade passiert ist …«

Am Samstagmorgen, kurz nach neun, wird Kirsten von ihrer Freundin abgeholt. Sie wuchtet einen Koffer in Carolas Auto, winkt uns noch einmal zu – und entschwindet in ihr Wellness-Wochenende.

»Sturmfreie Bude!«, sagt Papa grinsend. »Legen wir los!«

Wir beginnen, Tische und Sessel im Wohnzimmer umzustellen, um Platz für eine kleine Tanzfläche zu schaffen. Dann verteilen wir Teller, Gläser und Besteck und stellen die Waldmeisterbrause kalt, die Papa bereits gestern besorgt hat.

Kurz vor elf klingelt es an der Tür. »Das ist meine Freundin Aurora Coletti«, stelle ich Aurora Papa vor. »Sie hilft uns bei den Vorbereitungen.«

»Schön, dich kennenzulernen, Aurora. Ich freue mich, dass Penny neue Freunde gefunden hat«, sagt Papa und gibt ihr die Hand, ehe er erschrocken auf seine Armbanduhr sieht. »Oh, Mist. Die Bäckerei schließt gleich. Wir müssen doch noch die Torte abholen.«

»Torte?«, sage ich erstaunt.

»Zu einer Geburtstagsparty gehört eine Torte. Und zwar keine tiefgekühlte. Sondern eine richtige. Ich habe in der Bäckerei am Fürstenplatz eine bestellt. Schnell! Beeilen wir uns.«

Eilig hüpfen wir in den Mini-Cooper und brausen in Richtung Altstadt, wo Papa mit quietschenden Reifen direkt vor der Bäckerei hält und mir einen Geldschein in die Hand drückt.

»Ich warte hier. Ihr beide hüpft schnell rein und holt die Torte ab.«

Wilma Rübesam wirkt alles andere als erfreut, als Aurora und ich den Laden betreten. »Ah, die Vorbestellung«, knurrt sie, nimmt eine Torte mit grüner Zuckerguss-11 aus der Kühltheke und packt sie in eine Pappschachtel.

Aurora stupst mich verschwörerisch an. »Ach, und zwei Schokokuss-Brötchen hätten wir gerne noch«, sagt sie mit unschuldigem Augenaufschlag und legt einen ganzen Berg von Kleingeld auf die Theke.

Wilma guckt, als würde sie uns am liebsten die Torte ins Gesicht klatschen, beginnt aber mit säuerlichem Gesicht zwei Brötchen aufzuschneiden.

»Sie erinnern sich doch an unsere kleine Abmachung?«, frage ich keck.

»Ja. Tue ich«, brummt Wilma schlecht gelaunt.

Aurora und ich strecken die Köpfe vor, Wilma hält uns die Brötchen ganz dicht ans Ohr und pappt sie behutsam zusammen. *Knack. Knack.*

»Und schon habe ich ganz unglaublich gute Laune«, sagt Aurora grinsend.

»Ja. Es gibt kein schöneres Geräusch als einen aufplatzenden Schokokuss«, befinde ich freudig – als das Unfassbare geschieht …

Wilma guckt uns mies gelaunt an. Dann nuschelt sie: »Was habt ihr nur mit diesen Schokoküssen? Jetzt will ich aber auch mal wissen, was …« Sie schneidet ein drittes Brötchen auf, platziert einen Schokokuss auf die untere Hälfte, hält es ans Ohr, drückt die Hälften ganz behutsam zusammen und – ein glückliches Lächeln breitet sich auf ihrem Gesicht aus. »Oh. Das ist … das ist ja … du hattest völlig recht, Kind. Das Geräusch macht wirklich gute Laune. Und wie!« Sie nimmt ein weiteres Brötchen, wiederholt die Prozedur und lächelt bei dem leisen Knacken noch seliger als beim ersten Mal.

Aurora und ich blicken uns verdutzt an.

Das ist es!, wird mir schlagartig klar. Das ist das Zeichen! Augenblicklich habe ich Rigbys Worte im Ohr: *»Veränderung beginnt mit kleinen Dingen. Achte auf die kleinen Zeichen.«*

Wenn Wilma Rübesam plötzlich das Knacken von Schokoküssen mag, muss sich etwas verändert haben! Und das ist erst der Anfang. Die Welt wird sich verändern. Sie wird schöner und bunter und besser werden. Wer hätte gedacht, dass der Startschuss für diese Veränderungen das leise Knacken eines Schokokusses sein könnte!

Als wir ins Auto steigen, blicke ich noch einmal zurück und sehe, wie Wilma mit entrücktem Lächeln ein weiteres Brötchen an ihr Ohr hält und es sanft zusammendrückt …

Die Torte mit dem 11er-Zuckerguss bleibt nicht die einzige Überraschung, die Papa für mich bereithält. Nachmittags steht plötzlich Mario vor der Tür. Und er ist nicht alleine. Sondern hat einen mobilen Pizzaofen dabei, den Papa und er ins Haus schleppen. »Werde deine Gäste nachher mit Pizza versorgen«, sagt Mario grinsend. »Nicht, dass sie uns noch verhungern.«

Er heizt den Ofen an und kurz darauf zieht allerlieblichster Pizzaduft durchs Haus.

Hier bist du sicher. Alles ist gut.

Als erster Gast trifft Hendrike ein. Kurz nach siebzehn Uhr. Ein wenig verlegen bleibt sie in der Haustür stehen.

»Danke für die Einladung, Penny.«

»Ich freue mich, dass du gekommen bist, Hendrike.«

»Nachträglich alles Gute zum Geburtstag«, sagt sie und überreicht mir ein Geschenk.

Ich packe es neugierig aus – und mir klappt die Kinnlade runter. »Meine grüne Samtkappe!«, rufe ich und kann nicht verhindern, dass sich eine Freudenträne in mein Auge verirrt. »Ich habe gedacht, die sehe ich nie mehr wieder. Danke, Hendrike. Elftausendfachen Dank. Aber wie hast du …?«

»Bin abends noch mal zum Fürstenplatz gefahren, um sie zu holen«, sagt Hendrike lächelnd. »Du kannst sie ruhig anziehen. Ich habe sie reinigen lassen. Und wegen Pamela und den Ziburskis müssen wir uns keine Sorgen mehr machen. Ein paar Leute haben mitbekommen, was auf dem Fürstenplatz passiert ist, und es ihren Eltern gesteckt. Wie man hört, sollen sie zu Hause ziemlichen Ärger bekommen haben. Die werden so schnell keinen mehr bedrohen.«

Ich ziehe mir die Mütze auf den Kopf und sage gut gelaunt: »Nimm dir eine Waldmeisterbrause, Hendrike. In der Küche gibt es Pizza, falls du Hunger hast. Und – kennst du Aurora Coletti schon?«

Papa hat mich mit der Torte und Marios Pizza-Service überrascht, aber für den Rest des Abends ist er der Überraschte. Und das nicht zu knapp.

Zunächst einmal verwundert ihn das Durchschnittsalter meiner Gäste. Er hat wohl damit gerechnet, dass alle ungefähr in meinem Alter sind. Was aber natürlich nur auf Hendrike, Aurora und vielleicht auch noch auf Toby Horking zutrifft. Und als ich ihm erkläre: »In gewisser Weise sind sie alle elf«, trägt das auch nicht dazu bei, seine Verwirrung zu verkleinern.

Noch überraschter ist er allerdings über die Gefährte, mit denen die Elfer-Kinder anreisen. Es dürfte das erste Mal sein, dass er sieht, wie jemand mit einem Kanu zu einer Party gepaddelt kommt. Und als die rasende Blumenwiese vorfährt, verschlägt es ihm glatt die Sprache. Vor allem, als neben Sofia und Tizia auch Vikram aus dem moosbewachsenen Wagen steigt. In Leopardenmusteranzug und Cowboystiefeln.

»Hallo, Daniel. Schön, dich mal wiederzusehen. Ist Kirsten weg?«, fragt Vikram und blickt sich besorgt um.

»Ähm, ja«, murmelt Papa verdattert.

»Puh!«, macht Vikram erleichtert, legt den Arm um Tizia und erklärt Papa: »Darf ich vorstellen: Das ist meine

Freundin. Tizia Coletti. Sie ist Kunsthändlerin. Und total bescheuert. Und ich fühle mich bei ihr auch ganz wunderbar bescheuert.«

»Ähm, ja, wie … wie schön«, nuschelt Papa.

»Vielen Dank für die Einladung, Herr Reekmann«, sagt Tizia lächelnd und überreicht Papa ein kleines, gerahmtes Ölgemälde. »Ich habe Ihnen ein Gastgeschenk mitgebracht. Wäre vielleicht was für Ihr Arbeitszimmer.«

Ungläubig blickt Papa auf das Bild, das *Elf Salamander auf der Rollschuhbahn* heißt und ganz elfdeutig der *Bescheuerten Kunst* zuzuordnen ist.

Insgesamt muss man sagen, dass Papa sich wirklich wacker schlägt. Er zuckt nur ganz kurz zusammen, als Tippi und Hedren ihre Köpfchen aus Horatios Haaren recken und ein Pfeifkonzert anstimmen. Und selbst bei dem merkwürdigen Gespräch, das er mit Cornelius Ping hat, verzieht er keine Miene.

»Freut mich, Sie kennenzulernen«, sagt Papa.

»Ja. Bei mir brennen auch die Laternen«, entgegnet Cornelius und schüttelt seine Hand.

Doch als Papa Rigby die Tür öffnet, fällt ihm vor Überraschung alles aus dem Gesicht. Sie trägt ihre grüne Brille, Lederjacke und Lederhose – und sieht umwerfend aus.

»Hallo, ich bin Rigby Burton«, sagt sie lächelnd.

»Rigby Burton? Die … die Autorin von *Rory Shy?*«

»Genau die. Darf ich reinkommen, oder …«

»Ähm, natürlich«, stottert Papa und bittet sie herein.

»Entschuldigen Sie. Ich war nur gerade etwas verwirrt, weil … Wissen Sie, dass Sie große Ähnlichkeit mit jemandem haben, der mir kürzlich begegnet ist? Sie sind nicht zufällig mit einer Annafried Gripsholm verwandt?«

»Ganz entfernt«, sagt Rigby und ein feines Lächeln spinnt sich um ihre Lippen. »Aber ich könnte Ihnen Sachen über Annafried erzählen, da … Meinen Sie, Sie könnten mir eine Waldmeisterbrause holen?«

Als alle eingetrudelt sind, hält Horatio eine kurze, dafür aber sehr bescheuerte Geburtstagsansprache und im Anschluss überreichen mir die Elfer-Kinder ein aus elf Teilen bestehendes Geschenk. Jedes davon ist einzeln eingepackt.

Ich packe das größte zuerst aus und kriege den Mund nicht mehr zu: eine Bass-Drum. Und … eine Snare-Drum, ein Becken, eine Hi-Hat, eine Hänge-Tom … Ein komplettes Drum-Set! Natürlich probiere ich es umgehend aus.

»Das wird Kirsten in den Wahnsinn treiben«, sinniert Vikram.

Zwei Stunden später ist die Party in vollem Gange. Horatio gibt den DJ und spielt Top-Eleven-Songs in Dauerschleife. Aurora, Tizia, Vikram und Cassandra sind nicht mehr von der Tanzfläche zu kriegen und die Sittiche vollführen Flugkunststücke unter der Wohnzimmerdecke. Hendrike hat zunächst etwas gefremdelt, aber jetzt ist sie in ein Gespräch mit Toby Horking vertieft. Soweit ich es mitbekomme, geht es wieder um die Frage warum 1+1=2 sind, während 1 und 1 auch 11 sein können. Cornelius sucht, wie immer, nach seinen Skarabäuskäfern und Sofia ist ziemlich übermütig und balanciert über Sofalehnen, Treppengeländer und Fensterbänke.

Papa unterhält sich schon den ganzen Abend über mit Rigby. Gerade blicken die beiden auf Alice und Johnny Tessler, die eng umschlungen auf dem Sofa sitzen und jede Menge rosa Liebeswölkchen produzieren.

»Wie, äh, wie machen die das?«, fragt Papa und kratzt sich nervös am Hals.

Rigby lächelt und nimmt ihm die Brauseflasche aus der Hand. »Möchten Sie es rausfinden?«

Manchmal ist etwas so schön, dass es kaum auszuhalten ist.

Dann muss ich eine kleine Weile alleine sein. Ich trete in den Garten, gehe an dem Kirschbaum und der Brombeerhecke vorbei zum Brixbach hinunter und setze mich in Cassandras Kanu.

Aber schon nach ein paar Minuten höre ich leise Schritte durch das Gras auf mich zukommen.

Es ist Rigby. »Musste auch mal ein bisschen Frischluft schnappen«, erklärt sie.

»Ich habe den Eindruck, dass Papa nicht nur Annafried Gripsholm, sondern auch Rigby Burton sehr sympathisch zu finden scheint«, sage ich und blicke sie herausfordernd an.

»Ja«, entgegnet sie. »Und ich glaube, Rigby mag ihn auch.«

Ich nehme Rigbys Hand und drücke sie fest. »Ich finde es schön, dass er so glücklich wirkt. Und nicht mehr traurig.«

»Vielleicht sollte ich ihm demnächst mal ein paar Freundinnen von mir vorstellen«, sagt sie grinsend. »Elfi Andersen, Ellen de Kerk … Oh, und Lily Larose, natürlich. Ich bin sicher, er wird von ihr begeistert sein.«

»Hoffen wir mal, dass ihn so viele Frauen nicht überfordern«, kichere ich – und dann erzähle ich Rigby von Wilma und dem Schokokuss. »Glaubst du, das war ein Zeichen?«

»Definitiv«, sagt Rigby und blickt auf die Bäume am gegenüberliegenden Bachufer, deren Konturen in der einsetzenden Dämmerung verschwimmen. »Wir haben die 11 ins Spiel gebracht. Wir haben die Regeln verändert. Die Welt wird sich ändern. Langsam, aber stetig. Sie wird zu einer größeren Welt. Zu einer Elfer-Welt.« Rigby lächelt mir verschwörerisch zu, dann blickt sie zum Haus und sagt: »Ich glaube, ich sollte zurück und deinen Vater von Cornelius Ping erlösen. Der nötigt ihn gerade dazu, nach seinen Käfern zu suchen. Aber bevor ich gehe … Hier ist noch was für dich. Mein persönliches Geburtstagsgeschenk.« Sie zieht einen DIN-A4-Umschlag unter ihrer Jacke hervor und drückt ihn mir in die Hand. »Viel Spaß damit. Bis später, Penny.«

Rigby schlendert zum Haus zurück, ich öffne den Umschlag und kann nicht glauben, was ich da in der Hand halte.

Elf dicht beschriebene grüne Seiten! Die ersten elf Seiten einer neuen, unveröffentlichten *Rory Shy*-Geschichte.

Wow! Dieser Abend ist wie Pizza Funghi mit Knoblauch, scharf und doppelt Käse!

Ich lehne mich zurück, lausche für einen Moment dem Rauschen des Windes in den Bäumen und dem leisen Gluckern des Wassers, lächele still in mich hinein – und beginne zu lesen.

Rory Shy und das Geheimnis der 11

von

Rigby Burton

1

Normalerweise wurde Rory von dem Klingeln des Weckers um sieben Uhr aus dem Tiefschlaf gerissen, worauf er sich schüchtern aus dem Bett erhob, unter die Dusche schleppte, warmes und kaltes Wasser auf sich einprasseln ließ und dabei versuchte, ganz allmählich in die Gänge zu kommen. Aber heute Morgen schlug er die Augen auf, bevor sich der Wecker meldete – und war schlagartig so hellwach, als hätte er eine Tüte Kaffeepulver inhaliert.

Elf Minuten vor sieben, stellte er fest, als er auf den Wecker blickte. Was für ein witziger Zufall: der elfte Juli und er wurde um elf vor sieben wach. Dabei hatte Rory keine Ahnung, dass in genau elf Minuten eine noch viel merkwürdigere Sache passieren würde ...

Die 11 Top-Eleven-Listen der Elfer-Kinder

11 Geräusche, die gute Laune machen

Das leise Knacken, wenn die Hülle vom Schokokuss platzt,
das Brummen einer Hummel,
Kirchenglocken am Ostermorgen,
das Geräusch, das entsteht, wenn man über Schnee läuft,
das Platzen von Luftpolsterfolie,
das Zirpen einer Grille,
das Knarren von Holzstufen,
das Knatschen, wenn man Lakritze kaut,
das Platzen einer Kaugummiblase in einem Klassenzimmer,
das sanfte Gluckern von Wellen an einem Sommertag,
das Schlabbern, mit dem Hunde Wasser trinken.

Horatio Pings kunterbunte Top-11-Songs

Beautiful Day - The Levellers feat. Imelda May
Rock, Paper, Scissors - Katzenjammer
Five get over exited - The Housemartins
Rock Lobster - The B-52's
Make me smile - Steve Harley & Cockney Rebel
Mowgli's Road - Marina and the Diamonds

Only happy when it rains - Garbage
Friday I'm in Love - The Cure
Walk unafraid - First Aid Kit
I still believe - Frank Turner
If you want to sing out - Cat Stevens

Rigby Burtons 11 Lieblings-Persönlichkeiten:
Rigby Burton, Elfi Andersen, Diego Martinez, Oleg Karenko, Annafried Gripsholm, Lily Larose, Ellen de Kerk, Roberto Schmidt, Shirley McRain, Mia Pumpernickel, Carlo Linnert.

TOBY HORKINGS 11 LIEBLINGS-ZAHLEN

7 11 22 33 44 55 66 77 88 99 111

→ Die 11 Rory-Shy-Bände ←

Rory Shy und das Tal der sprechenden Salamander
Rory Shy und der Schneekugel-Fluch
Rory Shy und die Verschwörung der Zweifler
Rory Shy und der einsame Leuchtturm
Rory Shy und der Diamant von Moriba
Rory Shy und das Mysterium des grünen Vorhangs
Rory Shy und das Rätsel um den Kakerlaken-König
Rory Shy und die Schokokuss-Bande
Rory Shy und das Geheimnis der Sprudel-Formel

Rory Shy und die drei Zwillinge
Rory Shy und das Geheimnis des goldenen Armleuchters

11 Buchstaben, die ein tolles Wort bilden:
W-A-L-D-M-E-I-S-T-E-R

Die 11 Pizzen auf Marios Speisekarte
Pizza Funghi
Pizza Funghi Speciale
Pizza Funghi Extra-Speciale
Pizza Sicilia (mit Käfe)
Pizza Sicilia (ohne Käfe)
Pizza Cirsta (extra knusprig)
Pizza Grossa Dursta (extra scharf)
Pizza Dubiosa
Pizza Elf Jahreszeiten
Pizza Triste
Pizza Fantasia

11 Dinge, die Tante Kirsten auf die Palme bringen:
Widerworte, ungesellige Kinder, entspannte Fahrrad-Mechaniker, rasende Blumenwiesen, reizende Kunsthänd-lerinnen, Leopardenmuster-Anzüge, komische Gedanken, zu viel Fantasie, Lesen auf dem Klo, weiße Cowboystiefel, Pizzen, die nicht knusprig sind.

Tizia Colettis 11 bescheuerte Lieblings-Gemälde
Elf Elfer und ein Kakadu
Elf Weihnachtsmänner am Strand
Elf Salamander auf der Rollschuhbahn
Zehn Beine und elf Cowboystiefel
Elf Küken und ein goldenes Ei
Elf Vogelscheuchen im Maisfeld
Elf Blumenwiesen auf der Autobahn
Zwei volle und neun leere Gläser
Elf Elfen vor der Music-Box
Elf Schattierungen von Grün
Elf Sittiche im Abendrot

11 Gerüche, die dir sagen: Hier bist du zu Hause!
Pizzaduft, Kokosmakronenduft, Herbstfeuer-Geruch, der Duft von Kakao, der Geruch frischer Bettwäsche, Erdbeerduft, Vanilleduft, Patchouliduft, der Geruch von frisch gemähtem Gras, Dill-Aroma, der Duft von Zitronenschaumcreme, der leicht muffige Geruch alter Bücher

11 ›Dinge‹ aus Horatios Laden, die er nie verkaufen würde:
Hermann, das weiße Stoffkaninchen, die grün blinkende Plastik-11, seine Top-Eleven Vinyl-Sammlung, das Grammofon von Onkel Willibald, das alte Radio von Tante Käthe, die Schneekugel mit dem fliegenden Schwein, den elfeckigen Alu-Hut, die Lakritze-Skulptur, die Tagebücher eines Nachtwächters, die Original-Stiefel von Fürst Hugo, das Elfer-Kartendeck

Danksagung

Ganz heißer Dank geht an Birgit (alle Elfe!), an Anna Mechler (für Hartnäckigkeit, langen Atem und elferhafte Unterstützung), Emily Huggins (für kluge Rat- und Vorschläge und Telefonate um 11:11) und an Barbara Simon (für alles rund um die Homepage oliver-schlick.de).

Außerdem an Christa, Günter und Gertrud, Michaela, Florian, Wolfgang, Anja, Alf und Brigitta.

Und an alle Elfer-Kinder!